ROBYN CARR

Un asunto de familia

Cualquier forma de reproducción, distribución, comunicación pública o transformación de esta obra solo puede ser realizada con la autorización de sus titulares, salvo excepción prevista por la ley.
Diríjase a CEDRO si necesita reproducir algún fragmento de esta obra.
www.conlicencia.com - Tels.: 91 702 19 70 / 93 272 04 47

Editado por Harlequin Ibérica.
Una división de HarperCollins Ibérica, S. A.
Avenida de Burgos, 8B - Planta 18
28036 Madrid

© 2022, Robyn Carr
© 2024 Harlequin Ibérica, una división de HarperCollins Ibérica, S. A.
Un asunto de familia, n.º 301 - 3.7.24
Título original: A Family Affair
Publicada originalmente por Mira Books, Ontario, Canadá

Todos los derechos están reservados incluidos los de reproducción, total o parcial. Esta edición ha sido publicada con autorización de Harlequin Books S.A.
Esta es una obra de ficción. Nombres, caracteres, lugares, y situaciones son producto de la imaginación del autor o son utilizados ficticiamente, y cualquier parecido con personas, vivas o muertas, establecimientos de negocios (comerciales), hechos o situaciones son pura coincidencia.
® Harlequin, HQN y logotipo Harlequin son marcas registradas por Harlequin Enterprises Limited.
® y ™ son marcas registradas por Harlequin Enterprises Limited y sus filiales, utilizadas con licencia. Las marcas que lleven ® están registradas en la Oficina Española de Patentes y Marcas y en otros países.
Imagen de cubierta utilizada con permiso de Dreamstime.com.

I.S.B.N.: 978-84-1062-887-8
Depósito legal: M-12051-2024
Impreso en España por: BLACK PRINT
Fecha impresión Argentina: 30.12.24
Distribuidor exclusivo para España: LOGISTA
Distribuidor para México: Distibuidora Intermex, S.A. de C.V.
Distribuidores para Argentina: Interior, DGP, S.A. Alvarado 2118.
Cap. Fed./Buenos Aires y Gran Buenos Aires, VACCARO HNOS.

Capítulo 1

Anna McNichol agarró con delicadeza las manos torcidas y artríticas de su madre.

—No sé qué voy a hacer. Voy a estar sola para siempre.

Blanche tenía ochenta y cinco años y vivía en un hogar asistido, pero estaba en lista de espera para pasar a la residencia de cuidados completos porque su salud estaba cada vez más deteriorada, y Anna sabía que pronto necesitaría tratamiento para su deterioro cognitivo.

—Me tienes a mí, aunque ya no soy de mucha ayuda, y tienes a tus hijos, aunque son tus hijos y se supone que eres tú la que tiene que despejarles el camino a ellos, no al revés. Supongo que, a fin de cuentas, todos estamos solos, ¿no? Por mucha gente que nos rodee, tenemos que valernos por nosotros mismos. Me parece que vas a tener que ser fuerte, como has tenido que serlo siempre.

—¿Tú nunca has tenido miedo? —le preguntó Anna a Blanche.

—Siempre he tenido miedo, pero ¿qué vas a hacer? ¿Rendirte? ¿De qué sirve eso?

—No sé cómo tirar adelante.

—Pero tirarás adelante. Porque no tienes elección.

Se topó de lleno con la verdad en el funeral de su marido. Allí, Anna fue consciente, de una forma repentina y dolorosa, de lo que había estado ignorando, de esa realidad. Al ver a la mujer embarazada con una de las auxiliares que conocía de la consulta de su marido. Solo le faltaban los datos exactos.

La mujer parecía muy joven, no tendría ni treinta años. O a lo mejor aparentaba menos y en realidad tenía treinta y cinco. Parecía serena y distante; no se estaba relacionando con los demás. Tenía esa luminosidad, ese resplandor maternal. La auxiliar, cuyo nombre Anna no recordaba, la acompañaba. Las vio saludar a algunas personas, hacer algunas presentaciones y después apartarse.

¿Podría ser o eran imaginaciones suyas? Dudar así la hacía sentirse culpable. Pero estaba claro que todo era fruto de las emociones.

No, estaba segura. Esa mujer estaba embarazada de su marido. La tentación de acercarse, presentarse y preguntarle cómo había conocido a Chad era fuerte, pero justo entonces Jessie, su hija mayor, le tocó el brazo y le dijo:

—Deberíamos ponernos aquí.

Y Anna había asentido y la había seguido.

Anna y Chad habían estado pasando por uno de sus baches graves, probablemente el cuarto de los más destacados en treinta y cinco años. Por eso ella había insistido en que fueran a terapia. Ella, cómo no. Chad era psicólogo. Se ganaba la vida aconsejando y orientando a la gente, y se sabía todos los trucos. Según lo que le habían contado algunas amigas y Chad, esa cantidad de altibajos maritales no era nada del otro mundo. Hoy en día pocos matrimonios duraban tanto. Anna sabía demasiado bien que el matrimonio era un camino escarpado y que no tenía nada que ver con lo listo, tonto, triunfador o religioso que fueras. Además, sabía por experiencia que ser un experto en relaciones no te daba ventajas para mantener en buen estado tu propio matrimonio. Lo habían pasado mal, habían estado viendo a un terapeuta y tratando el descontento general de Chad; un descontento indefinido y difuso. No era feliz. Se sentía insatisfecho. Estaba aburrido y su vida carecía de emociones. Buscaba algo más.

Qué oportuno que muriera haciendo *rafting*. Eso sí que tenía que ser una actividad emocionante.

Era como si Chad hubiera tenido una crisis de la mediana edad gigantesca, aunque un poco tarde para un hombre de sesenta y dos años. No dejaba de preguntar: «¿Esto es lo que hay?». El noventa y ocho por ciento de la población daría un brazo y una pierna por vivir como vivían ellos. Pero como Chad tenía tendencia al melodrama y los cambios de humor, ella lo dejaba pasar. ¿Así que eso era todo lo que había? ¿Una salud perfecta, éxito en un trabajo fantástico, buenos ahorros para la jubilación, vínculos familiares fuertes y buenos amigos? «Pues sí, Chad. Es lo que hay. ¿Por qué no te basta?».

Anna había llegado a entender que eso es lo que hace un hombre cuando se siente atraído por otra mujer. Actúas como si hubieras estado sufriendo porque de pronto ves que tu vida y tu matrimonio tienen muchas carencias. No es culpa tuya y, como llevas años siendo un infeliz, la solución obvia es seguir adelante. Buscarte algo nuevo. Espera, mejor dicho: tu mujer debe de haber fallado de algún modo y ahora tú deberías buscarte a otra mejor. ¡No sea que vayas a cumplir tu compromiso y seguir con una mujer que no te parece perfecta!

¡Con la de veces que Anna había oído eso de que, si un hombre era infiel, sería porque debía de faltarle algo en casa! Le entraron ganas de vomitar. Y ahí estaba ahora para honrar la maravillosa vida de ese gran hombre.

Durante el funeral se giró un par de veces para comprobar si la embarazada se emocionaba. Sorprendentemente, parecía que no. Se la veía tranquila. A lo mejor no era el bebé de Chad el que le estaba ensanchando la cintura. A lo mejor era una clienta. La auxiliar que estaba con ella... ¿cómo se llamaba? Era mayor y no dejaba de acercarse a la joven y susurrarle al oído.

—¿Qué estás mirando? —le preguntó Jessie—. ¡No te quedes mirando así!

—Perdón, tienes razón. Es que estoy cansadísima.

Cansada de haberse pasado días preparando un videomontaje con fotos antiguas para celebrar la vida de Chad, organizando el funeral, eligiendo una urna para las cenizas, haciendo llamadas telefónicas, eligiendo un vestido, contratando un *catering*... Eran muchos detalles. Y encima sin dormir. Pero lo había logrado; había recopilado sus recuerdos, los mejores, y había hecho lo que mejor hacía: que Chad quedará como un dios. El marido y padre perfecto. No lo era, pero mejor no hablar mal de los muertos.

A menos que su novia embarazada fuera al funeral. Esa era una razón bastante buena.

Notó una mano firme sobre el hombro y, al girarse, se topó con los oscuros ojos de Joe, su amigo desde hacía más de treinta años. Primero había sido amigo de Chad, después de los dos, y luego, hasta que Arlene y él se habían divorciado, las dos parejas habían sido amigas. Nunca había sido solo amigo suyo, pero ella siempre lo había querido tanto como lo había querido Chad. Era un tipo estupendo. Lo abrazó y se quedó así un buen rato.

—¿Cómo estás? —le preguntó Joe.

—Estoy bien —respondió ella deseando poder hablar con él una hora o seis—. Esto es más duro de lo que parece. Te agota emocionalmente.

—Ya me lo imagino.

Justo en ese momento los hijos de Anna los rodearon. Joe abrazó a Jessie, que a sus treinta y un años era una mujer preciosa; después a Mike, de veintiocho años y la viva imagen de su guapo padre; y finalmente se giró hacia la encantadora Bess, diminutivo de «Elizabeth». Era la pequeña, con veinticuatro años. A Bess no la abrazó porque no le gustaba que la tocaran sin previo aviso. Al cabo de un instante, Bess abrió los brazos hacia Joe y todos los que estaban cerca se relajaron visiblemente.

Tuvieron la típica charla: «Lamento vuestra pérdida, contad conmigo para lo que sea, decidme si puedo ayudaros en algo, si necesitáis algo...». Pero en el caso de Joe no fueron ofrecimientos vacíos. Anna sabía que estaría ahí si lo necesitaban.

Chad había sido una persona muy querida, ¿y por qué no? Era divertidísimo, inteligente, tenía un pico de oro y siempre sabía lo que decir. A Anna la querían y respetaban igual. Eran una pareja popular y a menudo envidiada; atractiva, divertida, estable y con éxito. De hecho, si sus amigos se enteraran de todo por lo que habían pasado últimamente, se quedarían impactados. Pero habían tenido cuidado de guardarse sus asuntos privados.

Joe era de los pocos hombres que estaba a la par con Chad en cuanto a personalidad y éxito. Era un amigo fiel. Habían ido juntos al instituto, habían jugado juntos en el equipo y habían seguido siendo amigos en la universidad a pesar de que sus caminos se habían separado. Chad fue profesor y luego se sacó un máster en Psicología y después un doctorado. Joe se sacó el doctorado y era profesor de Historia y de Teología en Stanford. Solo se veían unas cuantas veces al año, pero ambos siempre decían que, cuando quedaban, era como si no hubiera pasado el tiempo. Aún podían reírse como cuando eran unos críos. Anna veía a Joe menos que Chad, pero el sentimiento era el mismo.

La celebración de la vida de Chad no tuvo lugar ni en una funeraria ni en una iglesia, sino en un elegante club de un lujoso barrio de Mill Valley. Estaba amueblado con cómodos sofás y sillones, pequeñas mesas auxiliares redondas, una tupida moqueta y cuadros elegidos con mucho gusto. Su principal finalidad era la celebración de fiestas. Los residentes del barrio podían alquilarlo para celebrar eventos, y eso era lo que había hecho Anna. Una pantalla enorme mostraba la vida de Chad en ciento cincuenta imágenes elegidas detenida y amorosamente por Anna con algo de ayuda de los chicos. En todas salía Chad, empezando por fotos antiguas de su infancia que su madre le había dado a Anna años atrás. Al levantar la mirada, vio una de él con un uniforme desgastado del equipo de fútbol del instituto y una enorme sonrisa en su cara manchada; también una en tamaño gigante de su boda y, poco después, una con Jessie de bebé dormida en su pecho. Había también muchas fotos de Chad solo, otras de Chad y ella, otra de una joven Anna mirándolo a la cara con amor, y varias de reuniones familiares. El foco era Chad: su vida, sus logros, sus éxitos, su felicidad y algunas de las personas importantes en su vida. Chad, Chad, Chad. Igual que antes de que muriera.

Las cosas habían estado tensas últimamente, pero Anna recordaba aquellos años de juventud con cariño porque, aunque no había sido fácil, habían estado profundamente enamorados. Se conocieron mediante lo que solo puede describirse como suerte, destino. De hecho, era una historia mítica en la familia. Anna estaba en San Francisco, de tiendas en Fisherman's Wharf durante su hora del almuerzo. De tiendas pero no comprando, algo típico en ella, que había sido muy ahorrativa y seguía siéndolo. Le encantaban los leones marinos, le gustaba ver a los turistas, a veces encontraba gangas en el Muelle 1 y disfrutaba comiendo allí de vez en cuando.

Aquel día pasó algo raro. Oyó un grito de pánico entre la multitud de turistas, vio un puesto de comida moviéndose por el muelle sin conductor y cada vez a más velocidad. Un hombre con uniforme de trabajo y delantal corría detrás. Anna solo tuvo unos segundos para asimilarlo. Parecía que el puesto de comida, con el toldo desplegado y avanzando cada vez más deprisa, se dirigía hacia un grupo de gente. Ante sus propios ojos el puesto tiró a un hombre del muelle antes de detenerse en una barricada. El hombre, que no se había dado cuenta de lo que pasaba, salió volando y cayó al agua sobresaltando a una buena cantidad de gordos leones marinos que tomaban el sol cerca.

Los leones marinos se metieron en el agua y el hombre empezó a moverse presa del pánico. Alguien gritó:

—¡No sabe nadar!

Sin pensárselo, Anna soltó el bolso, se descalzó, saltó del muelle y nadó hacia el hombre. Llegar hasta él no fue complicado; prácticamente aterrizó encima. Pero estaba histérico y salpicando, pataleando y escupiendo agua.

—Venga, tranquilo —dijo ella agarrándolo del cuello de la camisa.

Pero el hombre se resistió con más fuerza y se sumergió, casi arrastrándola con él.

Anna lo abofeteó y eso lo desconcertó lo suficiente para dejarse rescatar. Lo rodeó por el cuello con un brazo y empezó a tirar de él hacia el muelle, donde había un par de hombres listos para subirlo.

Hubo una gran conmoción, por no hablar de los gruñidos que emitían los leones marinos. Anna, empapada, estaba temblando y lo único en lo que podía pensar en aquel momento era en de dónde iba a sacar ropa para pasar la tarde en el trabajo. Entonces llegaron los vehículos de emergencias y un guapo y joven policía le echó una manta sobre los hombros y redactó un informe. A la víctima que había estado a punto de ahogarse se la llevó una ambulancia y a Anna la llevó a su apartamento ese policía tan mono. Se quedó sorprendida y encantada cuando la llamó una semana después. Casi hiperventiló con la esperanza de que le pidiera una cita.

—El hombre al que sacó del agua se ha puesto en contacto con nosotros para saber su nombre —dijo el agente.

—No irá a denunciarme, ¿no?

—No lo creo —contestó él riéndose—. Parece estar muy agradecido. No creo que le cueste mucho localizarla, pero le dije que lo preguntaría. Seguro que quiere darle las gracias.

El hombre se llamaba Chad. Estaba terminando su doctorado en Berkeley mientras que ella trabajaba en un bufete de abogados en el Área de la Bahía. Anna tenía veintitrés años y él, veintisiete. No había estado preparada para lo guapo que era; desde luego, tenía mucho mejor aspecto que cuando lo habían sacado del agua.

Chad la llevó a cenar. Anna recordaba aquella primera cita casi como una entrevista. Él quería saberlo todo de ella y se quedó asombradísimo al enterarse de que había trabajado de socorrista en una piscina comunitaria durante un único verano cuando era adolescente y que, aun así, había saltado a salvarlo con total seguridad en sí misma. Se enamoraron prácticamente al instante. La primera vez que hicieron el amor, él le pidió matrimonio. Anna no dijo que sí al momento, pero los dos supieron desde el principio que estaban hechos el uno para el otro. Lo que no sabían era cuántas peleas tendrían. Muy pocas grandes, pero muchas pequeñas. Ella las consideraba «riñas». Discutían por los ingredientes de la *pizza*; por un arañazo en un lado del coche que no había sido culpa de ella ni por asomo; por qué clase de vacaciones tener y adónde ir. Siempre iban donde quería Chad. Discutían por qué película ver, por dónde comer y por lo que mascullaba el uno o la otra.

La aventura que tuvo Chad sí que causó discusiones serias. Pasó mucho tiempo atrás, pero tardaron tiempo en superarlo. Años. Cuando al final se comprometieron a seguir casados, a hacer todo lo posible por que funcionara, acabaron en la cama y tuvieron el mejor sexo de su vida. Y entonces nació Elizabeth.

Por aquella experiencia Anna sabía que la actual grieta marital, por muchas excusas que él hubiera puesto y cómo la hubiera llamado, se debía probablemente a otra mujer y no a que se hubieran distanciado o tuvieran necesidades distintas. Chad no lo admitió y ella no tenía pruebas, pero sí un instinto que superaba al de la media. En su opinión, él se había ilusionado con la idea de enamorarse y estaba reescribiendo su historia para hacerla aceptable. Estaba buscando una excusa que hiciera que resultara razonable que hubiera sobrepasado los límites con una relación extramatrimonial. Anna lo sentía; su marido había estado con otra persona.

O tal vez era lo que esperaba que hubiera sido el problema, porque otra posibilidad le sería más imposible de solucionar. Lo había visto muy enfadado con ella y había visto esa rabia ir en aumento durante los tres últimos años. Desde que la habían elegido para ocupar una vacante en la magistratura del Tribunal Superior, Chad, en varias ocasiones y con tono burlón, se había dirigido a ella como «Su Señoría». Sospechaba que estaba celoso.

Luego estaba la cuestión de que discrepaban en asuntos políticos. Él se quejaba de que Anna no respetaba su opinión lo suficiente. Ella se quejaba de que Chad no la escuchaba y que parecía que le ocultaba cosas.

Él opinaba que ella no se esforzaba por estar atractiva. Anna había engordado un poco y Chad decía que eso demostraba que le daba igual. Habían perdido la chispa sexual y ya apenas tenían relaciones. Parecía como si Anna no hiciera ni dijera nada bien. Menos mal que los chicos ya no vivían en casa. Los dos llevaban enfadados unos seis meses.

—Admítelo, ya tenemos muy poco en común —fue una de las últimas cosas que le dijo él antes de salir de viaje.

—Más de treinta años, tres hijos y bastante historia juntos —había respondido ella—. Pero, ya, supongo que no es mucho.

Así que él reservó un viaje que dijo que lo ayudaría a aclararse las ideas.

—Cuando vuelva, deberíamos hablar seriamente sobre nuestro futuro. Puede que tengamos mucho pasado, pero eso no significa que tengamos que quedarnos anclados en él. Me gustaría arreglar algunas cosas.

En la enorme sala seguía entrando gente, mucha a la que Anna no conocía. Seguro que algunos serían pacientes de Chad, gente que nunca lo vería fuera de la consulta excepto en alguna ocasión especial como esa. De hecho, algunos de ellos tal vez estarían pasando una crisis por encontrarse con que su terapeuta había muerto de pronto.

Por supuesto, había una programación. Mientras las imágenes pasaban en la gran pantalla, se oía música suave de fondo. El bar estaba abierto, pero la comida no se sacaría hasta que hubieran acabado los discursos. Todos habían acordado que sería breve y que solo se permitiría hablar a aquellos a quienes se les hubiera pedido. «Que sea rápido», había dicho Anna. Luego la gente podría quedarse, comer y socializar, o largarse. Lo que prefirieran.

—Señoras y señores, por favor, rellenen sus

vasos o sírvanse una copa. Vamos a brindar por nuestro amigo una vez más después de un breve tributo de su familia —dijo Joe—. Busquen un sitio cómodo donde sentarse. Creo que se me ha concedido el honor de empezar porque, exceptuando a los hermanos de Chad, soy la persona que lo conocía desde hacía más tiempo. Nos conocimos en octavo y, aunque pasamos meses e incluso años separados, logramos mantener el contacto desde entonces. Ha sido todo un privilegio poder llamarme «su amigo».

Anna miró a Max Carmichael, el médico que dirigía el gabinete psicológico donde Chad había trabajado durante veinte años. Max no solo se había ofrecido a presidir el homenaje, sino que claramente había contado con que sería él quien lo haría. Pero lo cierto era que Chad lo había odiado.

Lo harían Anna, los chicos y Joe. Cada uno de ellos cubriría un aspecto importante de la personalidad de Chad y ofrecería una breve muestra de amor y devoción. Por supuesto, casi habían llegado a las manos al decidir quién haría qué, y, al mismo tiempo, Jessie era la única que de verdad quería hablar. El pobre Mike estaba sufriendo mucho y se le notaba; era el único hijo varón de Chad y habían estado muy unidos. Y la pequeña Bess, su niñita, estaba destrozada. Eligieron los temas a tratar como perros peleando por un hueso. Bess no había entrado en esa discusión; ella tenía muy claro lo que quería decir.

—Yo hablaré de la integridad —había dicho Jessie.

—Pensé que de eso hablaría yo, ya que me entrenaba y hacíamos deporte juntos —discutió Mike.

—Bueno, pues si no puedo quedarme con el

tema de la integridad, me quedo con la lealtad —dijo Jessie.

Y así...

Mientras, Anna, que después de seis meses de terapia matrimonial conflictiva había empezado a cuestionarse la integridad de su marido y su falta de sinceridad y de lealtad, se había quedado al margen de la disputa. Ella contaría que fue un hombre de mente abierta y sin prejuicios, y lo mucho que ayudó a sus pacientes con su tolerancia. Actuaría con madurez y comprensión, aunque en el fondo estuviera furiosa con él. Después de todo, le había suplicado que no fuera a ese puñetero viaje a hacer una actividad de *rafting* para la que no estaba preparado. Y, mientras se lo suplicaba, se había preguntado si de verdad iría a hacer *rafting* o si sería una escapadita de enamorados.

Instintivamente, miró a su alrededor en busca de la mujer embarazada. No la vio por ninguna parte.

Jessie dio su discurso sin soltar una lágrima y con fuerza, segura de sí misma. Habló de su integridad, aunque no era lo que le había correspondido. Mike, que sí soltó alguna lágrima, hizo lo mismo, pero añadió la lealtad y habló del gran líder que había sido Chad y de la mucha gente que se había apoyado en él. Elizabeth, con tono suave pero firme, habló de cómo Chad aceptaba a las personas incluso aunque fueran muy distintas a él. Y ella lo sabía bien; padecía una forma leve de autismo y Chad había sido su paladín. La había animado a ir a terapia para aprender a desenvolverse mejor y a socializar de forma apropiada, algo que probablemente le había salvado la vida. Era lo único en lo que Anna había tenido celos de él. Como madre, siempre había deseado ser la que salvara a Bess de la presión de un síndrome de Asperger.

Finalmente, Anna habló de su compromiso con las personas que amaba.

Ella tenía cincuenta y siete años y nunca en su vida se había sentido vieja y sola. Hasta ahora. Su marido no iba a volver. Ni siquiera regresaría el Chad insatisfecho que no sabía ni lo que quería ni lo que necesitaba para volver a sentirse realizado. Ni siquiera volvería lo peor de Chad.

Concluyó su breve tributo diciéndoles a sus invitados que podían quedarse todo el tiempo que quisieran para comer, beber y reír, ya que eso honraría a Chad. Joe volvió al estrado para proponer un brindis por Chad y por una vida bien vivida.

Y entonces, por fin, Anna pudo relajarse un poco. Charlaría con sus invitados y se tomaría otra copa de vino. Ahora ya no tenía que estar pendiente de nadie. Blanche, su anciana madre, no había asistido y seguía a salvo en el hogar asistido. Scott, el hermano de Chad, su mujer, Janet, y la hermana de Chad y su marido saldrían hacia el aeropuerto en una limusina en una hora aproximadamente.

—Ya casi hemos terminado —le dijo al oído la voz ronca de Phoebe. Era una de sus mejores amigas desde la universidad y ahora, además, su secretaria judicial. Había sido ella la que había organizado el *catering* para la celebración de la vida de Chad—. ¿Quieres que me pase por tu casa luego?

—No hace falta. Soy fuerte. Y la verdad es que necesito dormir un poco.

—Vale —respondió Phoebe—. Luego te llamaré para ver qué tal, así que apaga el teléfono si vas a estar descansando. ¿Qué tal los chicos?

Los chicos habían corrido a su lado, cada uno por motivos distintos. Elizabeth había necesitado su apoyo en medio de la confusión que le había producido la muerte de su padre, Mike había necesitado alguien de quien compadecerse, y Jessie había necesitado alguien que le dijera que todo giraba en torno a ella. Jessie era muy parecida a su padre, aunque sin tanto encanto.

—Espero que ya estén listos para volver a su casa, aunque dejaré que eso lo decidan ellos, claro. Bess ya ha vuelto a la comodidad de su apartamento, donde nadie alterará su rutina, y creo que yo necesitaría estar sola.

—Pues entonces estaré cerca por si cambias de opinión —dijo Phoebe.

Muchas personas se reunieron para la celebración de vida de Chad. Tanto los colegas de profesión de él como los de ella estaban allí y no había habido polinización cruzada entre ellos. También acudieron viejos amigos, vecinos, y amigos de sus hijos. Parecía que todos querían quedarse ahí eternamente, pero Anna tampoco supo cuánto estuvieron en realidad porque, al cabo de cuatro horas, se despidió y se fue a casa. Era la viuda afligida y se le permitía hacerlo. Por una vez en su vida no se preocupó por jugar a ser la anfitriona perfecta.

Se marchó a casa seguida de Jessie y se puso unos vaqueros y una sudadera voluminosa. Estaba poniéndose unos calcetines blancos limpios mientras Jessie hacía la bolsa de viaje.

—¿Seguro que estarás bien sola? —le preguntó su hija.

—Creo que lo necesito —respondió Anna—. No te ofendas, y agradezco todo vuestro apoyo, pero estoy agotada y harta de todo este circo. Necesito un poco de tranquilidad para recomponerme. A lo mejor Phoebe viene luego, aunque le he dicho que quería estar sola un poco.

Mike llegó a casa y le preguntó, probablemente por tercera vez, si estaba segura de que debía estar sola.

—¿Y tú estás seguro de que deberías estar solo? —le preguntó ella.

—Estoy bien. Además, en los últimos tres días solo he visto a Jenn en el funeral, o lo que sea que ha sido eso.

—Una celebración de...

—Sí, sí, ya lo sé.

La besó en la mejilla.

—Llámame si me necesitas.

—Gracias, Mike. Eres un buen hijo.

Llevaba en casa alrededor de una hora cuando sonó el timbre. Respiró hondo esperando que no fuera alguien que demandara mucha atención. Era Joe.

—Debería haber llamado, pero quería asegurarme de que estabas bien antes de volver a Menlo Park.

—Estoy bien —respondió Anna, y por tratarse de Joe, añadió—: ¿Te apetece pasar un rato y tomarte un café antes de ponerte en camino?

—Si estás segura... Es normal que no sepas bien lo que quieres ahora mismo.

—Qué va, sé muy bien lo que quiero —dijo abriendo más la puerta—. ¡Quiero saber por qué!

A Anastasia Blanchette Fallon la crio su madre soltera, Blanche Fallon. Blanche solía decirle a la gente que le habían puesto ese nombre por Blanche

DuBois de *Un tranvía llamado deseo*, pero en realidad la obra se escribió varios años después de que Blanche naciera. La madre de Anna era una mujer intensa y enérgica, independiente, testaruda y un poco brusca. Había trabajado en todo empleo imaginable, pero sobre todo como camarera de mesa en restaurantes y, después, cuando Anna fue mayor, también como camarera de bar. Solía tener dos empleos ya que no había ni marido, ni padre, ni familia que las ayudara. Y ahora era Anna la que cuidaba de su madre. Varices, artritis y vértebras fuera de su sitio asolaban a Blanche, todo ello reflejo de una vida trabajando mucho y de pie.

Cuando Anna era pequeña, Blanche solía decirle:

—¿Quieres tener unas piernas como las mías? ¿No? Pues entonces estudia.

Aunque las piernas de su madre la espantaban, evitarlas no fue su motivación tanto como lo fue el miedo a quedarse embarazada y abandonada con un hijo y vivir una vida de trabajo agotador y jornadas interminables. Pronto entendió que estudiar era el mejor modo de evitar esa vida. Estudió mucho, pero no convertirse en su madre acabó siendo su búsqueda eterna.

En realidad, la admiraba muchísimo. Blanche era valiente, vital e incondicionalmente leal. Pero Anna quería más. Por un lado, seguridad. Amor duradero. Por el otro, una existencia por encima de la media. Blanche y ella se las habían apañado con unos ingresos muy bajos, y Anna siempre estuvo empeñada en que su vida de adulta fuera más cómoda que la de su madre, sobre todo si tenía hijos. Ese objetivo fue lo que le había impedido mezclarse con el chico equivocado. De hecho, ¡mezclarse con cualquier chico! Su experiencia con las citas se convertía en una batalla interminable cuando se negaba a tener relaciones. ¡Pero, joder, es que no estaba dispuesta a hacer lo que había hecho su madre y acabar atrapada por querer un orgasmo!

Y así fue cómo a Chad McNichol le tocó la lotería. Chad tenía todo lo que ella buscaba en una pareja y Anna se enamoró de él. Aunque tenía veintitrés años, le entregó su virginidad y para él eso fue como un viaje a la luna. En aquel mismo instante quiso casarse con ella. Ya. Desesperadamente. Y ella deseaba casarse tanto como él. Chad había recibido una buena educación, venía de buena familia, no tenía deudas y tenía buena reputación. Además, parecía bueno. Había tenido unas cuantas novias en el pasado e incluso había estado prometido una vez, pero tenía veintisiete años. Y era guapo. ¿Qué otra cosa te ibas a esperar? La buena señal era que no había ni exmujeres ni antecedentes policiales.

Planearon su vida para que todo saliera a la perfección. Anna tenía un buen trabajo como secretaria jurídica en un próspero bufete de abogados criminalistas, y Chad ejercía de terapeuta en una pequeña clínica de salud mental de San Francisco mientras terminaba su doctorado en Psicología Clínica. Tuvieron una boda de cuento de hadas, luego una niña y, tres años después, un niño. Anna estaba loca de alegría a pesar de que no dejó de trabajar durante los dos embarazos y se tomó una baja de tres meses por cada bebé. Pero cuando Mike era recién nacido, estuvo a punto de divorciarse. Pilló a su perfecto marido teniendo un lío con una mujer cuya identidad nunca descubrió. Él no le dijo quién era, aunque sí admitió haber tenido una aventura. Dijo que lo lamentaba muchísimo y juró que se había terminado y que no estaba dispuesto a que su matrimonio acabase por eso. Y menos cuando tenían dos niños pequeños.

De forma excepcional, Blanche y la familia de Chad unieron fuerzas para animarlos a arreglarlo, un reto no apto para débiles. Y así estuvieron renqueando durante unos años, siempre al borde de la separación. Sinceramente, si Chad no se hubiera empeñado tanto en que siguieran juntos y lo intentaran por el bien de los niños, Anna habría tirado la toalla. ¿Cómo iba a poder confiar de nuevo en él? ¿Cómo iba a poder sentirse adorada otra vez? Lo odió tantísimo que quería matarlo.

Pero, en lugar de eso, hizo las pruebas de admisión para la Facultad de Derecho y estudió mientras él trabajaba y los niños eran pequeños. Estaba decidida a no acabar como una divorciada sin un centavo ni perspectivas de futuro. Estudiar Derecho y ejercer de madre a la vez fue un infierno, pero lo logró. Contra todo pronóstico. Nada puede motivar a una madre joven tanto como el miedo a verse en la ruina y con una familia que criar.

Luego, ese logro fue como un estímulo para su ego y lo que la llevó a la meta, a un lugar donde se sentía segura de sí misma y capaz tanto de dejar a su marido como de darle otra oportunidad. Decidió que había sido bueno y fiel durante varios años y que se había ganado otra oportunidad. Por eso se permitió volver a enamorarse de Chad, y entonces llegó Bess.

Tras aquella reconciliación hubo algunos momentos en los que desconfió de él y se preguntó si estaría distanciándose de ella, pero decidió ignorar esas dudas. Chad siempre había necesitado mucha atención y respondía bien a la adoración, así que ella le daba ese gusto. Además, necesitaba dar mucho, así que, si Anna lo consentía y mimaba, él la besaba en el hombro mientras ella se lavaba los dientes, le daba una palmadita en el trasero mientras ella aclaraba los platos o apoyaba la cabeza en su regazo mientras veían la tele. Anna le decía que era como un cachorro de labrador, siempre buscando aprobación y unas buenas caricias. Unas cuantas palabras dulces, y Chad volvía a venerarla. Ese fue el equilibrio que alcanzaron durante el resto de su matrimonio hasta hacía poco.

—Con Chad nunca nada era suficiente —le dijo a Joe—. ¿Sabías que íbamos a terapia?

Joe dio un trago de café.

—Hacía tiempo que no hablaba con Chad y el tema nunca surgió. Pero tampoco me sorprende. Chad, como terapeuta, animaba a la gente a ir a terapia con cualquier excusa. Creo que era uno de sus pasatiempos favoritos.

—En esta ocasión decía que se sentía insatisfecho. Estaba deprimido, no dormía bien y decía que estaba pasando una crisis porque no estaba preparado para envejecer. Decirle que solo era cosa de su estado anímico no sirvió de nada.

—Lo siento —dijo Joe—. No lo sabía.

—A eso vino lo del viaje para hacer *rafting*. Quería vivir la vida al máximo, aventuras y emociones, antes de que fuera demasiado tarde. Sinceramente, me pareció ridículo y más bien pensé que tendría un lío con alguien. Pero supongo que no, porque murió haciendo *rafting*. Más o menos.

—¿Más o menos?

—El forense dijo que sufrió un infarto al corazón y que después se ahogó. Al parecer, es frecuente. Sobre todo en el caso de hombres que quieren demostrar algo, como, por ejemplo, que no están envejeciendo.

—Tenía sesenta y dos años. Tenía buena salud y estaba en una forma estupenda.

—No tan estupenda. Siempre necesitaba mucho refuerzo. En el funeral había una chica de unos treinta años y embarazada. No parecía conocer a nadie.

Anna esperó, en silencio.

—Seguro que no —dijo Joe.

—¿Te lo habría contado? ¿Si hubiera estado teniendo una aventura?

—No lo sé. No me dijo nada, si es lo que preguntas. Sí que me contó algunas cosas delicadas que describió como «confidenciales», pero tenían mucho que ver con el trabajo. Pensó que teníamos alguna de esas cosas en común. Por eso...

—¿No me las vas a contar? ¿Ni siquiera ahora?

—Aunque Chad ya no esté con nosotros, yo no revelaría una confidencia. Un juramento es un juramento, ¿no crees? Yo me llevaría una confidencia tuya a la tumba.

Anna se quedó mirándolo un momento. Dio un sorbo de café.

—Es admirable de la hostia.

—¿Por qué no me cuentas lo que crees que ha pasado? —sugirió Joe.

—Su malestar y sus quejas empezaron hace alrededor de un año, después de que me dieran el puesto de jueza. Chad nunca se sintió cómodo con mi éxito y eso lo hacía sentirse vulnerable. He de admitir que había momentos en los que yo ya no podía soportarlo y me convertía en una cabrona.

Joe esbozó una pequeña sonrisa.

—¿Y la chica?

—No sé qué hacía ahí a menos que tuviera una conexión importante con Chad. Y puede que nunca sepa cuál es.

—Chad tenía sus cosas, como todos, pero no sabía que fuera detrás de mujeres jóvenes.

—¡Le volvía loco flirtear! —protestó Anna.

—Flirtear sí, pero eso no es lo mismo que tener una aventura. ¿Y con una mujer joven? No sé, Anna. Es posible, pero no sé... Puedo decirte con sinceridad, y sin desvelar ninguna confidencia, que no sabía nada de eso. No puedo darte ningún consejo. Si pudiera, te ayudaría.

—He estado demasiado ocupada y no he tenido tiempo de revisar su escritorio. Eché un ojo a sus mensajes de texto, pero no he podido mirarlos exhaustivamente. Los chicos estaban aquí y estábamos muy ocupados preparándolo todo.

—¿Estás segura de que quieres saberlo?

—Sí. Totalmente. Porque los últimos seis meses me hizo sufrir mucho con todo su descontento y su frustración porque no le bastaba con la vida que tenía. Y luego murió y me ha dejado preguntándome si yo había fracasado. Si fue culpa mía de algún modo.

—¡No! ¡Anna, no! Escucha —dijo Joe dejando la taza en la mesita de café a la vez que se situaba en el borde del sofá para inclinarse hacia ella—. Cada uno es responsable de su felicidad. De cómo afronta las cosas. La felicidad es, en gran medida, una elección. Y todo el mundo pasa por fases de descontento, pero las supera o hace cambios importantes. A menos que estés maltratando a alguien, no es culpa tuya. Y yo sé que tú no maltratabas a Chad.

—Todo lo contrario. Teníamos un sistema. Él lo único que necesitaba era salirse siempre con la

suya. Gracias a que casi nunca necesitó que yo llegara a sacrificar por completo la atención hacia mis
hijos o hacia mi carrera por su felicidad, fue fácil. Si
eso era lo que teníamos que hacer para que el matrimonio durase, para que funcionase, era fácil. Soy
tolerante y cooperativa. Y luego está el hecho de
que, cuando Chad estaba feliz, hasta el mismísimo
sol brillaba más.

Dio un sorbo de café.

—Lo odiaba por eso —añadió, y entonces sonrió
y dijo—: La viuda no debería estar bebiendo café.

—¿Quieres unos chupitos? —preguntó Joe sonriendo.

Capítulo 2

Los hijos de Anna respondieron de forma muy diferente a la pérdida de su padre, pero, claro, es que eran personas muy diferentes. Jessie era brillante y preciosa y demandaba mucha atención. Anna y ella se llevaban bien la mitad del tiempo. La otra mitad solía ser complicado. A Anna le gustaba pensar que Jessie había sacado ese toque narcisista de Chad. Sin embargo, parecía no haber heredado su encanto. Por muy egocéntrico que hubiera sido, Chad había sabido utilizar bien sus virtudes. Tenía carisma y magnetismo. Sabía cómo ganarse a la gente. Eso era muy importante si te dedicabas a la psicología. Se ganaba la confianza de sus pacientes de inmediato. Jessie, internista, solía recibir alabanzas por ser una doctora maravillosa que se desvivía por sus pacientes, aunque con su familia era una persona de trato complicado.

Y, como era de esperar, estaba furiosa por la muerte de su padre.

—No deberías haberle dejado hacer ese viaje —había dicho regañando a su madre.

—¿Qué te hace pensar que podría haberlo detenido? —había respondido Anna.

Pues parecía claro que Jessie la estaba culpando por el egoísmo y la muerte de Chad. No lo había dicho abiertamente, pero ahí estaba.

Mike, el mediano y único chico, era un ángel. Era todo encanto y muy poco egocentrismo. Ahí donde Jessie solía ser dura con Anna, Mike era cariñoso. Debía de pensar que ahora tenía que intentar cuidar de ella. Anna agradecía tanto cuánto la quería que se le saltaban las lágrimas. Mike y Chad también habían tenido una relación padre-hijo fantástica, cercana, cariñosa y de apoyo mutuo, pero Anna y Mike tenían un vínculo muy especial. Él era su protector y defensor. Aún no tenía esposa, pero sí había tenido un desfile de jovencitas preciosas e inteligentes que querían ocupar ese puesto. Llevaba un tiempo saliendo con Jenn, una chica encantadora, y Anna esperaba que durara. Algún día, a no mucho tardar, Mike se comprometería y ella sabía que, aunque siempre querría a su madre con devoción, su esposa se convertiría en su pasión y pasaría a ocupar el puesto de la mujer más especial de su vida. Mike daba clases de Educación para la Salud en un instituto y era entrenador a tiempo parcial, aunque quería llegar a ser entrenador a tiempo completo. La repentina muerte de su padre lo había dejado sumido en un charco de lágrimas. Era un alma tierna y vulnerable.

Bess era una solitaria brillante que cargaba con el peso del Asperger. Tenía problemas para desenvolverse emocionalmente. Sus emociones a veces eran nulas o, como mucho, mínimas. Había reaccionado a la muerte de su padre de un modo pragmático y parecía asombrada por emociones que no solía sentir. Sus lágrimas de dolor parecían confundirla y su respuesta a eso era la ansiedad. Por suerte, estaba dispuesta a tomar ansiolíticos para esas situaciones y parecía calmada y sosegada tras la muerte de Chad. Pero Anna no sabía cómo actuar ni qué esperar. Bess era profundamente introvertida, no quería que la tocaran y se relacionaba con muy poca gente. De pequeña, no quería que le dieran de comer; agarraba la cuchara para poder alimentarse sola. Operaba por pura lógica. No parecía necesitar a nadie. Anna estaba constantemente preocupada por su soledad, ya que nadie podía comunicarse con ella como Chad.

Llevó un decantador de cristal al salón y lo dejó en la mesa de cóctel. Se sacó dos vasos de chupito del bolsillo y volvió a la cocina a por dos altos de agua. Luego se sentó al lado de Joe y sirvió la bebida.

—Tequila.

Brindaron y se lo tomaron. Anna resolló y tosió. Joe sonrió.

—Se dejó muchos asuntos inacabados —dijo Anna.

—¿No le pasa a todo el mundo cuando muere? ¿Cuándo está bien marcharse?

—Cuando tienes ciento cinco años y no existe posibilidad de que vayan a necesitarte para nada o de que tengas que explicar nada. Tener en orden tus aventuras tiene su mérito. Chad no las tenía.

—Si no te importa que te lo pregunte...

—Le pasaba algo, algo que lo hacía inexplicablemente infeliz. Pero nunca lo solucionó. Dejó muchas preguntas.

Anna levantó el decantador y sirvió dos chupitos más.

—¿Te acuerdas de cuando estabas embarazada de Jessie? Estaba abrumado por las emociones.

Callado, cariñoso y lastimero, pero muy feliz. Muy vulnerable.

Ella no respondió.

—¿Recuerdas cuando decidí estudiar Derecho? Mike aún no había aprendido a usar el orinal, Jessie estaba en preescolar, yo tenía que dejar mi trabajo, teníamos un problema terrible con el dinero y era casi imposible pagar una guardería, pero fui de todas formas. Se enfadó muchísimo conmigo.

—¿Por qué estudiaste Derecho? Quiero decir, además de porque eres brillante y ambiciosa.

—No creo que fuera ninguna de esas dos cosas. Fue después de la aventura de Chad y me daba miedo que me abandonara. Tenía algo que demostrar. Que demostrarme a mí misma y que demostrarle a él. Me acusó de ser egoísta, de no anteponer las necesidades de la familia. ¡Eso lo dijo el hombre que le fue infiel a su mujer embarazada! ¿Dónde había puesto él las necesidades de la familia al tener una aventura? ¿Te acuerdas?

—¿Cómo olvidarlo? Si en aquella época hubiéramos tenido móviles, tal vez nunca me hubiera enterado. Llamé al teléfono de casa, pregunté si estaba Chad y me lo soltaste todo, que no tenías ni idea de dónde estaba porque lo habías pillado teniendo una aventura. Lo acusaste, le diste pruebas y lo admitió.

—¿Alguna vez te enteraste de quién fue?

Joe negó con la cabeza.

—Reconozco que no se lo pregunté.

No por primera vez, Anna quiso saber por qué hacían eso los hombres. Pero decidió no preguntar, decidió no pensarlo.

Veintiocho años atrás, cuando Mike era un bebé y Anna estaba agotada, Chad había caído en la dinámica de no estar donde decía que estaría, de llegar tarde todo el tiempo, de recibir llamadas extrañas que intentaba colar como si fueran llamadas de pacientes, de llevar perfume en la camisa... Vamos, lo más obvio del mundo. Ella no dejó de pincharlo e insistir hasta que él admitió que había conocido a alguien, a una compañera de trabajo había dicho, con la que había tenido una breve aventura de la que se arrepentía y que ya había terminado. Que jamás volvería a pasar a menos que Anna siguiera acosándolo por el tema. Pero ella no podía parar. Y entonces él había dicho:

—Vale, ¿quieres divorciarte? Porque no me voy a oponer.

Estaban sobrepasados por las facturas y las deudas, apenas podían pagar la hipoteca, y por eso Anna siguió trabajando. Le daba miedo dejar a Chad o dejar que se fuera. Su peor pesadilla parecía estar haciéndose realidad: convertirse en una madre soltera pobre como lo había sido la suya. Traicionada y sola como se sentía, estaba viviendo una época oscura y dolorosa cuando de pronto llamó Joe preguntando por Chad y ella, al borde de la desesperación, le preguntó si sabía algo. Lloró y se desahogó con él, que la animó a intentar arreglar las cosas por el bien de sus hijos.

—Y justo entonces decidí que iba a tener que construir algo para mis hijos y para mí que me diera más dinero y seguridad que ser secretaria jurídica, porque, si ya me había engañado una vez, volvería a hacerlo. Sin embargo, nunca supe de ninguna otra aventura.

—O sea, que lo sospechabas, pero...

—Todas las señales estaban ahí. Después de todos estos años. Después de hacer de tripas corazón y todo lo que pude por que funcionara.

—Aquello pasó hace mucho tiempo, Anna. Es agua pasada. Seguro que lo último solo fue una crisis de la mediana edad.

—¡Tenía sesenta y dos años! Joder, ¿cuánto se esperaba que iba a vivir?

Joe levantó el vaso.

—Mucho más de lo que vivió al final. Tuviste que ser muy fuerte para superar todo lo que habéis pasado y hacer que tuvierais una buena vida, un buen matrimonio.

Anna lo miraba como si estuviera loco.

—¿Qué te hace pensar que lo superé? Nunca lo he superado. ¡Llevo casi treinta años desconfiando, alerta!

Bebió con cuidado. No quería volver a abrasarse la garganta.

Joe se bebió el suyo de un trago.

—Arlene y yo no pudimos mantenernos juntos —dijo Joe refiriéndose a su exmujer—. ¿Hablas con ella?

—Nunca. ¿Y tú?

—Un poco. Por asuntos de los chicos o de las nietas, pero casi siempre la cosa se limita a mensajes de texto o algún que otro *email*. No estábamos hechos el uno para el otro. Y aunque fue doloroso, estábamos destinados al divorcio. Ya nos fue mal desde el principio. Tengo dos hijos estupendos y unas nietas preciosas. Pero, en vuestro caso, y a pesar de todo lo que habéis pasado, siempre pensé que Chad y tú inventasteis el matrimonio.

—Porque yo soy una persona tolerante, por eso. Y porque todo lo que decía de él, de nosotros, lo hacía quedar como un rey. O, al menos, como un déspota benevolente.

Y era verdad en cierto modo. Durante años había

actuado como si no le doliera que él hubiera encontrado otra mujer y le hubiera sido infiel. Sabía perfectamente lo que hacía falta para que Chad se sintiera amado y especial, y se lo daba, tanto si para ella era irrelevante como si no. Dejaba pasar que a él se le olvidaran las ocasiones especiales, que los sentimientos de ella importaran menos que los de él.

—Parecía que lo querías mucho —dijo Joe.

—Claro que lo quería, pero esa no fue la razón por la que invertí tanta energía en intentar que tuviéramos un matrimonio decente. Me había comprometido a ello. No esperaba que él no envejeciera nunca, que no enfermara, que nunca tuviera problemas. No contaba con que fuéramos a estar enamorados cada día. Joder, había días en los que lo odiaba, y suponía que a él le pasaría lo mismo conmigo. Es inevitable, ¿no? Pero seguí ahí de todos modos. Era Chad el que trabajaba a tiempo parcial. Cuando empezaba a agobiarse, siempre estaba sopesando las ventajas de marcharse. Yo, en cambio, nunca le vi ninguna ventaja a marcharme. Hasta su última depresión. Fue la gota que colmó el vaso. Lo tenía todo y, aun así, se quejaba. Era un desagradecido. No dejaba de decir que le faltaba algo, como si fuera mi obligación averiguar qué era y dárselo —sacudió la cabeza—. Si al menos cuando llegaba a casa, lo hubiera hecho de mejor humor... Luego, al final, nos centrábamos en otras cosas y acabábamos hablando de nuestras respectivas agendas, de alguna reparación o compra que hiciera falta, o de algún problema que pudiera tener alguno de los chicos.

—Es increíble con qué facilidad se puede evitar hablar de un tema, ¿verdad?

—Se consigue con treinta años de práctica.

—Y, aun así, ¿nunca te planteaste una vida sola?

Anna se quedó callada un momento y después dijo:

—Porque lo quería mucho. Lo quería. Pero...

Le sonó el móvil con la entrada de un mensaje.

Phoebe: *¿Estás bien?*

Anna: *Perfectamente, gracias.*

Phoebe: *Vale. Si no me necesitas, me quedo en casa. Tengo jaqueca. Si me necesitas, llámame.*

Anna: *Métete en la cama, estoy bien. Mañana hablamos.*

Respiró hondo.

—Phoebe es la única que sabe esto. Y ahora tú. Los últimos problemas de Chad con la infelicidad coincidieron con mi nombramiento de jueza. Se convirtió en una dinámica. Si yo tenía algo de lo que enorgullecerme, él se sentía vulnerable y desamparado. Empecé a plantearme proponerle que hiciéramos vidas separadas. Me pareció que era hora de que aprendiera a ser feliz solo.

—¡Hala! —dijo Joe impactado—. ¿Después de tantos años?

—Me encanta mi trabajo. Me ha costado mucho llegar donde estoy. Solo tengo cincuenta y siete años y estoy cansada de haber estado siempre centrándome en la felicidad de Chad. Pensé que ya me tocaba a mí... —una única lágrima le cayó por la mejilla—. Supongo que ahora me toca a mí.

Anna y Joe estuvieron charlando hasta bien entrada la noche. Dejaron el tema del descontento de Chad y la confusión que eso le producía a Anna y empezaron a recordar los años en los que sus hijos eran pequeños, cuando todos se reunían para celebrar barbacoas en el jardín y salían a pasar el día al lago, o aquel viaje a Disneylandia que casi fue un desastre, porque Anna y Chad perdieron a Bess por un momento y al final la encontraron con una princesa. Ella le habló también de cuando Chad ayudaba a Mike a entrenar y de lo orgullosa que se sentía de los dos.

—Quería darle una paliza, pero no quería que muriera —dijo mientras le caía otra gran lágrima—. Lo siento, son lágrimas de tequila.

—Deberías acostarte. Y yo necesito que me presten un sofá donde dormir.

—No digas tonterías. Tengo dos habitaciones de invitados. ¿Quieres un pijama de Chad?

Él puso cara rara.

—Jamás me verás con un pijama de tu marido. Me las apañaré sin las comodidades habituales.

—Duerme en la habitación de Mike. Ha puesto sábanas limpias antes de irse y en el baño hay productos de afeitado y cepillos de dientes nuevos. Voy a dejar el café preparado. Si te levantas antes que yo, enciende la cafetera.

—Gracias, Anna. Sería una estupidez volver conduciendo a Menlo Park.

—No dormiría nada pensando que estás conduciendo. Dormiré mucho mejor sabiendo que estás en la cama arropadito.

Justo antes de salir del salón, Anna se dio la vuelta y añadió:

—Es la primera vez en todos estos años. Creo que nunca te has quedado a dormir aquí.

—Que yo recuerde, no. Prometo no acostumbrarme.

Jessie había estado todo el día con un nudo en la garganta y se sintió aliviada de llegar a casa, en Sausalito, para poder soltar todas las emociones que había contenido. Todos esperaban que fuera fuerte y no los había defraudado, pero lo cierto era que no se sentía fuerte. Podía hacerse la fuerte, pero a veces le costaba tanto que al final la hacía parecer mala y gruñona. No sabía qué era más duro, si la muerte de su padre o que Jason ni siquiera la hubiera llamado para saber si estaba bien. Lo había llamado, le había contado lo de su padre y los preparativos que estaban haciendo, y lo había invitado a la celebración de vida. Él le había dicho que a lo mejor tenía que trabajar, pero que intentaría ir. Habían vivido juntos dos años. ¡Jason había tenido mucha relación con su familia! Habían roto hacía un año, pero para ella era como si hubiera sido ayer.

Jason no había ido. No había enviado flores. Y ella estaba sola. Muy sola. Su hermano tenía a su novia, Bess prefería estar sola, su madre estaba agotada, y su abuela apenas sabía qué día era y estaba más segura con las demás señoras en el hogar asistido. Jessie no tenía a nadie. Hacía mucho tiempo que no tenía ni una amiga íntima siquiera.

Se tiró en la cama y se echó a llorar.

Los médicos de éxito no lloraban. O eso creía ella; eso le habían dicho. Quería llamar a Jason, pero no quería oír su buzón de voz. De todos los que la conocían, él era el que más quería que «se dejara llevar» y aceptara las cosas como venían. La consideraba una persona que requería mucha atención y que siempre estaba enfadada por algo.

Su pobre padre. No tenía ni idea de por qué había estado tan inquieto últimamente, pero ella le echaba la culpa a su madre. Anna debería haber encontrado un modo de llegar al fondo de lo que fuera que estaba preocupando a su padre. ¿Y si estaba enfermo y lo estaba manteniendo en secreto, sufriéndolo en silencio? ¡Anna nunca debería haberle dejado hacer ese dichoso viaje para hacer *rafting*!

Le sonó el móvil y miró la pantalla. El corazón le dio un salto de alegría. ¡Era Jason! Llevaba días echándolo de menos. Le había dejado varios mensajes y él le había respondido por mensaje, ¡pero ahora la estaba llamando!

—Hola —dijo Jessie con la voz cargada de emoción.

—Jess, ¿cómo estás?

—Lo estoy pasando muy mal. ¡Ni siquiera has venido a la celebración de vida!

—Lo siento, Jess. Hemos tenido una emergencia. He estado en el hospital hasta hace un momento.

—¿Qué clase de emergencia?

—Un fémur y muchas otras cosas. Accidente de coche.

—¿Estabas de guardia?

—Estaba de guardia hasta el mediodía, pero el herido llegó justo cuando me estaba preparando para salir, así que me ocupé yo. Era bastante complicado y no fui el único cirujano en el quirófano. Hicimos falta unos cuantos. Cabeza, bazo y fémur. La cosa era grave.

—¡Al menos podrías haber llamado!

—¡Te estoy llamando ahora!

—Podrías haber enviado flores o algo.

—¡Iba a ir, pero tuve una emergencia!

—¡Te necesitaba de verdad!

—¡Jess! ¡Para o cuelgo! ¡Ya estás otra vez con lo mismo!

No sabía por qué le pasaba eso; por qué se enfadaba tanto y se ponía a la defensiva y sarcástica cuando lo único que quería en el mundo era la suave y dulce voz de Jason, la misma que calmaba a los pacientes y tranquilizaba a sus familias. O mejor aún, quería sus brazos rodeándola, reconfortándola. Solo quería que todo estuviese bien. Quería sentirse segura y protegida y que le garantizaran que nada se derrumbaría.

—Lo siento. Es que lo estoy pasando muy mal.

—Mira, deberías plantearte hablar con alguien. A veces alejas a la gente de tu lado. Tienes ese puñetero temperamento y a veces no tiene justificación. Te dije que tenía que trabajar. Siento no haber podido estar ahí, pero rompimos. ¿Te acuerdas? ¿Y por qué rompimos? Porque no soporto tu carácter. Parece que nadie es nunca suficiente para ti.

—¡Ya he dicho que lo siento! ¡Y tú a lo mejor podrías tener un poquito de paciencia conmigo, ya que mi padre acaba de morir!

Hubo un silencio. Un instante que se prolongó.

—Siento mucho tu pérdida, Jessie. Busca algo de apoyo. Te llamaré dentro de unas semanas.

—¿Unas semanas? ¿Ni siquiera eres capaz de decir: «Si puedo hacer algo por ti...»? ¡Porque se me ocurren unas veinte cosas que podrías hacer! ¿Unas semanas? ¿Dónde está el amor, Jason? Al menos podrías...

Pero Jason colgó.

Jessie lo había vuelto a hacer. Tenía una especie de demonio dentro que le hacía ponerse a soltar golpes a diestro y siniestro y a ahuyentar cualquier muestra de afecto. Siempre sentía algo de hambre, como si la porción que le daban no bastara. Si salía a cenar con una amiga, siempre quería ir a un club después y luego tomar una última copa en otro sitio, y después hacer planes para la noche siguiente o, al menos, el fin de semana siguiente. Porque nunca le bastaba nada.

Y ahora su padre, su héroe, había muerto, y no sabía cómo iba a vivir sin él. Su amor y sus elogios la sostenían. Su madre no dejaba de defraudarla por estar tan ocupada todo el tiempo. Uno podría pensar que Jessie, siendo una de los tres internistas de una clínica de San Francisco, entendería lo que era estar ocupada, pero ella no tenía un marido y tres hijos además de un trabajo exigente. Encima, Mike y Bess acaparaban toda la atención de Anna y Jessie solía sentirse excluida. Sinceramente, incluso aunque Anna le diera toda su atención, tal vez tampoco le parecería suficiente.

Por eso lloró y lloró. ¿Por qué no volvía Jason para amarla y adorarla? ¡Había sido tan feliz con él!

¿Lo había sido? Ya no lo recordaba. Le parecía que había sido muy feliz, pero de forma demasiado fugaz. A lo mejor debería hablar con alguien. ¿Y decir qué? ¿Que no la quería nadie? Solo pensarlo ya resultaba demasiado deprimente.

Anna pensaba que la parte más difícil y dolorosa de volver a poner su vida en marcha probablemente sería revisar los objetos personales de su marido y desprenderse de ellos; que eso sacaría a relucir sentimientos de pérdida y de una dolorosa despedida. Sin embargo, durante todo el proceso se mantuvo fría como un témpano.

Temía el momento de tramitar el papeleo necesario para convertirse en la viuda de la que antes había sido una familia formada por una pareja: enviar certificados de defunción a todo el mundo, desde la compañía de seguros hasta la Oficina de Tráfico, poner la casa solo a su nombre y cerrar cuentas bancarias. Pero no podía haber estado más equivocada. Todo eso le llevó un par de semanas.

El 1 de mayo estaba cerca y la peor parte fue toda una sorpresa.

Su abogado le dijo:

—El testamento que tienes no es el testamento más reciente de Chad.

—¿Qué? —exclamó, segura de haber oído mal.

—Chad actualizó su testamento hace unos meses e hizo algunos cambios.

—¿Sin decirme nada? —preguntó atónita.

—Los cambios no te afectan económicamente.

—¿Entonces qué cambió?

—Preferiría que lo habláramos en el despacho —dijo el hombre.

—¡Venga, Larry! ¡Eres nuestro abogado desde hace treinta años! ¡Suéltalo!

—Añadió un beneficiario, pero eso no afecta a nada de lo que teníais en común.

—¿A quién?

—De momento es anónimo, hasta que dicho beneficiario decida revelar su identidad.

—¡Una amante!

—No es una amante —dijo Larry al instante.

—¿Actuó a mis espaldas y nombró a un beneficiario secreto? ¿Cómo pudo hacer algo así?

—Si hubiera querido, podía haber dejado su parte del patrimonio a un hogar para indigentes. Como te he dicho, esto no afectará a tu herencia, y, a decir verdad, tú podrías haber hecho lo mismo. Es más, ahora que eres viuda y vives sola, puedes hacer lo que quieras con tu herencia.

—¿Entonces a qué afecta?

—A los fondos de jubilación y ahorros destinados a los chicos. En lugar de dividirlos en tres partes, ahora estarán divididos en cuatro.

Cuando ellos eran jóvenes y los niños eran pequeños, todo iba al viudo o viuda, y, en el caso de que Anna y Chad fallecieran a la vez, la totalidad del patrimonio iba a parar a los niños. Cuando sus tres hijos habían cumplido los veintiún años, lo dividieron de otra forma. Se dejaron el grueso de los fondos comunes el uno al otro, pero dividieron la mitad de sus fondos de jubilación individuales, algo más de cuatrocientos mil dólares, entre los chicos. Anna no tenía que preocuparse por el dinero. Lo que le preocupaba era la identidad del beneficiario anónimo.

Como si le hubieran puesto un motor a reacción en el trasero, empezó a diseccionar los objetos personales de Chad. Cada uno había mantenido su propia cuenta corriente y de ahorros para la jubilación, pero ella tenía acceso a todas y no vio nada sospechoso. Años atrás habían decidido nombrar a su abogado patrimonial albacea y administrador del testamento. Por entonces los chicos aún estaban estudiando y no querían cargar con algo tan complicado y que les robaría tanto tiempo. Además, eran amigos íntimos de Larry Merton desde hacía muchos años y confiaban en él incondicionalmente.

Revisó cada bolsillo, cada compartimento de la cartera, el maletín del que Chad no había podido separarse después de tantos años, su equipo y su mochila de deporte, e incluso la tienda de campaña. Lo único a lo que no tuvo acceso fue al portátil del trabajo, ahora en manos de un colega de Chad que se ocuparía de sus casos. La información que contuviera sobre sus pacientes era delicada y confidencial.

¿Le habría dejado miles de dólares a un paciente?

Pronto se leería el testamento. No habría que validarlo porque todo estaba bien atado legalmente excepto ese asunto pendiente: la identidad desconocida del beneficiario. No solía quedarse bloqueada, pero esta vez sin duda lo estaba. Tendría que decírselo a los chicos y no sabía cómo.

—No tienes que decirles nada —dijo Larry—. Lo único que hace falta que les digas es que su padre les dejó una parte de su patrimonio en un fideicomiso irrevocable. Redactaré los documentos, te diré las cantidades y luego pueden buscarse su propio representante legal o yo puedo ayudarlos a transferir el dinero a sus cuentas corrientes, de ahorros o de inversión. Es una cantidad generosa pero no tan alta como para tener que pagar un impuesto de sucesión. Tampoco estoy obligado a decirles cuánto te ha quedado a ti ni estoy obligado a decirles que hay un fideicomiso irrevocable, ni la cantidad, ni quién es el fideicomisario. Como cortesía, y con el permiso de Chad, te diré que el fideicomisario es un abogado al que se le ha pedido que mantenga en secreto la identidad de su cliente. Y eso es todo lo que te puedo decir.

Anna había ejercido como abogada durante veinte años antes de que la nombraran jueza y, aunque su especialidad era el derecho criminal y no el derecho patrimonial, sabía que Larry decía la verdad y que le estaba dando los datos reales. Que la familia se reuniera para la lectura del testamento no era algo impuesto por la ley; solía ser más bien algo práctico que, además, inspiraba fantásticas escenas de películas. Es más, Larry invitaría a Anna y a los chicos a su despacho para tratar los detalles. No hacía falta que ninguno supiera que había un cuarto beneficiario, pero Chad había accedido a que Anna lo supiera en el caso de que él muriera de forma prematura estando ambos aún casados.

—Me sorprende que volviera a redactarlo —dijo Anna—. Justo antes de que se marchara de viaje, le dije que cuando volviera tendríamos que hablar de la separación. No les he dicho nada a los chicos. Y, al parecer, él cambió el testamento antes de que yo sacara el tema de la separación.

—Me dijo que teníais algo de jaleo entre los dos.

—¿Jaleo? —repitió ella riéndose.

—Mira, Chad y tú estuvisteis juntos... ¿cuánto? ¿Treinta y cinco años? Al menos una vez cada cinco años pensabais que estabais fuera de combate y, aun así, luego solucionabais las cosas. Si Chad no hubiera muerto, tal vez habría pasado lo mismo. Lo siento, Anna. De todos modos, ¿no representa esto a todo matrimonio típico? ¿Unos cuantos baches, algún susto que luego se quedó en nada? ¿Cuántas parejas perfectas conoces?

Ella soltó una carcajada que bien podría haber sido un bufido.

—¿Esa es tu explicación? ¿O es una excusa?

—Solo digo que, de entre todas las posibilidades, este no es el peor caso que conozco.

—¿Sabes quién es?

—No. Solo le dije cómo añadir un beneficiario anónimo.

—¿Le preguntaste?

—Sí, y me dijo: «Entonces no sería anónimo, ¿no?». Me dio la impresión de que es decisión del heredero. Pero eso no significa necesariamente que hiciera algo turbio. Podría ser una organización benéfica. O una persona necesitada en concreto.

—Si no tenemos en cuenta que le ha ocultado algo a su esposa, que además contribuyó a esas cuentas para la jubilación que esa persona desconocida va a recibir. Y que eso reduce lo que van a recibir mis hijos. Me esperaba algo mejor de ti, Larry. Si no puedes ser más sincero conmigo, al menos deberías haber intentado disuadirlo de algo así. ¿Y si demando?

—Por favor, no lo hagas, Anna. Recuerda que es su dinero y que podía hacer con él lo que le viniera en gana. Estaba en plenas facultades mentales cuando redactó el testamento final, que no difiere mucho del último. A lo mejor debía una deuda y no quería que la familia se enterase. A lo mejor es para un hogar para gatos callejeros. Déjalo como está. Y, para tu información, sí que intenté disuadirlo.

—¿Ah, sí? —preguntó ella enarcando una ceja—. ¿Y por qué lo hiciste? Hoy estás defendiendo sus actos.

—Porque los secretos se enconan. Y le dije que sé por experiencia que no traen nada bueno.

—Tienes toda la razón.

En unos diez días los trámites económicos quedaron resueltos. Y eso fue todo. Hacía solo unas semanas que Chad se había ido y el sol de finales de abril calentaba el aire y traía nuevas flores, generando una sensación de renovación. El contable y el fideicomisario encargados de los fondos de jubilación e inversión de Chad y Anna estaban trabajando con el abogado patrimonial para calcular las sumas y poder mover el dinero y saldar las herencias. Anna ya había firmado sus documentos para aprobar la transferencia de fondos y ahora los chicos firmarían documentos parecidos. Tendrían que identificar el medio por el que recibirían sus fondos.

Jessie había abierto una cuenta para su jubilación, ahorros e inversiones. Mike decía que no tenía tanto dinero como para preocuparse por tener una cuenta de ese tipo, y Bess decía que se abriría una y quería saber si el asesor financiero de Anna la aceptaría como clienta. Les comunicaron que a cada uno le correspondía el mismo porcentaje, que equivalía a algo más de doscientos mil dólares. Por supuesto, estaban encantados y muy agradecidos, pero desde luego preferirían tener a su padre.

—La última vez que hablamos de esto fue hace un par de años, después de que Bess se graduara, y lo que nos preocupaba a vuestro padre y a mí era lo complicado que os podría resultar tener vuestra propia casa. Por supuesto, vosotros decidís qué hacer con el dinero, pero vuestro padre quería asegurarse de que pudierais compraros una casa si queríais. Aun así, nunca nos planteamos la posibilidad de que vuestro padre muriera de forma tan prematura. Lo hablamos pensando en cuando rondarais los cuarenta... Además, sé bien que tener una casa no es lo que más os preocupa.

Jess, por ejemplo, aún no había terminado de

pagar sus estudios de Medicina; Mike había estado viviendo con un presupuesto muy limitado y había alcanzado el límite máximo de su tarjeta de crédito; y Bess... Bess había empezado a estudiar Derecho. Los gastos eran abrumadores y estaba tirando con becas.

Anna se había pensado que la reunión acabaría convirtiéndose en un circo, pero en realidad fue tranquila, serena y algo melancólica. El único al que estuvieron a punto de saltársele las lágrimas fue Mike. Estaba perdidísimo sin su padre.

Larry explicó lo que pasaría.

—Vuestro padre tenía una lista de pertenencias a las que les había buscado un hogar especial, solo algunas. Su coche para su hermano, su colección de libros antiguos para su hermana, sus palos de golf y su equipamiento deportivo para su hijo, su otra colección de libros para sus hijas y todo lo demás para Anna.

—Si hay algo de vuestro padre que queráis, decídmelo. Tomaos vuestro tiempo para pensároslo. He recogido su ropa, pero aún no la he llevado a ningún albergue. No creo que vayáis a querer nada de su ropa, pero si hay algo... —dijo Anna.

—¿Estoy leyendo esto bien? —preguntó Jessie levantando una hoja del testamento—. ¿Tú tienes el sesenta por ciento y cada uno de nosotros tiene un diez por ciento?

—Supongo que es así, sí.

—Falta otro diez por ciento. ¿Dónde está?

Larry carraspeó.

—El diez por ciento va a un fideicomiso irrevocable y el administrador es un abogado. No sé quién es el beneficiario. Vuestro padre no me dio el nombre de ninguno. Solo nombró al administrador.

Podría ser cualquiera o cualquier cosa. Podría ser una organización benéfica sin revelar. Podría ser alguien necesitado a quien vuestro padre quería ayudar. La verdad, no tengo ni idea. Estas cosas no son tan poco habituales.

—¿Cómo? ¿Es un secreto? —preguntó Jessie.

—Supongo que podría verse así. O podría ser que vuestro padre quisiera ceder una pequeña cantidad de su patrimonio a alguna causa que apoyara...

—Pero es que no es pequeña —dijo Jessie—. ¡Son más de doscientos mil dólares! ¿Mamá? —dijo mirando a Anna—. ¿Lo sabías?

—No. Y he de admitir que siento curiosidad. Pero no me sorprendería que se tratara de algún paciente o alguna familia necesitada de quien quisiera acordarse en caso de muerte. De su muerte prematura.

—¿Y por qué mantenerlo en secreto?

—Ni idea —respondió Larry—. Dijo que era un proyecto personal que quería que fuese confidencial. Luego añadió que no tenía pensado morir y que probablemente sería irrelevante. Lo interpreté como que tenía pensado donar dinero antes de la siguiente revisión del testamento.

—Solíamos hacerlo al acabar el año —dijo Anna—. Dependiendo de cómo estuvieran los impuestos, a veces hacíamos una donación a una organización benéfica para echar una mano a la vez que reducíamos nuestros impuestos, pero a mí tampoco me habló de este fideicomiso.

—A lo mejor deberíamos impugnar el testamento, aunque solo sea para saber adónde va el dinero. Es mucho dinero —dijo Jessie.

—Eso no cambiará el porcentaje que vais a recibir —señaló Larry—. Y habría tasas legales. A veces es más sencillo y más barato dejar que el fallecido se salga con la suya. Es su dinero y puede repartirlo como quiera.

—Soy consciente —dijo Jessie—, pero ese diez por ciento es tan llamativo como un grano en la nariz, y me gustaría saber cuáles eran las intenciones de mi padre y por qué.

—¿Qué tal si le escribo una carta al administrador explicándole vuestras preguntas y vuestra confusión y vemos qué responde? Antes de que os planteéis meteros en un pleito que seguro mermará vuestros fondos.

—A mí me da igual lo que quisiera hacer con su dinero —dijo Mike—. Era su dinero.

—Si Jessie quiere reclamar el patrimonio de papá, que lo haga sola. Yo no pienso unirme —añadió Bess.

—¿No queréis conocer esa parte secreta de la vida de papá?

—La gente tiene derecho a tener secretos —dijo Mike—. No me supone ningún problema. Sabemos que no era una mala persona.

—¿Mamá? —preguntó Jessie buscando apoyo.

Anna respiró hondo.

—Esto me ha dejado totalmente impactada y no sé qué hacer. Por un lado, pienso que tal vez sea algo que no quiero saber y, por otro, me pregunto qué narices estaba pasando. Estoy hecha un lío.

—Tendrías que haber sospechado algo —dijo Jessie—. Siempre estabas metiéndote en sus asuntos.

Bess emitió un grito ahogado, Mike resopló con gesto de desaprobación, y Anna se quedó en silencio. Jessie lloró.

—Lo siento. No lo he dicho en el mal sentido, pero es que vosotros siempre lo contabais todo, y no entiendo qué le pasaba. ¡Por qué decidió ir a hacer *rafting* a uno de los ríos más peligrosos del país! ¡Y dejarle parte de su patrimonio a una persona desconocida! Todos deberíamos querer saber a qué viene todo esto.

—No es tan inusual —dijo Larry interrumpiendo la perorata—. Tengo un cliente que difería con su esposa en cuestiones políticas y los dos tienen legadas grandes cantidades de sus patrimonios individuales a sus partidos políticos de elección. Fue la única solución que vieron a sus desavenencias. Sé de un hombre que le ha legado parte de su patrimonio a un caballo para asegurarse de que el animal recibe todo tipo de cuidados hasta que sea viejo, aunque eso no es confidencial. Otro cliente le ha legado dinero a una persona que lo ayudó a salir de una deuda de juego enorme cuando nadie, absolutamente nadie, sabía que tenía un problema con el juego. Ni siquiera su familia. A qué o quién vaya esta pequeña parte probablemente será algo o alguien que Chad pensaría que causaría problemas si se desvelaba. No es algo que quisiera compartir y no lo presioné, porque era su dinero y su decisión. No necesitaba mi aprobación. Y tampoco la vuestra. Intentar averiguarlo podría crear más problemas de lo que merece el asunto.

»A ver qué os parece esto —continuó Larry—. Procedamos con el testamento y con lo que hay acordado y pensemos en los factores desconocidos. Daos algo de tiempo para reflexionar y hablado. Podemos tratar el asunto dentro de un mes o dos.

Anna asintió con gesto serio, pero lo que pensaba en el fondo era que dentro de un mes o dos la joven y embarazada amante de Chad se habría gastado todo el dinero.

Capítulo 3

Jessie fue al hospital después de salir del despacho del abogado porque sabía desenvolverse en su trabajo mientras que estaba claro que no sabía desenvolverse en situaciones personales con carga emocional. Había sido dura con su madre y sus hermanos cuando lo único que había querido en realidad era entender qué puñetas le había pasado a su padre. Quería que alguien la abrazara y le dijera que todo iría bien.

Aparcó en una plaza reservada. Tenía tres pacientes que visitar, ninguno de ellos en estado crítico. Podría haberle pedido a un compañero que se ocupara. Es más, dadas las circunstancias por estar pasando el duelo de un familiar cercano, tenía colegas que estaban ocupándose de sus pacientes y seguirían haciéndolo mientras lo necesitara.

Agarró la bolsa, quitó el seguro de las puertas y salió del coche antes de darse cuenta de que no llevaba encima el bolso. El motor seguía en marcha.

¡Vaya, menos mal que tenía una memoria poderosa y excelentes habilidades para lidiar con todo tipo de situaciones! No había apagado el Lexus, el mando del coche estaba en el bolso y las puertas, cerradas. El móvil también estaba en el bolso. Dentro del coche en marcha. Se apoyó en él, agotada y frustrada a partes iguales. Descansó la cabeza en sus brazos cruzados y gimoteó mientras intentaba pensar qué hacer.

Debió de pasar un minuto. Entonces sintió una mano en la espalda.

—¿Jessie? —preguntó una voz masculina.

Levantó la mirada y se topó con los ojos de Patrick Monahan, un neurocirujano con privilegios en el hospital. La suerte seguía sin acompañarla. Quedar como una idiota delante de un colega era justo lo que le faltaba. Lo único que pudo decir fue:

—Em...

—¿Qué pasa?

—Pues que... eh... no he apagado el coche y tengo dentro el bolso, el teléfono y el mando.

Él sacó su móvil.

—Seguro que tienes algún servicio de asistencia al que podemos llamar. Si les dices el número de matrícula, pueden abrirte el coche de forma remota.

—Sí. Tienes razón, pero... no me acuerdo. Joder, debería haberme leído las instrucciones.

—Llamaré a Lexus.

Patrick marcó el número y ella le preguntó:

—¿Tienes un Lexus?

—No. Un Tesla. He buscado el número. Toma —dijo pasándole el teléfono.

Jessie explicó la situación y le sugirieron unos cuantos servicios de asistencia. Seleccionó uno y Lexus la pasó con la extensión correspondiente. Les dio su nombre, el número de móvil, el número de matrícula y en un minuto... ¡pop! La puerta se abrió.

—¿Puedo hacer algo más por usted, señora?

—Gracias, ya está todo bien.

Le devolvió el teléfono a Patrick.

—Y gracias también a ti. Hoy estoy un poco alterada. Mi padre ha muerto hace poco y acabo de reunirme con mi familia por lo del testamento. Muchas emociones. Me han dejado desorientada.

—Me parece haber oído algo de lo de tu padre. ¿Un accidente de *rafting*?

—Sí. No tengo ni idea de por qué fue a hacerlo. Nunca lo había hecho.

—Lamento muchísimo tu pérdida, Jessie.

—Gracias. En fin. Se me ha ocurrido venir para ver a unos cuantos...

—¿Alguna urgencia?

—No, pero se me ha ocurrido...

—Recoge el bolso, cierra bien el coche y vente conmigo. Vamos a por unos tacos. Has pasado unos días y unas semanas duras. Te vendrá bien un poco de evasión social.

—Seguro que estás demasiado ocupado...

—Lo que estoy es hambriento, y hay un sitio fantástico cerca. Es un cuchitril, pero podemos comerlos fuera. La comida es estupenda.

—La verdad es que no tengo...

—Si no tienes mucha hambre, tómate unos nachos y una cerveza. Y luego te vas a casa. Reconozco el síndrome. Vas al trabajo porque no sabes qué hacer y no quieres quedarte sola en casa donde no tienes nada que hacer. Los médicos solemos hacer eso. Pero a lo mejor decides hablar del tema. Y si no, no pasa nada. Los tacos son geniales.

Jessie no tenía ni idea de por qué Patrick estaba haciendo eso. La única relación que tenían era que ambos eran médicos del mismo hospital.

—Nunca he subido a un Tesla —dijo ella mientras se ponía el cinturón.

—Es un puro capricho. No podría justificarlo ni en un millón de años. No lo necesito y no soy rico, pero, por lo que sea, tenerlo me hace sentirme más joven y un poco más temerario, que es algo que no me puedo permitir ser en la vida real.

El coche arrancó con un rugido y ella echó la cabeza atrás y se rio.

El aire primaveral era ligero y fresco. Por fin empezaba a hacer calor y las flores estaban abriéndose por todas partes. En otras zonas del país probablemente ya estaba todo verde y exuberante desde hacía semanas, pero en el Área de la Bahía la primavera se quedaba un poco rezagada debido a las frías brisas del océano y a las nubes. El sol también era algo perezoso, pero cuando resplandecía, como ahora, resultaba esplendoroso.

—Me encanta este coche —dijo acariciando el salpicadero—. A lo mejor ya es hora de comprarme un coche nuevo. Un juguetito caro.

Patrick accedió a una zona comercial no lejos del hospital y aparcó justo delante de un restaurante con una terraza en la acera rodeada por una valla de hierro forjado y macetas de geranios.

—Bien. Mi mesa favorita no está ocupada.

—¿Vienes mucho?

—Bastante a menudo. Vivo solo y apenas cocino. Casi siempre como fuera o compro algo para llevar.

—¿Estás soltero? No lo sabía.

—Llevo años divorciado. Los médicos somos terribles como pareja según me han dicho.

Hubo una pausa mientras salieron del coche y se acercaron al local.

—Esa es mi mesa favorita —dijo él agarrándola del brazo y llevándola hacia una mesa situada en la esquina de la terraza. Ahí estaban apartados de la zona de los camareros y de otros clientes, y tenían buenas vistas de la gente que pasaba por la acera.

—Como no tienes hambre, ¿puedo pedir por los dos?

—Claro —respondió Jessie. Y entonces se preguntó qué sería lo apropiado, si pagar a medias o que pagara ella. Era una situación un poco rara. Aunque no trabajaba bajo las órdenes de Patrick Monahan, era un famoso neurocirujano con una gran reputación en el hospital.

Le caía bien. Era agradable y profesional. Serio y centrado. Trataba a todo el mundo con respeto, desde el alumno en prácticas hasta el especialista. Nunca se había imaginado pasar un rato a solas así con él.

—¿Eres de cerveza o prefieres otra cosa?

—Vino. Chardonnay.

Él pidió una cerveza y un chardonnay.

—¿No vas a volver al trabajo? —preguntó Jessie.

Patrick negó con la cabeza.

—Hoy no tengo que ver a ningún paciente. Ni siquiera estoy de guardia, aunque en realidad siempre estoy de guardia. Quería recoger unas gráficas de mi despacho. Tú tampoco vas a ver a ningún paciente, ¿verdad? Solo buscas algo que hacer en lo que te sientas competente. Una muerte en la familia puede desestabilizarnos y siempre volvemos al lugar donde sentimos que sabemos lo que hacemos.

—¿Y eso cómo lo sabes?

—Porque he pasado por lo mismo.

Y antes de poder decir más, la camarera volvió con las bebidas y esperó a tomar nota de la comida. Patrick pidió una ración pequeña de nachos cargados, cuatro tacos suaves y una *pizza* mexicana.

Jessie supuso que debía de estar hambriento y que no contaba con que ella fuera a ayudarlo mucho.

—¿Quieres hablarme de tu padre?

Ella no vaciló.

—Era maravilloso. Era terapeuta, psicólogo. Ayudaba a mucha gente. Y era un padre de familia entregado. Tengo un hermano y una hermana, y siempre estuvo a nuestro lado. Pero últimamente le pasaba algo. Estaba inquieto y como si necesitara encontrar algo, como si no hubiera hecho lo que quería con su vida. A eso vino lo de ir a hacer *rafting;* quería añadirle algo de aventura a su vida.

—¿Cómo se lo tomó tu madre?

—Estaba enfadada con él por no sentirse satisfecho con todo lo que habían logrado. Le dijo que era un desagradecido y un inmaduro. Iban a terapia de pareja, pero mi madre estaba más enfadada que preocupada.

—¿Y tú estabas preocupada?

—Yo también estaba un poco enfadada —admitió—. Últimamente estaba raro.

—A veces la gente se descentra un poco. Aunque estoy seguro de que su cambio de humor te afectó mucho, también estoy segurísimo de que no tenía nada que ver contigo.

—Eso decía él —murmuró.

—Imagino que su muerte fue un accidente, ¿no?

—Más o menos. Tuvo problemas con la balsa; se le volcó y con los esfuerzos sufrió un infarto al corazón. Intentaron reanimarlo, pero... —dio un trago de vino—. No debería haber pasado. Estaba en una forma estupenda. Hacía ejercicio y se hacía chequeos regulares. Nunca tuvo problemas de salud. Yo lo observaba en busca de algún síntoma de algo, pero nada. Por eso su salud nunca me preocupó. Tenía sesenta y dos años. ¡No tiene sentido!

—¿No había hecho *rafting* antes? ¿O escalada o carreras o algún ejercicio extenuante similar?

Ella negó con la cabeza.

—Iba al gimnasio. Tenía una bici, aunque no solía montar. Jugaba al golf y un poco al tenis, pero eran actividades de recreo, no para hacer un ejercicio intenso.

—¿Pero lo del *rafting*...?

—Fue una actividad extrema. Se unió a un grupo que iba a bajar uno de los ríos más peligrosos del país. No sé en qué estaba pensando. No estaba entrenado para algo así. No estaba preparado. Desde que le pasó, me he enterado de que es habitual, sobre todo en los hombres, apuntarse a aventuras o deportes de riesgo y emocionantes en una búsqueda psicológica por demostrar que no se les está escapando la juventud.

—Jessie, hay muchas probabilidades de que nunca vayas a saber qué se le pasó por la cabeza —dijo Patrick—. Cuéntame cómo fue crecer con él.

Ella describió su primera casa, la que recordaba de su niñez antes de que naciera Bess. Era como una casa de muñecas y sus padres la llevaban dando un paseo primero al jardín de infancia y más tarde a primero de primaria. Su madre estaba muy ocupada por entonces, cuando ella era pequeña. Anna trabajaba y estudiaba mientras su padre se ocupaba de los niños, ayudándolos con los deberes y cosas así. Lo que más recordaba de aquellos años era que mamá siempre estaba demasiado ocupada y que Chad parecía capaz de encontrar un montón de tiempo para ellos. Y cuando mamá dejó de estar tan ocupada, llegó Bess y poco después la Oficina del Fiscal del Distrito.

—Por lo que dices, tu madre parece una triunfadora —dijo Patrick.

Les sirvieron los platos y empezaron a comer de las tres grandes fuentes mientras seguían charlando.

—Es una triunfadora, aunque no va por ahí presumiendo de ello. Quiero decir, no está metida en política ni forma parte de los grupos de ricos de la ciudad. De hecho, que yo sepa, no es rica. Después de varios años en la Oficina del Fiscal del Distrito se fue a trabajar a un bufete privado especializado en casos criminales porque, ante todo, es litigadora. Le gusta estar en una sala de juicios —añadió Jessie—. Solía decir que la única persona que podía ganarle un debate era mi padre. Seguro que era porque él era psicólogo y sabía calar a la gente. Enseguida.

—Una pareja poderosa.

—Sí —dijo ella suspirando—. Supongo que lo eran.

—El único problema de ser la mitad de una pareja poderosa es no saber qué mitad eres. Si la que está arriba o la que está abajo.

Jessie pensó en ello un momento. No sabía bien quién tenía el poder en su familia. Su madre era la temerosa; no toleraba la más mínima falta de respeto y olía una mentira a kilómetros. Pero su padre, el doctor McNichol, era del que la gente hablaba maravillas. Un hombre activo en la política de la ciudad, en actividades benéficas, en asuntos de la comunidad y cosas así.

—¿Tú tienes hermanos? —le preguntó ella.

—Tenía un hermano. Murió en un accidente a los veintidós años. Lo atropellaron mientras cambiaba una rueda. Aquello destrozó a mis padres y probablemente a mí también, pero yo ya estaba en la facultad y ni siquiera pude permitirme llorarlo porque la Medicina te absorbe toda la energía y todo el tiempo. Juré que nunca sería la clase de médico que no sabe nada sobre sus empleados y los explota. Espero haber cumplido mi palabra.

—Creo que tienes una buena reputación. A ver, solo oigo cosas buenas de ti.

Él se rio, tal vez algo avergonzado por el cumplido.

—Me encanta oírte hablar de tu familia. Parecen ser de una normalidad pasmosa. Mi padre me dejó en un tiovivo delante de una tienda cuando tenía cuatro años. Se fue a casa. Yo no dejaba de suplicarle que me dejara montar en el poni. Él estaba intentando no olvidarse de todo lo que tenía que comprar, así que me dio unas monedas y se olvidó de mí. Cuando volvió a la tienda, ya habían llamado a la policía. Si eso hubiera pasado ahora, lo habrían encerrado o habrían llamado a los Servicios Sociales, pero entonces solo le dijeron que estuviera más atento y me volvieron a dejar con él.

—Cómo han cambiado los tiempos —dijo ella—. Casi me da miedo tener hijos.

Él enarcó una ceja con curiosidad y agarró otro nacho.

—¿Y con quién tendrías a esos hijos?

En lugar de ponerse a llorar pensando en Jason, Jessie se limitó a sonreír y dijo:

—Ahora mismo no hay ningún candidato.

—Impresionante. ¿Te está costando decidirte entre todos los que tienes?

—No —dijo ella riéndose—. Ahora mismo no

estoy con nadie. Rompí con un chico hace como un año y me pareció que lo mejor era estar sola un tiempo. Ya sabes, para conocerme. Conocerme a mí sola.

—Los médicos somos personas ocupadas y a veces nos olvidamos de nosotros mismos.

—Y somos terribles como pareja —dijo ella repitiendo lo que él había dicho antes.

—Eso dice mi exmujer, que, por cierto, también es médico. Si me lo preguntas, ella era la complicada. Pero nadie me lo pregunta.

Jessie se rio y luego le preguntó cómo era su agenda y si tenía tiempo para aficiones o intereses especiales. Resultó que le encantaba navegar, pescar y montar en bici por el campo; que solía tener la agenda hasta arriba, pero sacaba tiempo para relajarse y hacer ejercicio. Le encantaba estar al aire libre cuando hacía buen tiempo. Jessie admitió que ella debería hacerlo más y que se había estado planteando tener perro.

—Creo que es posible que pase demasiado tiempo sola. Mis pasatiempos favoritos son leer, ver películas, ir a galerías de arte y cosas así.

A él también le gustaba el cine. Comentaron una larga lista de sus películas favoritas.

Antes de que Jessie se diera cuenta, había estado hablando de tantas cosas que ya casi era última hora de la tarde y los dos se habían tomado una segunda copa además de unos cafés. Para no haber tenido hambre, le había hincado bien el diente a la comida.

—¿Has visto qué hora es? ¡Te he robado toda la tarde!

—No tenía ningún plan. Lo he pasado muy bien. Espero que te sientas un poco mejor.

—Sí. Aunque aún tengo algunas cosas en las que

pensar. Mi padre dejó un pequeño legado. Algunos fondos para la jubilación, unos cuantos objetos personales y un misterioso beneficiario anónimo. Ninguno sabemos quién o qué puede ser —dijo antes de explicarle la división del testamento—. Estamos todos haciendo conjeturas. Yo creo que a lo mejor es un paciente, alguien a quien estuviera tratando y a quien le viniera bien el dinero. Mi hermano cree que es una beca para un joven atleta. A mi hermana le da igual y mi madre está tan enfadada que no quiere hablar del tema. Pero jura que no tiene ni idea. Yo creo que sí sabe algo y estoy segura de que sospecha que es otra mujer o algo así. Pero eso es imposible. Mi padre jamás... Por si no te has dado cuenta, mi madre y yo podemos ser como el agua y el aceite. Creo que lo que más nos está costando es decidir si intentamos averiguar quién es y el porqué de ese beneficiario anónimo o nos olvidamos del asunto y lo aceptamos como la última voluntad de nuestro padre.

—Que es lo que él quería, obviamente.

—Pero, aun así, es duro. Da igual quién o qué sea, el problema es que eso significa que mi padre tenía una especie de vida secreta, una que no quería compartir con su familia. Si fuera una persona necesitada o una organización benéfica o algo así, nadie de la familia nos opondríamos. No, si eso era lo que mi padre quería.

—Doy por hecho que no hay ni carta, ni vídeo ni ninguna explicación suya, ¿no?

—Nada. Ni siquiera se lo dijo a su abogado, y eso que era un viejo amigo suyo y jugaban al golf a veces. Cambió el testamento a espaldas de mi madre y ni siquiera se lo dijo a Larry, que era el encargado de cumplir sus voluntades.

—A lo mejor deberíais tener una reunión familiar —sugirió Patrick—. Para poneros de acuerdo.

—Creo que eso me lo guardaré como último recurso. No suelo ponerme de acuerdo con mi madre y mis hermanos. Y ellos nunca se ponen de acuerdo conmigo.

Alrededor de media hora después estaban entrando en el aparcamiento del hospital.

—Gracias por rescatarme y por regalarme una tarde tan agradable —dijo Jessie—. Has sido muy amable. Y lo he pasado genial. Aunque he hablado de mi familia sin parar y te he soltado un buen rollo, me he animado.

—Un placer. Pasado mañana me marcho a Nueva York a una conferencia. Volveré a finales de semana.

—Que lo pases genial.

Él rodeó el coche y le abrió la puerta. Extendió una mano para ayudarla a salir.

—Cuando vuelva, si te parece bien, me gustaría llamarte.

—Ay, gracias, pero seguro que estaré bien...

Patrick esbozó una lenta sonrisa y ella vio lo guapo que era.

—Cuando te llame, me gustaría pedirte que salgas a cenar conmigo. Algo más elegante que un puesto de tacos. Tienes unos días para pensarte la respuesta que me vas a dar.

—¿Una... cita?

—Una cita. Si te interesa. Hoy lo he pasado muy bien y creo que sería genial que saliéramos una noche.

Jessie se quedó sin habla y con la boca abierta. Debía de tener los ojos del tamaño de un tapacubos.

—Cuarenta y cinco —respondió él a su pregunta

no formulada—. Y no, no estoy con nadie. Voy a mi despacho a por mis archivos. Piénsatelo.

—Sí.

—Te llamo a finales de semana.

—Quiero decir que sí, que me gustaría salir contigo.

Él sonrió.

—Bien. Entonces hablamos.

Anna tenía la costumbre de visitar a Blanche todas las semanas, a veces dos días si no tenía mucho trabajo entre semana. Anna y su madre estaban muy unidas; después de todo, siempre habían estado solas. Hablaba con ella casi todos los días y los fines de semana la visitaba y hacía recados.

Siempre le llevaba un ramo de flores y tal vez un libro. Ese sábado le llevó flores y galletas a pesar de que Blanche no debía comerlas. Era prediabética y tenía que vigilar sus niveles de glucosa. Besó su mejilla apergaminada y la abrazó con fuerza. Después buscó un jarrón para las flores.

Siempre era un alivio ver a Blanche. Seguía llevando la manicura hecha, a pesar de que ya no tenía los dedos perfectamente rectos, y el pelo teñido de un intenso rojo. Lo llevaba peinado y ahuecado. Se pintaba los labios aunque no tuviera pensado salir. Tenía esa costumbre. De hecho, de joven había sido aún más llamativa y ahora se había aplacado un poco.

—A ver que te vea —dijo Blanche agarrándola de los brazos y mirándola a la cara—. Esperaba que ya tuvieras mejor aspecto. Que estuvieras más descansada al menos. ¿Cómo estás?

—Bien. Que se te muera alguien da mucho trabajo.

—Intentaré irme sin darte problemas —dijo Blanche.

—Tú intenta no morirte, será mejor. ¿Cómo estás tú?

—Ay, pues de mal humor. ¿Has hablado con su familia? —preguntó Blanche.

—He llamado a su hermana y ha estado hablando sobre sí misma un rato y de cuánto echa de menos a Chad, aunque no recuerdo la última vez que lo vio. Creo que hablaban por teléfono unas cinco veces al año. Hacían el paripé en bodas, funerales y graduaciones, pero el resto del tiempo era como si fueran invisibles.

Anna se sentó en el borde de la cama de Blanche mientras su madre se sentaba en el sillón de piel con los pies en alto. Blanche alargó una envejecida mano y le acarició la mejilla.

—¿Estás durmiendo?

—Duermo bien, pero me paso el día distraída y me cuesta concentrarme en el trabajo. Hablo con los chicos bastante para ver cómo están, aunque creo que están buscando apoyo en sus amigos. Están muy pendientes de mí. Recibo un montón de llamadas por la noche. Más de las que quiero o necesito.

—Hay personas que no se van ni después de muertos. No sé si me explico.

—Por favor, mamá. No empieces con Chad...

—Intento no hablar mal de los muertos, pero es que estoy muy enfadada con él. No es que fuera muy bueno contigo al final. Tenía una vida estupenda y una buena esposa, y ¿qué hizo? ¡Quejarse! El muy gilipollas.

—Pero no vamos a hablar de eso ahora, ¿no? Porque está muerto y he estado recordando los años buenos. Porque hubo años buenos. Muchos. Y se portó bien contigo.

—Cuando le convenía —dijo Blanche—. Era un arrogante.

—No era un arrogante. Era un hombre de éxito, con un trabajo próspero, activo en la ciudad y la comunidad, ayudaba a mucha gente... ¿Qué tal la consulta con el médico? ¿Tienes bien la tensión?

Blanche puso cara de asombro y sorpresa, pero disimuló enseguida, probablemente porque le daba vergüenza no acordarse de que había visto al médico hacía solo un par de días. Su médico la visitaba en la casa. Veía a muchos pacientes en el hogar asistido.

—Todo bien.

Anna se aseguraría de preguntar a la supervisora antes de irse.

Diez años atrás, cuando Blanche vivía en su propia casita y administraba su propia vida, Anna le habría contado lo del testamento y lo de la mujer embarazada, de la que seguía sospechando que tenía alguna conexión con Chad. Habían podido hablar de todo. Pero en los últimos años Blanche había demostrado ser incapaz de guardar una confidencia y a veces confundía el orden de los hechos.

—Hablé con Jessie el otro día —dijo Blanche—. Me dijo algo del trabajo, que tenía que estar doce horas seguidas o algo así. Oye, dile a Mike que venga algún día, ¿vale? Hace meses que no veo a ese chico.

No hacía meses. Habían estado todos juntos el día de la celebración de vida de Chad y Mike la había llevado a casa, a su pequeño y funcional apartamento, antes de que llegaran todos los invitados porque las multitudes solían sacar lo peor de ella.

Pero en lugar de recordárselo, Anna dijo simplemente:

—Se lo diré. ¿Has hablado con Bess?

—Creo que llamó la semana pasada. Sigue sin recibir noticias de la Facultad de Derecho, ¿no?

Llevaba un año en la facultad, pero estaba claro que Blanche no lo recordaba.

—Está todo bien. ¿Has jugado al *mahjong* esta semana? ¿O al *bridge*?

Al instante, Blanche se puso a contarle las mismas historias de siempre. Su amiga Joyce tenía problemas con su hijo, que amenazaba con ocuparse de sus finanzas porque ella había cometido algunos pequeños errores con su presupuesto; estaba segura de que Karen estaba robando comida otra vez, que esa vieja malvada les robaba la comida a todos y que le resultaba muy sencillo porque ninguno cerraba la puerta con llave y todos dormían como troncos.

—Vino una ambulancia a llevarse al señor Wilson y lleva fuera mucho tiempo. No creo que vuelva.

Además, Clarice estaba flirteando con todos los hombres.

—Es asquerosa —añadió Blanche—. ¿Qué querrá esa vieja arrugada con un hombre a estas alturas?

Charlaron alrededor de una hora y Anna preparó té. Blanche ya no podía tomar ni café ni refrescos. Anna escuchó todas las últimas novedades sobre los habitantes del hogar asistido y luego empezó a prepararse para irse. Volvió a besar a su madre en la mejilla y Blanche dijo:

—Si esta semana tienes tiempo, ¿puedes ir a ver a la señora Rothage? Me preocupa. Creo que está muy sola.

Anna se paró en seco al oírla. Cuando Blanche

tenía su propia casita en Oakland, la señora Rothage era su vecina. La señora Rothage había entrado
en una residencia hacía años y había muerto hacía
tres. Aun así, dijo:

—Claro. Ya te contaré.

Le partió el alma. Blanche estaba deteriorándo-
se. No tendría que informarla sobre su antigua vecina. Seguro que a su madre se le olvidaría lo que
le había pedido.

De pronto su vida le pasó ante los ojos. Esposa,
madre, viuda y luego se convertiría en su madre. Le
invadió una repentina y desesperada ansia por hacer que los siguientes años significaran algo.

Y entonces recordó que eso era lo que había dicho Chad. La diferencia era que él nunca dijo que
quisiera disfrutar al máximo de la vida con ella.

Capítulo 4

Anna tenía muchas cosas pendientes en su día de recados. Antes de ir a ver a su madre, había pasado por la tintorería, por el relojero, por la peluquería y por el salón de manicura. Después de ver a Blanche fue al supermercado y luego hizo una visita rápida a Target para comprar algunas cosas que necesitaba para la casa. Al girar hacia su calle vio el gran SUV de Mike aparcado delante. La puerta del garaje estaba abierta y los grandes cubos de basura estaban en el camino de entrada.

Su hijo estaba vaciando el garaje.

Aparcó y salió del coche.

—Mike, ¿qué haces?

Él apoyó la escoba en la pared.

—Cuando estuve aquí la semana pasada me di cuenta de que a lo mejor hacía tiempo que no limpiabais el garaje.

—Un año más o menos —dijo ella riéndose. Agarró las bolsas de la tintorería—. Debería haber llamado a alguien. Ya sabes que tengo ayuda. Es solo cuestión de añadirlo a la agenda. Bob Stone me dijo que lo llamara si necesitaba algo. Lo que sí he hecho es llamar al jardinero para que limpiara el jardín, los maceteros y los canalones.

—¿Cómo está la piscina? —preguntó él acercándose al coche para cargar con las bolsas de la compra.

—Le diré al limpiador que la vacíe y la limpie con ácido, aunque no está mal. No está tan mal, pero...

—Pero los muebles del patio están muy sucios —dijo Mike mientras llevaba cuatro bolsas a la casa. Anna se fijó en que se limpió los zapatos antes de entrar. Cuando llegaron a la cocina, su hijo se puso a vaciar las bolsas—. Estaba pensando hacer algunas cosas en la parte trasera de la casa mañana, así que lavaré a presión el patio y los muebles.

—No quiero que te pases todo el fin de semana trabajando aquí.

—Mañana a mediodía habré terminado. No es para tanto. Quiero asegurarme de que esté todo hecho. Todo lo que habría hecho papá.

Ella se rio para sí. Lo más seguro era que Chad le hubiera dicho que contratara a alguien que lo hiciera porque él preferiría jugar al golf.

—¿Vas a salir esta noche?

—Aún no tengo planes, pero es pronto —respondió Mike.

—¿Quieres quedarte a cenar? Como verás, he ido al supermercado.

Él levantó una lechuga de la encimera y la sacudió sonriéndole.

—Estoy limpiando el garaje. Necesitaré proteína o algo así.

—Puedo prepararte algo copioso que te apetezca. Y también conseguirte una cerveza. Sin presión. No tengo planes, así que, si quieres quedarte, puedo cocinar. Y si no quieres, perfecto, no hay problema.

—Aún me quedan un par de horas en el garaje.

—Muchas gracias, Mike. Sobre todo por hacerlo sin que te lo pida.

Él agachó la cabeza con cierta timidez y agarró una botella de agua para llevársela al garaje.

Anna no se consideraba una gran cocinera, pero era bastante aceptable y había logrado alimentar a sus hijos mientras crecían, aunque a veces eso hubiera supuesto dejarles algo en la nevera para que lo calentaran.

En el congelador tenía espaguetis con albóndigas, y los espaguetis eran uno de los platos favoritos de Mike. Los descongeló y les añadió queso *cheddar*, champiñones y aceitunas negras. Luego se duchó y limpió la cocina y el salón. Puso manteles individuales, servilletas y cubiertos. No solían complicarse con mucha parafernalia. Durante los últimos años Chad y ella habían comido en bandejas plegables frente a la tele a menos que estuvieran con ellos alguno de sus hijos o todos. Casi le costaba respirar por la emoción de ir a pasar un par de horas ininterrumpidas con su hijo.

Cuando Mike por fin terminó en el garaje, la fuente de espaguetis, unos panes de ajo y una ensalada para la que Anna había usado parte de la lechuga romana estaban casi listos para servir. Mike fue a su antigua habitación para asearse y volvió con una camiseta limpia que había encontrado entre las cosas que se había dejado allí. Anna se alegraba tanto de verlo allí que lo abrazó. Él le devolvió el abrazo.

Qué agradable era tener la mejilla apoyada en su firme torso. Fue ahí cuando se dio cuenta de cuánto echaba de menos el contacto físico. Era algo nuevo a lo que tendría que acostumbrarse, a estar sola.

—¿Estás bien, mamá? —preguntó él con dulzura.

—Lo estoy llevando bastante bien. Hay cientos de ajustes que tengo que hacer. Cientos. Intento encontrar el modo de sobrellevar que soy la única persona del equipo: la que limpia, la que paga las facturas, la inversora, la que trabaja, la que compra, la que almacena provisiones, la que hace las listas y la que tiene que tachar los elementos de esas listas. Supongo que solo estoy un poco descolocada. Y, por supuesto, echo de menos hablar con tu padre.

A Mike se le empezaron a llenar los ojos de lágrimas.

—¿Has perdido peso? —preguntó el.

—Vamos a sentarnos a comer. Háblame del instituto. Y de Jenn.

Mike se sirvió una montaña de espaguetis en el plato.

—Que si has perdido peso —repitió.

—Creo que sí, pero es por tanta confusión y porque no tengo apetito, y también porque, por la razón que sea, sin tu padre cerca no sé si las cosas sabrán bien o no. Así que picoteo un poco de esto y de aquello y luego se me quitan las ganas.

En las ocho semanas que habían pasado desde la muerte de Chad había perdido diez kilos.

—¿Sabes lo que me dice la abuela? Que me sobraban.

—¿Cómo está la abuela?

—Igual. Gruñona y más olvidadiza cada día que pasa. Pero en el hogar asistido lo saben y pronto la trasladarán a las instalaciones de cuidados completos. Y, en cuanto haya hueco, pasará a la residencia de deterioro cognitivo. Mike, háblame de ti. ¿Cómo lo estás llevando?

—Bien —respondió él antes de llevarse comida a la boca—. Aunque me cuesta aceptar que ya nunca más estará aquí.

—A veces se me olvida y empiezo a escribirle un mensaje...

—¡Ya! ¡Me siento como si estuviera un poco loco!

—Es totalmente normal. He oído a gente decir que eso puede durar años. Incluso alguna vez he salido al pasillo a llamarlo y me he quedado pronunciando su nombre a medias al darme cuenta... Es raro.

—¿Te parece bien lo del testamento? ¿Lo del diez por ciento para esa persona o cosa desconocida?

—No sé si «bien» es la mejor palabra. Quiero saber quién, qué y por qué, pero ya sabes que yo siempre lo cuestiono todo. Al fin y al cabo, querer saber era parte de mi trabajo como abogada defensora y como madre —añadió riéndose para que él supiera que se estaba tomando el asunto a la ligera—. ¿Y a ti qué te parece? ¿Lo llevas bien?

Mike masticó, tragó y dio un trago de cerveza.

—Me parece bien.

Anna se quedó pensativa.

—¿En serio?

Él se encogió de hombros.

—Fue decisión suya. Asunto suyo. El dinero era suyo. Si no quería que nadie lo cuestionara... No, no me importa.

—¿En serio no te importa o eres capaz de que no te importe porque crees que es lo que quería tu padre?

—¿Qué diferencia hay?

—Una diferencia enorme —dijo ella creyéndolo con firmeza—. Puede que no te interese lo más mínimo hasta el punto de que, si te enteraras de los detalles, te olvidaras del tema porque de verdad no te importa. O puedes tomar la decisión emocional de no querer saber las respuestas por respeto a la voluntad de alguien. De tu padre en este caso.

Él soltó el tenedor.

—Dios, hablas igual que Jenn.

—¿En qué sentido?

—En el sentido de que a ella le parece muy raro que me dé igual algo que ella considera tan digno de atención. No lo entiende. A lo mejor es cosa de chicas, ¿no?

Anna recordó una fiesta que celebraron en el jardín una vez. Solo eran cuatro o cinco parejas. Tres de las mujeres habían leído un libro en el club de lectura sobre una mujer que encontraba un sobre sellado en el desván. Estaba en una caja llena de documentos; facturas, recibos, documentación de la casa, correspondencia legal. En el sobre ponía: «Para que mi mujer lo lea si muero». Pero el hombre no estaba muerto.

Todos en la fiesta sopesaron si leerían o no lo que había en el sobre. ¿Y si se lo hubiera escrito una mujer a su marido? ¿Lo leerían los hombres? Las mujeres dijeron que ellas romperían el sobre y leerían el contenido inmediatamente. En cambio, ninguno de los hombres habría querido saber lo que había dentro, ni siquiera Chad.

Él dijo:

—Ahí dentro no habría nada que yo quisiera ver.

Uno de los mejores amigos de los dos dijo:

—No puede ser algo bueno.

Anna le contó la historia a Mike y le preguntó:

—¿Tú abrirías el sobre?

—Qué va. Estaba sellado por una razón. ¿Tú?

—En menos de un segundo —respondió Anna.

—Entonces es cosa de chicas.

Ella se rio.

—¿Cómo está Jenn?

Llevaban tiempo saliendo y estaba segura de que Jenn quería a Mike. A lo mejor era la mujer de su vida.

—Está bien —dijo Mike antes de volver a llenarse la boca. Al momento añadió—: Aunque no creo que lo nuestro dure.

—¿De verdad? —preguntó ella impactada—. Creía que era algo serio.

—Jenn es fantástica. Y me importa, me importa mucho. Pero... aún no he llegado a ese punto. Me falta algo. No nos veo como erais papá y tú.

«Pues puede que sea mejor así», pensó Anna lamentándose.

—Sabré que estoy con la mujer de mi vida cuando nos vea como un buen matrimonio y unos buenos padres, tan buenos como papá y tú.

Ella enroscó unos espaguetis en el tenedor, pero no se los llevó a la boca.

—No estoy segura de que fuéramos tan buenos. Puede que nos estés idealizando un poco. A lo mejor es porque echas mucho de menos a tu padre.

—Sé que a veces teníais problemas, pero erais fantásticos como pareja y como padres.

Por supuesto, ninguno de los dos les había contado a los chicos lo de la aventura de Chad. Anna se había dicho que, si se hubieran divorciado y ella hubiera tenido que explicárselo cuando fueran lo bastante mayores para entenderlo, probablemente se lo habría contado. Pero arreglaron las cosas y dar esa explicación resultaba irrelevante. Si no aportaba nada bueno, no tenía sentido contarlo. Se preguntó cómo reaccionaría Mike si le contara los últimos problemas que habían tenido, que ella estaba planteándose la separación y que, probablemente, estaban condenados al divorcio. ¿Le partiría el corazón aún más? ¿O lo ayudaría a entender que las relaciones nunca son sencillas?

—¿Crees que eso tiene algo que ver con que no sientas curiosidad por el beneficiario anónimo de tu padre?

Mike se encogió de hombros.

—Supongo que podría tener que ver, sí. Quiero respetar sus deseos y su intimidad. Y, además, ¿qué cambiará saberlo? ¿Me hará más feliz? ¿Más triste? ¿Por qué abrir ese sobre? Aunque están las chicas. Quieren saberlo. Creen que tienen derecho a saberlo.

Anna se quedó un poco sorprendida.

—¿Incluso Bess?

—No saca mucho el tema, pero, sí, incluso Bess. Aunque ya sabes que ella haría lo que fuera por evitar una confrontación. Pero al final Jessie va a presionarte para que intentes averiguarlo.

—Dudo que sirviera de algo —dijo Anna.

—¿No puedes impugnar o algo?

—Claro, pero solo si quiero reunir evidencias que demuestren que merezco ese diez por ciento, que no quiero. Pero incluso aunque me concedieran ese diez por ciento, jamás sabría la identidad del beneficiario anónimo.

—¿Y quieres saberla?

—Mira, creía que tu padre y yo no teníamos secretos. Al menos, no importantes. Me sabía sus contraseñas y su pin de la tarjeta del banco. Incluso yo le tramitaba las citas médicas. Me revienta que guardara un secreto tan grande. Una vida secreta o algo así. Y estoy igual de rabiosa porque haya muerto.

—A lo mejor estaba enfermo. ¿No lo has pensado en ningún momento?

Ella negó con la cabeza.

—Tu padre era un hombre fuerte y valiente en muchos aspectos, pero no en lo relativo a su salud. No podía soportar un uñero sin quejarse. ¿Te acuerdas de que nos reíamos y lo llamábamos «el pupas»? Esa era la principal razón por la que no quería que fuese a hacer *rafting*. La última vez que hizo un recorrido largo en bici se torció casi todas las partes del cuerpo y juró que no volvería a hacer algo así. Ya sabes cómo nos conocimos. ¡Se cayó del muelle y por poco no se ahogó en la Bahía de San Francisco! Pero se negaba a renunciar al viaje para hacer *rafting*. Era misteriosamente importante para él.

Mike mojó pan en la salsa y masticó pensativo.

—Supongo que era un poco blandengue.

—A veces. Aunque emocional y psicológicamente era una roca. Las cosas que tenía que oír a veces en la consulta eran asombrosamente terribles, cosas que le quitarían el sueño a un hombre más débil. Ese era su auténtico don, por no hablar de la cantidad de personas a las que ayudó.

—Como te he dicho, al final Jessie va a presionarte para que intentes averiguar la identidad de la persona que se va a llevar el dinero.

—Pero tú no —dijo Anna. No fue una pregunta.

—Yo no. Tú eras su mujer. Creo que siempre debería haber sido sincero contigo y tú con él. Probablemente tengas derecho a saberlo, pero él tendría que tener derecho a tener una vida privada ajena a sus hijos si es lo que quería y necesitaba.

Anna puso la barbilla sobre las manos. Tenía los codos apoyados en la mesa.

—Creo que eso tiene que ver con lo de no querer abrir el sobre sellado. Te da miedo lo que puedas encontrar dentro.

—No. No.

—Sí —dijo Anna—. ¿Y si dentro hay algo que te hace perder el respeto por tu padre? ¿Y si ya no lo admiras tanto? Echarlo de menos y llorarlo ya es bastante duro. ¿Por qué añadir una dimensión más a tu dolor?

—Supongo —respondió Mike encogiéndose de hombros.

—Para poder superar esto tenemos que basarnos en la realidad de que ninguno somos perfectos. Y está bien, y es incluso admirable, amar profundamente a un alma imperfecta. ¿Recuerdas ese dicho sobre que los buenos mueren jóvenes? Debería ser que los jóvenes mueren buenos. Vive lo suficiente y tendrás mucho tiempo para cagarla. Al fin y al cabo, todos somos humanos. E imperfectos —se detuvo y pensó en aquella aventura tan lejana que no les había contado a sus hijos—. Todos tenemos secretos.

Michael apartó el plato.

—¿Te acuerdas de la marihuana que encontraste en mi mochila? ¿La que te dije que era de Matt?

—Sí —dijo ella recordándolo perfectamente.

—Era mía.

—Lo sé —contestó Anna riéndose.

Mike era el hijo que más quería. Pero como eso era justo lo que una madre nunca debía decir, se guardó su vergonzoso secreto. Después de cenarse los espaguetis, se sentaron en el salón y hablaron hasta las once. Fue como sentirse en casa otra vez. Intentó ignorar que Mike era igual que Chad en cuanto a sensibilidad y perspicacia. A empatía. Su hijo le hizo las preguntas pertinentes: «¿Sentías que él te entendía? ¿Lo echas de menos a él o a lo que representaba?».

Y además dijo cosas muy profundas: «En el fondo era muy payaso y le gustaba jugar con los niños. Eso nos unía. Era carismático a su modo y sabía cómo hacer que la gente lo siguiera. Eso no solo era su don, sino lo más importante para él. Creo que lo que de verdad quería era ser el más popular siempre».

Anna estaba totalmente de acuerdo, pero dejó el tema ahí, por supuesto.

Chad sabía cómo hacer que la gente lo siguiera, que se apoyara en él, que lo necesitara; ella, Joe, una amante tiempo atrás, tal vez otras mujeres por el camino. Chad era el gurú de todos.

Se pasó todo el día siguiente reconfortada por la presencia de su hijo. Mike volvió para terminar unas tareas por casa, pero, aunque dejó que Anna le hiciera un sándwich, no comieron juntos ni tampoco se sentaron a charlar hasta tarde. Él tenía planes y se marchó.

Al día siguiente era lunes y, aprovechando que sus compañeros seguían dándole mucho apoyo y cubriéndola un poco en el trabajo, Anna se permitió un almuerzo largo a pesar de que los casos se le acumulaban en el despacho. No recordaba haber tenido nunca problemas para centrarse. En lugar de trabajar, se puso a pensar en sus hijos, empezando por Mike. Se compró un sándwich, se sentó en un banco en un pequeño parque cerca de la oficina y pensó en su hijo.

Era un regalo. Un puro deleite. Le hacía sentir que había triunfado como madre. Así de maravilloso era Mike.

Jessie era dura con ella, a menudo crítica y difícil de complacer. La ponía muy nerviosa porque Anna siempre temía decir algo mal y ser víctima de la repentina e imposible ira de su hija. Jessie, al igual que su hermano y su hermana, era muy atractiva e inteligente. Los tres tenían el pelo oscuro y unos ojos azules increíbles, como Chad, y habían sobresalido en los estudios. Pero, por lo demás, eran tan distintos como la noche y el día.

Bess, la recompensa por recomponer un matrimonio fracturado, era un enigma. Era una chica solitaria, introvertida, brillante en los estudios, incluso se había saltado un curso, pero no siempre había jugado bien con los demás niños. El límite parecían ser tres, y eso solo si estaba animada. Las multitudes, incluso la de un aula de tamaño normal, le producían ansiedad. Nunca parecía sentirse sola cuando sus hermanos mayores la ignoraban; era independiente e individualista, pero se la podía convencer sin problema para que compartiera. No daba el más mínimo problema y ahí podía residir uno: que no parecía necesitar a nadie. A nadie. Había momentos en los que parecía encerrada en sí misma y luego resultaba que solo estaba entreteniéndose con un libro o haciendo un experimento. Una de las amigas de Anna le había preguntado si era posible que la niña fuera autista, pero para cuando surgió esa pregunta ellos ya habían concluido que sí podría serlo. Era una niña de alta funcionalidad dentro del espectro autista y feliz.

Bess era increíblemente literal. «Me has dicho que no salga, pero no me has dicho de dónde, así que no he salido del jardín, pero sí que he salido de la casa porque, la verdad, me sentía saturada dentro». Eso lo había dicho con ocho años.

Anna se había puesto a investigar de inmediato y había llegado a la brillante conclusión de que era probable que Bess tuviera un autismo leve. La observó en busca de problemas asociados con el trastorno, aunque era una niña alegre y rara vez se frustraba. A lo mejor a veces sí que era un poco rara en comparación con otros niños, pero era brillante y tenía una memoria increíble y...

Justo ahí se detuvo ese pensamiento, cuando reconoció a una mujer, a la joven del funeral. Iba empujando un carrito de bebé por el césped. Había dado a luz en las semanas posteriores a la muerte de Chad.

Encontró un sitio no muy lejos de donde estaba Anna, aparcó el carrito y sacó una manta. Se sentó en el suelo junto al bebé. Qué guapísima estaba ahí sentada en la manta, con vaqueros estrechos, sandalias y su melena rubia recogida en una coleta.

Anna envolvió lo que le quedaba del sándwich y se lo guardó en el bolso. De repente estaba caminando hacia la joven y el bebé sin saber muy bien qué hacer o decir.

—Qué bebé tan preciosa —dijo al acercarse. Y era verdad—. ¿Cuánto tiempo tiene? Imagino que es una niña, por la cantidad de rosa que la rodea.

—Gracias. Sí, se llama Gina. Tiene seis semanas.

Anna respiró hondo y miró al cielo como si estuviera disfrutando de la calidez del verano. Entonces había dado a luz no mucho después de la muerte de Chad.

El parque no era grande comparado con otros de San Francisco y estaba ubicado en lo alto de una colina con vistas parciales del puente. En la base de la colina había un carril bici y unas casas adosadas de estilo victoriano maravillosas.

—Has elegido un día precioso para que conozca el parque —dijo Anna hincando una rodilla en el suelo, medio agachada—. Prometo no acercarme demasiado.

—Gracias.

—Tiene una piel rosada increíble, ¿no? Y qué pelo oscuro tan bonito.

—Mi marido es moreno. Es indio.

—Sí que lo soy —dijo una voz masculina. Anna empezó a levantarse y un hombre guapísimo dijo—: No, quédese donde está y siga admirando a mi hija.

Le ofreció un vaso de papel mientras le daba otro a su esposa.

—Es café con crema y demasiado azúcar.

—¡No, por favor, no puedo aceptarlo! ¡Ya he importunado a tu familia demasiado!

—Quédese —dijo la joven.

—Quédese —repitió el hombre. Luego, mirando a su esposa, añadió—: Lo siento, he recibido una llamada mientras estaba en la cafetería y tengo que devolverla. Te prometo que no tardaré. Hago la llamada mientras vuelvo a la cafetería y pido otro café. ¿Te parece bien?

—Perfecto —dijo la joven—. Tómate tu tiempo.

El hombre se agachó y la besó en la cabeza. Ella le agarró la mano. Había tanto amor entre ellos que Anna supo que sus sospechas eran equivocadas. Luego el hombre se marchó dejando a Anna con la bebé y su madre. Imposible imaginar a esa chica siendo infiel.

—Tu marido es muy amable y confiado.

—Nikit es bueno hasta decir basta. De todos modos, no creo que usted vaya a hacernos daño —dijo con una encantadora sonrisa.

—¿Es vuestro primer bebé?

—Sí, y todo pasó mucho más deprisa de lo que esperábamos. Nos casamos, hablamos de tener hijos y ¡zas! Aquí llegó. ¡Fue todo rapidísimo!

Hablaron durante un rato de hijos y familias. Amy, esa encantadora joven, era enfermera de práctica avanzada. Su marido era médico. Se habían conocido en el trabajo. Era el primer matrimonio para los dos, pero habían tenido que superar muchas cosas ya que la familia de Nikit lo había prometido con otra mujer india a pesar de que él los había advertido de que no estaba dispuesto a ello.

—Estoy segura de que a mi suegra aún le molesta mi intrusión —dijo Amy.

—Pareces tener mucha confianza en la devoción de tu marido.

—La tengo. Hábleme de su familia.

—Me he quedado viuda hace poco tiempo —dijo Anna aun estando segura de que reconocía a Amy del funeral—. Tengo tres hijos mayores —añadió, y los describió destacando lo mejor de ellos. Jessie, la doctora. Mike, el profesor y entrenador. Bess, la estudiante de Derecho. Ahora todo eso la reconfortaba.

Vio a Nikit justo al otro lado. Miraba hacia el Puente Golden Gate y estaba de espaldas a ellas con el teléfono en una oreja y el café en la otra mano. Se giró una vez, las miró y alzó un poco la barbilla para indicarles que las veía. Esbozó una breve sonrisa y Amy lo saludó con la mano.

Hablaron de partos durante un rato; era lo típico que se hablaba con una madre primeriza. Luego hablaron del trabajo de Anna, ya que su oficina no estaba lejos del parque.

—A la que, por cierto, debería volver —dijo levantándose—. ¿Vivís por aquí?

—Vivimos en Alameda Island. Nikit trabaja en la ciudad y yo volveré al trabajo cuando la niña sea un poco más mayor. La baja por maternidad es un respiro maravilloso. Antes de casarnos solíamos venir mucho a la ciudad. Usted debe de pasar mucho tiempo aquí al trabajar en la ciudad.

—Suelo estar completamente ocupada por el trabajo. Creo que hacía años que no me paraba a disfrutarlo. Cuando era más joven y trabajaba en la ciudad, sí que pasaba mucho tiempo en el parque. Debería hacerlo más a menudo.

—Debería.

—Me ha gustado mucho este rato —dijo Anna—. Gracias por ser tan amables. Que tengáis un día maravilloso.

Empezó a alejarse, pero entonces se giró de pronto hacia Amy.

—Perdona, no te he dicho mi nombre. Soy Anna.

Amy le sonrió.

—Ya sé quién es, señora McNichol.

Anna contuvo un grito de sorpresa y volvió a ponerse de rodillas, de nuevo con esa sensación de saber que pasaba algo pero no qué.

—¿Qué era mi marido para ti? —preguntó directamente.

Amy se mordió el labio inferior un momento.

—Era mi padre.

Capítulo 5

—¿Cuántos años tienes? —le preguntó Anna.

—Veintiocho. Durante mucho tiempo no supe quién era mi padre biológico. Lo supe hace solo unos años. Imagino que tendrá preguntas y no sé si sabré respondérselas, pero no puedo hacerlo hoy. Será lo mejor. Tómese su tiempo, piense lo que quiere saber y después quedemos para charlar.

—¿Él sabía de ti?

Amy asintió.

—Sí. Contribuyó a mi bienestar y a mi educación. Al parecer, en alguna ocasión me vio de lejos, en algún concierto del instituto y en mi graduación. Lo conocí cuando era una adolescente, pero me dijeron que era un antiguo amigo de la familia. Lo descubrí todo cuando mi madre estaba en sus últimas etapas del cáncer. Me puse en contacto con él después de que ella muriera y lo hice solo porque... Bueno, pensé que era un asunto pendiente. Nikit y yo queremos asegurarnos de no dejarnos asuntos inacabados en nuestro pasado.

—¿Tu madre se casó? ¿Tuvo otros hijos?

Amy metió la mano en la bolsa de cambio y sacó una tarjeta.

—Mi número está por detrás. Piénselo, digiéralo y luego llámeme para que busquemos un día para quedar. A lo mejor podría venir a casa una tarde. Me es más sencillo estar en casa con la bebé.

—¿Sabías que mi marido estaba casado y tenía hijos cuando...? Yo no sabía de tu existencia, pero sí que sabía que había tenido otra relación.

—Lo siento si usted sufrió por eso.

Nikit había vuelto y volvió a situarse al lado de Amy como si sintiera que lo necesitaba. Se puso de cuclillas y le colocó las manos en los hombros, literalmente como si le estuviera cubriendo las espaldas.

—Si hay algo concreto que pueda decirle, se lo diré. Piénseselo y llámeme. O si prefiere no...

—Te llamaré. Lo prometo. Has perdido a tu padre...

—Señora McNichol, en realidad nunca conocí a mi padre. Sabía de él, nada más. Y también sabía que ni usted ni sus hijos sabían nada de mí. Me puse en contacto con él no hace mucho tiempo y me alegro mucho de haberlo hecho.

—¿Por qué ahora, Amy? ¿Después de tantos años?

—Porque, para bien o para mal, vivir una mentira resulta tóxico. Vivir con la verdad puede ser complicado y requiere fuerza, pero vivir con secretos es insano, por decir poco. Mi madre tenía muchísimos secretos, y no era necesario. Yo jamás habría dejado de quererla aun sabiendo la verdad. Las mentiras y los secretos son un error desde el principio. Incluso pueden ser letales.

Anna pensó en ello y se preguntó qué diferencia habría entre tener secretos y tener intimidad. ¿No debería todo el mundo tener derecho a una vida privada? ¿Pero mentiras? Debía admitir que las mentiras no traían nada bueno.

Anna tenía que seleccionar un jurado para el proceso de un caso de agresión programado para la tarde. Por eso, y aunque estaba distraída, tenía que pasar al menos dos horas en la oficina. La reconfortó un poco saber que, si Amy no había sabido de Chad, probablemente era porque él no había tenido una aventura durante años y años. Necesitaba más detalles para entender mejor la situación. Por ejemplo, ¿qué era eso de que había contribuido a su bienestar y su educación?

Suponía que Amy sería la misteriosa beneficiaria del diez por ciento.

El fiscal del Distrito y el abogado defensor estaban trabajando a tope en la selección de los miembros del jurado. La acusada era además una víctima. Había matado a su marido maltratador alegando defensa propia. Era un caso que entraba en el campo de especialización de Anna. Al ser una abogada bien conocida entre mujeres en situación de abuso y maltrato, sabía que lo primero que haría el fiscal del Distrito sería pedirle que se recusara, a lo cual ella se opondría porque no conocía a la acusada o víctima. Era la clase de caso que la motivaba.

Pero hoy le estaba costando mucho mantenerse centrada. A pesar de todo, conformaron el jurado y fijaron una fecha para la audiencia. Aunque había llamadas que devolver y abogados que querían que los atendiera unos minutos, le pidió a su ayudante que se ocupara de esos detalles.

Después se pasó cerca de dos horas buscando en Internet situaciones similares a la suya y encontró

montones de referencias en crímenes, juicios, libros de memorias, artículos y biografías.

No parar de pensar en su matrimonio y en su
marido, y el hecho de que Chad parecía haber vivido una vida secreta por completo, una que incluía
a una mujer desconocida y una hija, la había tras-
tocado incluso más que su muerte.

Había pensado que su relación, a pesar de los
problemas ocasionales, se limitaba a su familia, a
ellos dos y a sus hijos, y tal vez incluía también a los
padres de ambos. Sí, sabía que había habido una
aventura porque Chad lo había admitido, pero lo
que no había admitido era que había sido mucho
más que eso. Tenía una segunda familia, tanto si la
había visto como si no. Que Amy hubiera dicho
que no había conocido a su padre no significaba que
Chad no hubiera estado implicado en su vida. Es
más, ¿habría seguido teniendo relación con su madre? ¿Podría haber habido otras? ¿Cuántas otras
relaciones podría haber tenido a lo largo de los
años?

¿Se había planteado contárselo todo algún día?

Se pasó la salida de Mill Valley y se vio conduciendo hacia Bodega Bay. Al momento estaba de
pie en los acantilados, sobre el océano. En esos días
de verano oscurecía mucho más tarde. Hizo un in-
ventario mental de todos los allegados que podrían estar preguntándose dónde estaba. Había
hablado con su madre antes de almorzar y había escrito un mensaje a Jessie a primera hora de la tarde. A Mike lo había visto durante el fin de semana
y Bess no solía llamarla para ver cómo estaba. Se
quedó mirando el océano un rato. Luego volvió a
entrar en el coche, condujo cerca de una hora y
acabó en la puerta de Joe. Ya había anochecido.

—¡Anna! —dijo él impactado.

—Eras su mejor amigo. ¿Sabías que tuvo una aventura y fruto de ella nació una niña?

—¿Qué? —preguntó él claramente asombrado.

De pronto a Anna se le llenaron los ojos de lágrimas. Había llorado muy poco desde la muerte de Chad, lo cual no significaba que no hubiera estado sufriendo. Había estado sufriendo en lo más hondo de su alma, y ahora incluso más mientras se preguntaba en qué se había basado su matrimonio.

—Siento no haber llamado siquiera —dijo con voz suave—. No sabía adónde ir.

—Siempre puedes venir aquí. Pasa. Vamos a hablar...

—¿Seguro que te parece bien?

—Siempre me parece bien. ¿Vienes directa del trabajo?

—He salido hace unas horas —respondió con un fuerte suspiro—. Ni siquiera recuerdo bien dónde he estado. Conduciendo. He ido al norte de la ciudad, a la costa, y luego he venido aquí.

—Vamos —dijo él agarrándola del codo—. Pasa. ¿Quieres beber algo? ¿Una copa de vino o algo?

—No pienso volver a tomar chupitos contigo —dijo Anna con una breve carcajada y dejándolo meterla en casa.

—Ni siquiera tengo tequila —respondió Joe antes de cruzar el pequeño salón y el comedor hacia la parte trasera de la casa adosada.

Claramente, esa era la zona de la casa donde hacía vida. La cocina estaba limpia, aunque había platos en el fregadero. En la mesa tenía el portátil y una pila de carpetas. La salita unida a la cocina estaba abarrotada: había unos pantalones de chándal y una camiseta tirados en el respaldo de una silla, unos zapatos que se habían quedado donde se los había quitado, y un maletín que parecía vacío encima de la barra de desayuno. Joe apartó una montaña de papeles y libros de un extremo del sofá modular.

—La asistenta tiene el día libre —murmuró—. Ven a sentarte aquí —dijo señalando el espacio que había despejado.

Anna decidió no decir que parecía que vivía como un universitario.

Se sentó y él le llevó una copa de vino. Después Joe recorrió el pequeño espacio mientras recogía la ropa y los zapatos y los guardaba. Anna no lo detuvo. Parecía empeñado en organizar todo ese desastre. A lo mejor lo hacía porque quería darle buena imagen. Nunca habían pasado tiempo a solas cuando Chad vivía. Corriendo, Joe puso los libros en la estantería y colocó la pila de papeles y carpetas, cerró el portátil y el maletín, y se sirvió una copa de vino. Tenía un aspecto muy juvenil corriendo de un lado a otro en vaqueros, polo y mocasines sin calcetines. Para nada aparentaba sesenta y tres. Aunque, claro, los sesenta y tres de ahora no eran como los de antes.

Joe volvió y se sentó en la butaca otomana, tan cerca que sus rodillas casi se tocaron. Se le frunció el ceño ligeramente cuando agarró la mano de Anna.

—¿Qué dices de una hija?

—Han sido unas semanas frenéticas.

—Eso parece.

—Tuvimos la lectura del testamento y ahí nos enteramos de que Chad había dejado un diez por ciento a un beneficiario anónimo. No dije nada, pero sospechaba que sería una amante. Resulta que me equivoqué. Hoy me he llevado el almuerzo al parque que hay al lado de mi oficina y me he encontrado con la chica que había visto en el funeral de Chad, una mujer que no vi en mi vida. Hemos hablado un poco. Me ha dicho que es su hija y que acaba de dar a luz a su nieta. Por supuesto, nunca supe que pasaba esto.

—¿Él lo ha sabido todo este tiempo?

—Los detalles aún no están muy claros, pero me ha dicho que lo conoció cuando era adolescente, pero que pensaba que era un amigo de la familia. Supo más de Chad después y contactó con él hace poco. Me ha dicho que sabía que tendría preguntas y que podemos quedar más adelante, cuando haya tenido tiempo de aclararme las ideas y decidir qué quiero preguntar. También me ha dicho que Chad ha contribuido a su bienestar y educación.

—¿Pero no tenían relación?

—Al parecer, no mucha. No sé nada de su madre. No sé si él tenía dos familias. Joe, ¿tú sabías algo de esto?

Él negó con la cabeza.

—No, y jamás sospeché que tuviera ningún secreto.

—¿Nunca te dijo nada que te hiciera preguntarte si seguiría teniendo relación con aquella mujer? ¿Si fue algo más que una aventura?

Joe dejó el vino en la mesa y le agarró la mano.

—Mira, esto fue lo que pasó. Estabas rabiosa y lo delataste; me contaste que lo habías pillado teniendo una aventura y que ibas a dejarlo. Después vinieron muchas excusas y discusiones para intentar quedar el uno por encima del otro, y aunque seguisteis juntos, la cosa se tambaleaba. Luego la situación pareció calmarse. No me atreví a preguntarte si lo

habías perdonado porque lo único que me importaba era que no vivierais amargados. Me importa-
bais los dos. Y, además, yo también estaba pasando
lo mío por entonces.

—¿Sí? ¿Fue cuando lo de tu divorcio?

—El preludio a mi divorcio.

Joe dio un trago de vino y agachó la cabeza.

—Todos éramos jovencísimos y pensábamos que
éramos muy mayores. Yo tenía poco más de treinta
años y dos hijos, y recuerdo pensar que estaba des-
perdiciando mi vida al seguir en una relación tóxica. Estaba de vuestro lado, pero mi situación era
mucho más complicada.

—¿Sí? Perdóname, ni siquiera me acuerdo. Que
te divorciaras al mismo tiempo que nosotros nos
planteábamos...

Él respiró hondo.

—Fue un desastre. Mucho abuso y abandono,
varias aventuras o rollos... Fueran lo que fueran,
sin duda contaban como infidelidades. Arlene era
inestable, toda su familia era inestable. Le seguí la
corriente y repliqué toda esa inestabilidad. Vivimos en el caos unos cinco años. Mi madre dejó a
mi padre solo en casa y se mudó con nosotros para
asegurarse de que los niños estuvieran atendidos.
Fue una locura, desquiciante. Y en medio de todo
eso, Chad y tú parecíais que estabais solucionando
las cosas y yo me apoyé en él. Lo siento, Anna. Me
centré en mí mismo.

—¿Qué pasaba contigo y con Arlene? —preguntó Anna, casi agradecida de hablar de algo que no
fuera ella.

Los oscuros ojos de Joe se empañaron.

—Todo. Nuestro romance fue tempestuoso y ardiente, y casarnos tan pronto se tradujo en un

matrimonio que fue como una dolorosa montaña rusa. Nos casamos estando mal y nos divorciamos aún peor. Las parejas discuten por cosas como bienes y custodias, eso se da por sentado, pero nuestro divorcio estuvo tan cargado de mentiras, engaños y obsesión por el control por ambas partes que es un milagro que hayamos sobrevivido. Ella, rabiosa, incluso me robó el coche y le prendió fuego. Pasó unos días en la cárcel por aquello, pero fueron pocos y luego cumplió servicio comunitario. Fue horrendo y duró años.

—No tenía ni idea...

—Porque tú estabas luchando tu propia batalla. Parecía que no había pasado el tiempo y de pronto habíais vuelto, tú estabas estudiando Derecho y luego te quedaste embarazada. No sé cómo lo lograste.

—Lo hice por algo más que por mi matrimonio y por la aventura de Chad. He tardado años en darme cuenta, pero fue por algo mucho más personal. Ya sabes que me crio una madre soltera. Tuve una buena vida, pero en ocasiones no teníamos suficiente. A veces estábamos arruinadas y mi madre estaba asustada. Algunos días traía comida del restaurante donde trabajaba. A lo mejor incluso de la que sobraba de los platos de los clientes. Era camarera y trabajó mucho y me empujó a estudiar, a planificar un futuro que no fuera tan duro. A cada año que cumplía, y a pesar de las deudas y de lo mal que lo pasamos, más me liberaba yo de la sensación de que en cualquier momento me vería hambrienta y sin casa. Nunca llegamos a estar en la calle completamente, aunque a veces estuvimos muy cerca, como cuando teníamos que dormir en el sofá de alguna amiga mientras esperábamos a tener un apartamento. Pero estudié, trabajé y ayudé a mi madre y pagamos muchas deudas. Luego conocí a Chad y me enamoré —tragó con dificultad—. Una acusada me dijo una vez: «Estamos a un hombre de ser señoras de la limpieza o camareras».

Chad provenía de una familia completamente distinta; una familia estable de clase media alta. Sus padres le pagaron la universidad. Fue a buenos colegios y vivían en un barrio de clase alta. Anna pensaba que pasaría el resto de su vida segura y a salvo; que estaba construyendo la clase de familia que siempre había anhelado. Una similar a la de su marido. Pero entonces la madre de Chad dijo: «Si no solucionas tu matrimonio con mi hijo para que pueda estar con sus hijos, ¡no esperes ninguna ayuda por mi parte!».

Anna había trabajado y apoyado a Chad mientras él estudiaba su doctorado. Él trabajó a media jornada mientras terminaba los estudios que le habían proporcionado una larga y distinguida carrera como terapeuta. En aquellos tiempos Anna había tenido lo que siempre soñó: un esposo bueno que ayudaba a la gente. Un marido con una sólida brújula moral. No había nada que hubiera deseado más.

—Michael era un bebé cuando me enteré de la aventura de Chad...

—¿Cómo fue?

—Lo sospechaba por las llamadas de teléfono raras, porque Chad se iba o desaparecía a horas extrañas, y al final hice lo que me parecía impensable: fisgoneé entre sus papeles personales y me enfrenté a él. Admitió que estaba viendo a una mujer. Resultó ser una de sus pacientes del gabinete psicológico donde trabajaba. Era la primera vez que veía amenazado mi futuro y el de mis hijos, y me volví loca. Estaba furiosa y dolida y quería matarlo. Fue justo cuando estaba de baja por maternidad y planteándome volver al trabajo. Y de pronto estábamos hablando de divorcio.

—Pero ni siquiera os separasteis.

—No nos lo podíamos permitir. Mi madre y los padres de Chad nos estaban presionando mucho para que fuéramos a terapia, para que intentáramos solucionarlo por el bien de los niños, pero eso no fue lo que me hizo tomar la decisión. Fue el consejo de un compañero del bufete donde trabajaba. Era un hombre de cincuenta y tantos años, expolicía y casado por tercera vez. Me dijo: «Jamás serás feliz, ya sea estando casada o soltera, mientras te aferres a esa fantasía de que un hombre te rescatará y hará que estés a salvo y segura. Eso tienes que hacerlo tú. Solo así te sentirás a salvo y segura de verdad. Solo así podrás proteger de verdad a tus hijos. Al final verás que da igual con quién estés casada y que tú eres la responsable de tu propia felicidad y seguridad, dos cosas que nadie puede darte».

Anna rechazó ese consejo durante un tiempo. Quería creer que el hombre adecuado resolvería el problema. Si pudiera encontrar un hombre con esa capacidad de compromiso, uno en quien pudiera confiar, uno que no se descarriara. Uno que no tuviera un carácter débil.

—Directamente me puse a estudiar para el examen de acceso a la Facultad de Derecho. Los socios del bufete me ayudaron y apoyaron mucho. Fueron mis mentores y, aunque no conocían todos los detalles de mi vida personal, me animaron a tener seguridad en mí misma e independencia y a forjarme una carrera sólida en el campo del Derecho. Según pasaron los meses y se convirtieron en años, sí que me volví más fuerte y decidida. Y todo fue evolucionando desde ahí. Seguí trabajando todo lo posible; podía trabajar a media jornada en el bufete mientras estaba en la facultad. Ayudaba con las declaraciones, las presentaciones de pleitos, la preparación de documentos e investigación. Echando ahora la vista atrás, no sé cómo lo logré.

Fue durante aquella época, mientras compaginaba los estudios de Derecho con su trabajo en el bufete, cuando se topó con su especialidad y con casos de violencia doméstica. Después de la facultad, durante el tiempo que pasó en la Oficina del Fiscal del Distrito, procesó a maltratadores y luego, ejerciendo de manera privada, pasó todo el tiempo posible ayudando a víctimas de maltrato doméstico. Su especialidad era defender a mujeres acusadas de agresión cuando habían recurrido a la defensa propia para salvar su vida y la de sus hijos. Se había convertido en una abogada conocida entre las mujeres maltratadas.

—Y entonces llegó Bess después de que arreglaseis vuestro matrimonio —dijo Joe.

—No exactamente. No fue tan sencillo. Hacía años que no había mucho afecto entre los dos, pero Chad sí que pasaba todo el tiempo posible ayudando con los niños y la casa. En primer lugar, él no tenía una agenda tan apretada como la mía y, en segundo, parecía que de verdad quería salvar el matrimonio. Sigo preguntándome por qué. Nunca tuve la sensación de que fuera por amor, ni tampoco de que me hubiera elegido. Es más, nunca tuve la sensación de que hubiera renunciado a todas las demás.

»Bess fue una sorpresa. Probablemente en aquel momento yo me encontraba agotada y necesitada de afecto y sentía que no tenía fuerzas para seguir luchando. Básicamente decidí que ya me daba igual. Bess fue un accidente afortunado. No solo me ayudó a centrarme, sino que me volvió más fuerte para aceptar mi vida y ver que era mejor que la de la mayoría. Tenía más de lo que tiene la mayoría de la gente. Pero después de que Chad me fuera infiel, dejé de estar enamorada de él. Me gustaba. Sabía perfectamente cómo llevarme bien con él y aprovechar al máximo lo que teníamos. Creo que al final volví a enamorarme, no estoy del todo segura. Me centré en los cinco, en mantener a la familia unida porque cuantos más fuéramos, más fuertes seríamos.

—Parecías enamorada —dijo Joe.

—Nunca volví a confiar en él. Y tampoco me detuve a fijarme mucho en lo que hacía o en qué invertía su tiempo, porque me daba miedo lo que pudiera encontrarme. Si lo hubiera hecho, a lo mejor me habría enterado antes de lo de su hija.

—Si yo no hubiera estado tan ocupado con mis problemas conyugales, a lo mejor me habría dado cuenta. Pero no lo hice.

—Ya es casualidad que él hiciera exactamente lo que hizo mi padre biológico. Mi madre tuvo una aventura con un hombre casado y él se quedó con su familia. Nunca lo conocí. Bueno, más adelante supe quién era, después de casarme. No sé qué pasó con su matrimonio y su familia, pero a mí no me ayudó como al parecer hizo Chad con su hija. ¿No es curioso que se dieran las mismas circunstancias?

—Para ser una mujer que no confiaba en su marido y que recibía muy poco amor, aguantaste mucho tiempo a su lado.

—Aunque preferí no mirar más allá, Chad fue una buena pareja. Hasta hace poco. Como te dije, unos meses antes del accidente empezó a quejarse de que no era lo bastante feliz. Decía que su vida no era satisfactoria, que le faltaba algo. ¡Yo me ponía furiosa cuando le oía decir eso! ¡Qué valor decirme eso después de que me hubiera comprometido a quedarme a pesar de tantas imperfecciones! Por eso sospeché que tenía una aventura.

Soltó una risa que no sonó sincera.

—Cuando vi a la chica en el funeral, pensé que sería su amante y no su hija embarazada.

—Y fue un buen padre a pesar de sus defectos —señaló Joe.

—Sus hijos lo querían muchísimo. Supongo que tengo que contárselo...

—¿Vas a contárselo?

—No sé. Bien sabe Dios que no quiero hacerlo.

—¿Por qué? ¿Te preocupa que eso cambie la opinión y la imagen que tienen de su padre?

—No. Me preocupa que eso cambie la opinión y la imagen que tienen de mí.

Anna y Joe charlaron un buen rato. Mientras, se tomaron mínimo tres copas de vino cada uno y la comida tailandesa que habían pedido. Anna le dijo que ella siempre había considerado que su vida y su matrimonio eran bastante simples. No tenía un matrimonio perfecto ni mucho menos, pero, comparado con las relaciones que sufrían algunas de sus clientas, el suyo no tenía ninguna complicación. Conocía bien a Chad; sabía muy bien de qué podía fiarse. Y sabía muy bien qué no quería saber.

No quería saber lo infiel que había sido porque

eso inevitablemente le haría ver lo poco que él valoraba su relación. Su matrimonio. Antes de que concibieran a Bess, mientras seguían dándole vueltas a la idea del divorcio, Chad seguía elogiándola, aunque no le decía que la quería. Ella se lo preguntaba de vez en cuando y él respondía: «Claro que te quiero, Anna. Siempre te querré. Eres la madre de mis hijos».

Durante más de veinte años ella se había estado preguntando si era un cumplido o lo mejor que se podía esperar.

A Joe le cambió la expresión ligeramente al oírlo.

—¿Qué? —preguntó Anna—. ¿Por qué de pronto pareces incómodo?

—No lo sé. Qué cabrón. Eras la parte afectada y tampoco es que él hiciera mucho por hacerte sentir bien.

—Desde ese momento siempre sospeché que yo solo era una de muchas. A lo mejor tampoco se acostaba con muchas mujeres, eso nunca lo sabré de verdad. Pero conocías a Chad. Era un hombre al que le gustaba coquetear y que se crecía ante la atención de las mujeres.

—Eso sí que es verdad. ¿Y quién no es culpable de eso? No tienes que responder, pero ¿tú tuviste algún amante?

Ella negó con la cabeza.

—Yo tuve una carrera profesional.

Y no una carrera cualquiera. Se convirtió en una invitada popular en programas de testimonios y en una experimentada perita judicial. Luego, con el tiempo, le concedieron un puesto en un tribunal superior. Su Señoría.

Chad se hizo muy conocido en la ciudad por sus

numerosos apoyos a organizaciones benéficas, y Anna se hizo muy conocida por ser una jueza cuyos veredictos eran bien meditados y justos.

Pasaban las diez cuando se tumbó en el sofá y se quedó dormida. Apenas se enteró cuando Joe le echó por encima una manta con la que se envolvió mientras cedía al sueño. De madrugada, con la casa a oscuras excepto por la luz del extractor de la cocina, se levantó, recogió su suéter y su bolso, y se dispuso a marcharse. Después de pasar al baño, fue a la cocina y empezó a escribir una nota en la libreta donde había una lista con huevos, pan, mayonesa y detergente para la ropa.

—¿Te marchas? —preguntó Joe desde las sombras.

Ella se sobresaltó.

—¡Ay! ¿Te he despertado?

—La verdad es que no. Te he oído moverte. ¿Te marchas?

—He pensado que es mejor irme a casa y acurrucarme en mi propia cama.

—Puedes quedarte. Puedes dormir en mi cama si estás más cómoda.

—Gracias, pero creo que prefiero dormir en la mía. Y, además, ya he abusado demasiado de tu tiempo y de tu comprensión.

—Ya sabes que no me ha importado. Siempre que me necesites... —dijo agarrándola con delicadeza por los hombros—. ¿Estás bien para conducir?

—Claro. Han pasado horas desde el último trago de alcohol.

—¿Me escribirás cuando llegues a casa?

—Vale. Pero ya sabes que es un trayecto largo.

—Sí. Te agradecería que me escribieras. Y también me gustaría decirte que, cuando pase esta tormenta, no olvides que tienes derecho a ser feliz. A pensar en ti a veces en lugar de anteponer a todos los demás. Es lo que has estado haciendo, lo sé. En la siguiente etapa puedes centrarte en ti.

—Gracias, Joe. Nadie me había dicho eso nunca.

Capítulo 6

Jessie McNichol era una mujer preciosa, así que fue la única sorprendida de que el doctor Patrick Monahan se sintiera atraído por ella. La gente solía decirle que era una belleza, pero Jessie se veía vulnerable e ingenua. Se enamoraba rápida, completa y frecuentemente. Y, por norma, con consecuencias trágicas. Había acumulado una ristra kilométrica de desamores empezando con Ryan Siverhorn en sexto de primaria.

Patrick Monahan era sexi y todo un experto en su campo. Aunque llevaba años soltero, ella nunca había oído ningún chismorreo por el hospital sobre que hubiera salido o tenido una relación con alguien, pero sabía que sería la envidia de todas las mujeres que conocía, incluso de las casadas. Y por nonagésima vez, pensó: «A lo mejor esta es la definitiva». No le preocupaba lo más mínimo la diferencia de edad.

Él la llamó tal como dijo que haría y, aunque era muy tarde, conversaron cerca de una hora. Por la mañana Patrick le envió un mensaje diciéndole cuánto le había gustado la charla. Después de volver a la ciudad tardaría días en librar, pero siguió

llamándola y sus conversaciones fueron volvién-
dose cada vez más personales y entretenidas. Jessie
tardó exactamente dos días en empezar a esperar
ansiosa sus llamadas. Descubrió mucho de él. Era
amable y tierno. No dejaba de preguntarle cómo
llevaba la ausencia de su padre, algo que Jessie necesitaba que le preguntaran. Necesitaba que alguien,
además de su madre, se preocupara por ella. Y él le
dijo qué clase de cosas lo hacían feliz. Le chiflaba
una buena novela, tener una historia fantástica
que leer, y odiaba que se acabara demasiado pronto. Pero, claro, él leía demasiado deprisa; era una
consecuencia de haber pasado por la Facultad de
Medicina. Le encantaba la música en vivo, igual
que a ella. Y las películas. Empezaron a redactar
una lista de libros, conciertos y películas que querían leer y ver juntos.

Y después de cinco llamadas dentro de su nueva
relación, Jessie le preguntó qué era para él la felicidad.

Patrick respondió:

—Cirugías de éxito, buen tiempo para navegar,
pocos conflictos en el Departamento de Neurocirugía y estar locamente enamorado. Eso siempre
sienta bien —pareció añadir como si fuera una
ocurrencia de última hora.

Jessie ardía de deseo por él.

Por fin llegó la noche de la cena. Iban a ir a un
bonito restaurante del centro y luego darían un paseo por San Francisco. Ella estaba a un trayecto
rápido en coche y él vivía en la ciudad, así que quedaron allí. Patrick la esperaba en la puerta del restaurante y, cuando Jessie se acercó, sonrió y se
quedó inmóvil, mirándola. Le brillaban los ojos.

—Dios, estás preciosa.

Jessie le sonrió y dijo:

—Tú también estás muy guapo.

Él la rodeó por la cintura y la acercó a sí antes de besarla en la mejilla.

—Gracias por salir conmigo.

Y Jessie pensó: «¿Me estás vacilando?».

¿El médico más atractivo, inteligente y triunfador que conocía le estaba dando las gracias? Ella era solo una internista de treinta y un años con una sarta de relaciones fallidas y, aun así, ¿le daba las gracias?

Hala, ya estaba. Podía darse por perdida.

Patrick la llevó a una exquisita marisquería en Union Square. Era elegante, con una iluminación tenue, montones de rincones oscuros y sofisticadas especialidades de bebidas. Los otros clientes de la sala sabrían de inmediato que no estaban casados por la intensidad con la que hablaban y hablaban. Se entretuvieron el uno al otro durante un rato con historias de la facultad y de las prácticas.

Después de la cena dieron una vuelta por la ciudad y reconocieron lo agradable que era el cambio con respecto al año anterior, cuando el COVID arrasaba y las calles y aceras estaban vacías. Ahora había más gente por todas partes, aunque la mayoría de los restaurantes habían mantenido más bajo su nivel de ocupación. Cerca de la mitad de la gente que salía, ellos dos incluido, seguía llevando mascarilla en público, sobre todo en lugares concurridos, a pesar de que ya habían recibido la vacuna y el virus ya había bajado tanto en cifras que no era necesaria. Hablaron un poco de lo terrible que había sido, en especial para los profesionales de la medicina.

—Durante un tiempo me sentí tan sola que contestaba a las llamadas *spam* —dijo Jessie haciéndolo reír.

Él la llevó hacia sí para darle un achuchón.

—Mi casa no está lejos. He recogido y limpiado antes de venir por si aceptabas que te invitara a tomar una copa. Pero si te sientes incómoda con ese plan, te llevaré a tu casa encantado.

—¿Incómoda? Sé dónde trabajas —dijo ella riéndose.

—Soy bastante inofensivo —le aseguró Patrick.

Aun así, Jessie echó cuentas. Llevaban hablando por teléfono una semana y pico; sabía que estaba unido a su madre y conocía el nombre de la mujer. Su padre había muerto de un aneurisma cerebral cuando él era pequeño, lo cual podía justificar su especialidad médica. Eso lo había dicho él, no era una suposición suya.

—Seguro que no, pero me gustaría tomar una copa y podemos tomárnosla juntos. Luego me iré en Uber sin problema.

Fueron en taxi hasta una casa victoriana situada sobre una empinada colina, una propiedad grande dividida en tres apartamentos. El de él era típicamente masculino, decorado en madera negra, pintado en color hueso y tostado, con mobiliario marrón y beis, un largo sofá modular curvado, una chimenea de mármol y una impresionante ventana con asiento desde donde se veía la ciudad. Atraída por la ventana y exclamando un largo «ooooh», Jessie se sentó ahí, cautivada por las vistas.

—¿Qué tal un brandi? —preguntó él.

—Perfecto. Esto es precioso. ¿Cuánto tiempo llevas viviendo aquí?

—Solo unos años —respondió Patrick desde la cocina—. Un médico que conocí lo puso en alquiler justo cuando yo estaba buscando algo y en una hora llegamos a un acuerdo. Fue fácil decidirme con lo cerca que está del hospital y del centro. Cuando luego se decidió a venderlo, yo estaba listo para comprarlo.

—Me encanta.

Patrick volvió con un brandi y se sentó a su lado.

—¿Qué horario tienes esta semana?

—De lunes a jueves paso consulta y el sábado estoy de guardia. ¿Y tú?

—Trabajaré toda la semana entre consultas y cirugías. Pero mañana no trabajo. ¿Te apetecería salir a navegar en mi barco? Se supone que hará un tiempo perfecto.

—Me encantaría. Quitando cuando he viajado en ferri o he estado en una fiesta en un barco, nunca he salido a navegar. No tengo experiencia real.

—¿Pero estás dispuesta a aprender?

—Totalmente. ¡Aunque no quiero resultar una porquería de marinera! ¿Seguro que no voy a ser un lastre?

Él sonrió mientras sacudía la cabeza. Posó la mano en su hombro y se lo masajeó con delicadeza.

—Podría ser maravilloso. Podemos navegar por la bahía con el resto de marineros de fin de semana.

Jessie ya estaba fantaseando con navegar, tirar de los cabos, ajustar los timones y aprenderlo todo sobre las distintas maniobras, pero entonces sintió la mano de Patrick en el codo y luego acariciándole el brazo. Él se acercó más y le rozó la mejilla con los labios. Y después el cuello. Y luego los labios. Le quitó el brandi de la mano, lo dejó a un lado y volvió a besarla. Le exploró la boca con la lengua y entonces se apoderó de ella. La rodeó con los brazos, Jessie lo rodeó a él, y sus labios se engancharon durante un largo y delicioso beso. Duró minutos, según calculó Jessie. En varias ocasiones él deslizó los labios hacia su cuello y apartó su larga y oscura melena para inhalar su aroma.

Mientras estaba ocupado besándola, ella estaba decidiendo qué hacer. ¿Dejar que la tocara? Quería que la tocara. Desesperadamente. Había pasado mucho tiempo. Sus caricias vagaron un rato por ella, por su trasero, sus muslos, sus rodillas. Luego él le susurró contra los labios:

—Podríamos ponernos más cómodos...

Eso era lo que Jessie había anhelado desde aquel día en el aparcamiento del hospital: que alguien tan inteligente, guapo y triunfador como Patrick la deseara. Pero no quería parecer demasiado ansiosa.

—¿En nuestra primera cita?

—No es la primera, ¿no? ¿Cuántas horas hemos estado colgados al teléfono? Lo sabemos casi todo el uno del otro.

—Sí, pero...

—Tú decides.

Patrick le regaló unos cuantos besos y unas caricias más, y cuando con destreza deslizó la mano sobre sus nalgas y debajo, Jessie suspiró y dijo:

—Sí.

La agarró de la mano y la condujo por el pasillo hacia el dormitorio. Pasaron por delante de un par de habitaciones en las que ella apenas reparó. En lo que sí se fijó fue en cómo brillaban los suelos de madera y lo inmaculadas que estaban las paredes, como recién pintadas. Y entonces apareció la *suite* principal: cama enorme, cómodas de madera oscura, televisión grande colgada en la pared. No pudo evitar preguntarse si Patrick lo habría limpiado y recogido todo con la idea de llevarla a la cama o si era así de ordenado por naturaleza. No había nada fuera de su sitio, nada de ropa sobre los muebles. Miró el armario, donde todo colgaba en hileras perfectas.

Patrick le rodeó la cintura por detrás, le apartó el pelo del cuello y la besó. La llevó contra sí y Jessie la sintió detrás; sintió su erección. Gimió de deseo y emoción a partes iguales.

Despacio, él fue desabrochándole los botones traseros del vestido de tirantes y, con habilidad, se lo bajó por los hombros y dejó que cayera al suelo, rodeándole los tobillos. La había dejado en ropa interior. Jessie se giró en sus brazos y lo rodeó por el cuello.

—Perfecta —dijo él con un susurro ronco—. Eres una belleza.

Pero para Jessie la belleza era él, cuyos ojos se habían oscurecido formando pequeños círculos color carbón. Empezó a desabrocharle la camisa, botón a botón, hasta que llegó a la cintura, le desabrochó el cinturón y el botón, y le bajó la cremallera.

Patrick volvió a tomarle los labios en un apasionado beso y, mientras su lengua jugueteaba con ellos, le coló sus largos y suaves dedos bajo las braguitas y la acarició ahí, en esa parte oscura y secreta de su cuerpo, casi haciéndola gritar de placer. Después Jessie se dejó caer en la cama y él se quitó los pantalones y la camisa antes de tumbarse a su lado. En un instante estaban el uno en los brazos del otro, entregándose con desesperación, con deseo.

—Creo que no puedo esperar —susurró ella.

Al momento desaparecieron sus braguitas y él estaba entrando en ella.

—No quiero que esperes —dijo Patrick. La giró para ponerla de lado, se quitó los calzoncillos, le quitó el sujetador y se le adentró por detrás.

Jessie no estaba muy convencida de ese movimiento hasta que él le acarició un pecho con una mano, pellizcándole un pezón con delicadeza, y deslizó la otra sobre ese lugar especial, invadiéndola con una energía erótica desmedida y casi volviéndola loca. Patrick la llenaba a la vez que sacudía las caderas contra ella, le lamía el cuello y la acariciaba entre las piernas.

Jessie perdió el sentido.

Nunca le había pasado algo así. Por lo general le costaba llegar al orgasmo, pero ahora de pronto estaba estallando. Él se hundía en su interior una y otra vez, acariciándola y gimiendo, y ella sentía que iba a desmayarse de satisfacción. Patrick la embistió con fuerza unas cuantas veces más antes de dejarse llevar.

Jessie estaba a punto de desmayarse. Soltó un largo suspiro y presionó las nalgas contra él, con fuerza.

—¡Guau! —exclamó Patrick.

—Ay, Dios mío.

—Sí, ha sido perfecto. Rápido pero perfecto. La próxima vez podemos ir más despacio.

—La próxima vez —repitió ella—. Bien.

Se acurrucó en sus brazos mientras sentía su cálido y suave aliento contra el cuello. Tenía muy pocas fuerzas para bajar y pedir un Uber. No podía moverse. Las manos de Patrick eran muy suaves y la acariciaron desde las rodillas hasta los hombros. Qué maravilla. De vez en cuando él volvía a acariciar esa zona suave y oscura haciendo que la recorriera un cosquilleo.

—Oh. Patrick...

—Estoy aquí mismo...

—No puedo moverme.

—No te muevas. Quédate justo donde estás —dijo Patrick abrazándola con más fuerza.

Al rato ella se giró hacia él y lo besó.

—Creo que ha sido el mejor sexo de toda mi vida.

Patrick soltó una risita.

—¿Ha merecido la pena invertir tanto tiempo al teléfono?

—Dios, sí.

Jessie lo miró a los ojos. Ahora que había pasado el fulgor del momento, los ojos de Patrick se aclararon adoptando el precioso azul verdoso que ella recordaba.

—Eres un amante alucinante.

Él le colocó un mechón detrás de la oreja.

—Qué encanto. Tú también eres impresionante.

Jessie soltó una suave risita.

—Nadie me lo había dicho nunca. Si no tienes mucho cuidado, podría enamorarme de ti.

Patrick se rio y la acercó más.

—Entonces tendré mucho cuidado...

Jessie sonrió.

—¿No te interesa el amor?

—Es un poco pronto. Tenemos mucho tiempo para conocernos.

Jessie le dio vueltas a la respuesta. Intentó no decir nada, pero no lo pudo evitar. Típico de ella.

—O sea —dijo reflexionando en voz alta y mirándolo a los ojos—, ¿nos conocemos lo bastante para tener un sexo alucinante, pero el amor queda descartado?

—No hagas eso, cielo. Es solo que lo del amor es algo prematuro, nada más.

Jessie se dio un momento para asimilarlo. Ojalá no hubiera dicho nada. Ojalá le hubiera dado largas a lo del sexo por mucho que hubiera sido el mejor de toda su vida.

—Lo siento —susurró.

—No tienes que sentirlo, Jessie. Solo tienes que ser paciente.

—Si hubiera sido paciente, ahora estaríamos vestidos. Pero no lo estamos.

Él se incorporó apoyándose en un codo y la miró.

—Será mejor que hablemos con sinceridad. Me gustas. Te gusto. Disfruto contigo. Te deseo. Me estimulas en muchos sentidos; intelectual, emocional y sexualmente. No estoy enamorado de ti, pero puede pasar si las cosas siguen así entre los dos. Quiero que te preguntes ahora mismo si quieres lo mismo, porque parece que tienes prisa por encontrar algo. Y yo estoy disfrutando de lo que tenemos ahora.

—¿A lo mejor debería irme?

—Puedes irte si quieres. No hago prisionero a nadie. O puedes quedarte. Depende de ti. Pero no discutamos por el futuro de una relación que ha empezado hace minutos.

Jessie apretó los dientes y se obligó a quedarse callada cuando en realidad sentía que tenía mucho que decir, y nada productivo. La verdad, estaba asustada y no sabía qué hacer porque no entendía por qué nunca estaba satisfecha del todo, por qué nunca parecía bastarle nada. Había arruinado más de una relación así. Y solo ella sabía el secreto: si Patrick le hubiera dicho que la quería, entonces ella habría querido saber cuándo podrían hablar de su futuro juntos.

Jason tenía razón. Ahuyentaba a la gente. Pero Jessie no sabía por qué lo hacía.

Acabó pasando la noche con Patrick y, por la

mañana, él le preparó un desayuno delicioso. Luego la llevó a casa para ponerse ropa adecuada para navegar. Jessie se ofreció a conducir su coche hasta el puerto deportivo, pero él le dijo que luego la llevaría de vuelta a casa encantado.

—Hoy volveremos pronto porque mañana tengo cirugía, y eso significa que esta noche tengo deberes.

—Claro.

Jessie se esforzó mucho por no preguntar nada más en todo el día, y fue una tortura. Al final le pareció que, en general, la jornada había sido un éxito: había brillado el sol y ella no había insistido más. Pero cuando Patrick la dejó en casa, tenía una jaqueca terrible.

«Tengo un problema», admitió para sí.

Antes de quedar con Amy, Anna llamó a Larry para decírselo y consultárselo.

—Recuerda que no sabemos quién es el beneficiario anónimo, así que no le preguntes por el testamento. Si ella no es la beneficiaria, puede que decida reclamar su parte del patrimonio.

—Ya, gracias. No había pensado en eso. Si de verdad es su hija, podría tener derecho.

Anna condujo desde su casa en Mill Valley hasta Alameda, al sur de la ciudad. Siguiendo las indicaciones del GPS, dio con una monada de casa en un barrio de buena reputación a solo unos minutos a pie del centro del pueblo. Cuando Amy la invitó a pasar, vio que por dentro era tan casa de muñecas como por fuera.

—Es preciosa —dijo Anna felicitándola por la decoración.

—Hemos tenido que hacer mucha redecoración e incluso reformas, pero ahora tenemos una cocina nueva y moderna y un porche cerrado. ¿Te apetece beber algo? Hace tan bueno que podemos tomárnoslo fuera.

—Un refresco sin azúcar estaría bien. ¿Te ayudo?

—Sí, siéntate en el porche con Gina mientras preparo las bebidas —dijo Amy antes de llevarla hacia un encantador y acogedor porche decorado con mobiliario de interior y exterior impermeabilizado: un sofá grande, dos de dos plazas, dos sillones con otomanas en el extremo y una mesa para seis, además de mesitas auxiliares. Todo ello lo convertía en un espacio perfecto para recibir invitados, aunque ahora mismo el lugar de honor lo ocupaba Gina, que dormía en su mecedora.

A Anna se le ablandó el corazón por lo bonita y preciosa que era la bebé. ¿Qué pensarían sus hijos? ¿Qué dirían? ¿Se enfadarían? ¿Se pondrían celosos? No, ¿cómo iban a ponerse así cuando la vieran?

Amy volvió con un par de vasos altos con hielo y fue ahí cuando Anna se dio cuenta de que, aunque Amy no tenía el mismo color de pelo, sin duda se parecía a sus hijos, sobre todo alrededor de los ojos. Todos sus hijos tenían el pelo marrón oscuro y los ojos azules mientras que Amy era rubia con ojos azules, que era más normal. Tenía la sonrisa de otra persona y el rostro más redondo que ovalado. Pero, ahora que lo sabía, podía ver fácilmente que era hija de Chad.

—¿Has decidido por dónde quieres que empiece?

—Quiero que me cuentes lo que quieras con lo que te sientas cómoda —dijo Anna—. Como podrás imaginar, quien me despierta más curiosidad es tu madre.

—A ver, empecé a preguntar por mi padre cuando era muy pequeña y lo único que ella estuvo dispuesta a contarme fue que era una buena persona, un hombre amable, pero que no formaba parte de nuestra vida y no estaba interesado en hacerlo. Bill sí lo estaba. Es mi padrastro. Se casó con mi madre cuando yo tenía cinco años y tuvieron dos hijos, Stephanie y David. Ahora tienen veinte y veintidós años. Hice mucho de niñera. Steph sigue en la universidad y David está haciendo un posgrado. Cuando yo tenía veintiún años, mi madre me contó su historia. Se había enamorado de un hombre casado. Dijo que no lo hizo a sabiendas. Y tampoco estuvieron juntos mucho tiempo porque él le explicó que una de las razones por las que no la veía mucho era que estaba casado y tenía hijos. Para entonces ella ya sabía que estaba embarazada. Él le había dicho que viajaba mucho por trabajo y que siempre estaba fuera, aunque al final acabó admitiendo que se lo había inventado. No volvieron a verse después de aquello. La decisión de tenerme de todos modos fue estrictamente de mi madre. Prometió que nunca le suplicaría que abandonara a su mujer y a sus hijos y que no le pediría ayuda.

—Me dijiste que Chad contribuyó a tu bienestar —le recordó Anna.

—Al principio no, luego. Mi madre me dijo que él la llamaba alguna que otra vez para preguntarle cómo estaba yo, cómo lo llevaba ella y si necesitábamos algo. Contribuyó, pero nunca hubo una cantidad establecida ni mensual ni anual. Mi madre me dijo que, desde que se enteró del embarazo, decidió que sería una buena madre soltera.

—¿Y cómo lo hizo? ¿A qué se dedicaba?

—Era enfermera. Probablemente por eso yo soy enfermera de práctica avanzada.

—Y al final tuvo un buen matrimonio, ¿no?

Amy respiró hondo.

—Mi madre y Bill estuvieron casados diecisiete años. Bill tenía problemas con la bebida, pero ha estado sobrio desde que se separaron. Fue un divorcio amistoso. Sigue siendo parte de la familia y, cuando mi madre enfermó y luego estuvo en cuidados paliativos, Bill estuvo muy presente en nuestra vida.

—¿Cuántos años tenías cuando murió?

—Veintidós. Acababa de graduarme. Después de aquello fue cuando contacté con mi padre. Quería que lo supiera. Nos vimos dos veces. Fueron dos almuerzos muy largos durante los que nos pusimos al día. Lo cierto es que nunca tuvimos una relación de verdad, pero sí que contribuyó a mis estudios universitarios.

—¿Y tu graduación y tu boda...?

—Mi madre me dijo que asistió a la graduación, pero que no se sentó con la familia. Y a la boda no lo invité. Mi madre ya había muerto y fue Bill quien me llevó al altar. Volví a ver a mi padre una vez más para decirle que iba a ser abuelo. Tras veintiocho años sabiendo que era mi padre, eso fue lo que lo removió. Hasta se puso a llorar. Fue la primera y única vez que hablamos de que tengo unos hermanos que no saben que existo. Fue la primera vez que sentí un poco de arrepentimiento por su parte. La primera y única vez que pareció sentir lo que había hecho.

—En cuanto a lo de tus hermanos... ¿quieres conocerlos?

—Eso es bastante irrelevante, ¿no? ¿Quieren ellos conocerme a mí?

—Ni idea. ¡Acabo de saber que existes y mi marido está muerto! Sabía que había tenido una aventura...

—Según mi madre, ni siquiera lo fue. Solo hace falta un momento para hacer un bebé. ¿Cuándo te enteraste?

—Era primavera. Yo acababa de tener un bebé.

—Uf, es terrible —dijo Amy e instintivamente sacó a la niña de la mecedora y la abrazó.

—Pero, claro, no sabía que había una hija. Pensé que solo era otra mujer, aunque eso ya de por sí fue complicado.

—¿Confesó?

Anna negó con la cabeza.

—Lo acusé de estar viendo a otra mujer, de tener una aventura. Fui insistente e implacable y al final admitió que sí.

—Pero no lo dejaste —dijo Amy. No fue una pregunta.

—Me quedé. Lo cierto era que no tenía medios para mantener a dos niños pequeños, trabajar, ocuparme de la casa y de la familia... Y él dijo que no quería el divorcio. Quería que lo perdonara. Pasó mucho tiempo hasta que pude hacerlo. Tu madre debió de pasarlo igual de mal.

—No recuerdo que fuera duro, pero yo era muy pequeña. Vivíamos con mis abuelos y me tenían muy consentida, era la única nieta. Lo cierto es que tuve una vida muy buena. Siempre sentí que faltaba algo, pero no puedo decir que sufriera. Nunca sufrí, ni siquiera después, cuando fui más mayor. Solo quería saber por qué nuestra familia era distinta.

—Yo también crecí en una familia distinta —dijo Anna—. Como la tuya. Nunca conocí a mi padre, murió antes de que tuviera oportunidad. No ayudó a mi madre y no tuve abuelos. Y ahora soy una abogada especializada en las necesidades de mujeres y niños abandonados. Mejor dicho, soy jueza. Pero, claro, soy una abogada que se ha convertido en jueza. Debería agradarme que Chad os ofreciera apoyo. Fue responsable al hacerlo —y riéndose y sacudiendo la cabeza añadió—: Qué curioso cómo se cierra el círculo.

—¿Se lo dirás a tus hijos?

—Tendré que decírselo. Tienen derecho a saber que tienen una hermana.

—¿Cómo crees que se lo tomarán? —preguntó Amy, y Anna no pudo evitar notar que se estremeció ligeramente.

—No tengo la más mínima idea.

Charlaron dos horas más y repasaron los detalles de sus respectivas vidas y familias. En un determinado momento Amy sacó un álbum y le enseñó fotos de su madre, su padrastro, sus abuelos, sus hermanastros, fotos de vacaciones, de graduaciones y cosas así.

—No sé si me siento aliviada o celosa. Tu madre era preciosísima.

—Tú eres preciosa, Anna.

—Nadie me ve preciosa —dijo Anna con tono de mofa.

—Seguro que todo el mundo.

—No —dijo ella riéndose—. No, mi marido me dijo una vez que era la mujer más competente que había conocido. ¿Sabes cómo lo conocí? Ya verás cuanto te lo cuente...

Anna fue a ver a Blanche al hogar asistido a pesar de que no era uno de sus días establecidos por norma. Estaba pensando en Amy y su familia y en Chad. Le caía bastante bien. Era consciente de que en circunstancias diferentes podría haberla odiado, pero era una joven muy madura con un bebé, su madre estaba muerta y no tenía más familia que su padrastro. Que Chad estuviera muerto tampoco ayudaría mucho. Además, todo eso había pasado hacía mucho tiempo.

Blanche, muy arreglada, estaba sentada en su cómodo sillón con los pies en alto.

—Hola —dijo Anna—. ¡Pero, bueno, qué guapa estás hoy!

—Hoy hemos tenido entretenimiento. Ha estado bien. Un coro de un colegio representando unas escenas de un musical. No recuerdo cuál. Pero después de una hora con los pies colgando ahora tengo los tobillos tan gordos como el culo.

Anna se rio, aunque en el fondo pensó aliviada: «¡Qué bien que está lúcida!».

—¿Qué haces aquí? —preguntó Blanche—. ¿Te han despedido?

—No —respondió Anna riéndose—. No, he pasado una tarde bastante interesante con una joven y su bebé. ¿Qué probabilidades hay de que hoy te acuerdes de Chad?

—¿De tu marido? He estado intentando olvidarlo. No habrá vuelto a meterse en líos, ¿no? Como está muerto y todo eso...

—Vaya, sí que estás en tu línea hoy. ¿Te acuerdas de aquella aventura que tuvo cuando Michael era un bebé?

—Anna, el mundo entero lo recuerda. No nos dejaste olvidarlo. Estuviste años con el tema.

—¡Y tú! —respondió, aunque por dentro estaba emocionada de poder estar charlando con su madre—. Pues resulta que de aquella aventura nació una niña y la he conocido. Tiene la edad de Michael, está casada y tiene un bebé. Me ha contado toda la historia, lo que sabía por su madre. Amy no supo de Chad de pequeña, pero al parecer él ayudó con los gastos de su educación y supongo que con otras cosas. Creo que la ha incluido en su testamento, aunque aún no hemos tratado ese tema.

—Me parecía un farsante —dijo Blanche—. Dándoselas de importante como si fuera lo más.

—Creía que lo apreciabas. Me aconsejaste que siguiera con él. Me dijiste: «Si lo peor que te puede pasar es que tu marido tenga una aventura...».

—¿Eso te dije? Bueno, al menos tiene un empleo.

Anna frunció el ceño.

—¿Quieres que te lo cuente todo?

—¿Sobre qué?

—Sobre la chica. Su hija.

—Por supuesto. ¿Y podrías traerme un vaso de agua?

—Claro —dijo Anna.

Le sirvió un vaso de agua y se puso a contarle la historia, empezando por el momento en que la vio en la celebración de vida y luego en el parque.

—Creo que estaba a propósito por los alrededores de mi oficina.

Describió a Amy, a su marido y a la bebé, y le contó a su madre algunas de las cosas de las que se había enterado, aunque intentó simplificarlo. Blanche asentía mucho y murmuraba:

—Aja.

—Así que ahora supongo que tendré que decírselo a los chicos.

—Sí, supongo que sí.

—Hoy debes de encontrarte muy bien. Estás muy avispada.

—Como siempre. Me gusta hablar contigo.

—Y a mí me encanta hablar contigo.

—¡Bien! Por cierto, ¿dónde vives?

A Anna se le encogió el estómago.

—En Mill Valley —respondió. Se mordió el labio inferior.

—Es verdad, ahora me acuerdo. Mira, si ves a mi hija por allí, por favor, ¿puedes decirle que venga a verme?

Anna se quedó impactada un momento. No podía hablar. Respiró hondo.

—Claro —respondió con los ojos llenos de lágrimas.

—Y al otro, al chico. Ya debe de ser mayor. No era mi intención no volver a verlo nunca, pero a veces las cosas pasan así. Pensé que nos encontraríamos.

—¿Qué chico?

—Ya sabes, primero tuve al chico. No pude quedarme con él. Pero cuando llegó la niña, ya no estuve dispuesta a dar a otro más en adopción.

—¿Cómo se llamaba la niña? —preguntó Anna en el borde de la silla—. ¿Te acuerdas de su nombre?

A Blanche le costaba acordarse.

—Ya me vendrá, un momento. Ahora mismo estoy muy cansada.

—Intenta recordarlo. ¿Sabes quién soy?

Blanche sonrió y su viejo rostro resultó de lo más dulce y suave.

—Por supuesto. Eres la mejor enfermera que hay aquí y eres mi enfermera. Creo que debería tumbarme. Necesito un poco de ayuda.

—Claro —dijo Anna ayudando a su madre a levantarse y luego girándola para sentarla en la cama. Cuando Blanche se recostó, Anna le levantó las piernas y se las puso en la cama. A los pocos segundos Blanche estaba roncando y Anna supo que ahí había acabado la conversación por hoy.

Había tres niveles dentro del programa de vivienda asistida y tres dentro del de terapia, que en la mayoría de los casos consistía en cuidados terminales. En el caso de la vivienda asistida, había apartamentos con cocina en galera ocupados en su mayoría por parejas, alojamientos de un dormitorio y sala de estar, y habitaciones conectadas con un control de enfermería. Luego, en la residencia, había habitaciones y comedores donde los residentes comían juntos; instalaciones de cuidados cognitivos para los residentes con demencia, que era el ala que requería más personal; y después estaba la unidad de cuidados paliativos, con habitaciones llenas de residentes enfermos y con problemas graves de memoria que ya no se irían a casa.

Blanche seguía en una vivienda asistida con supervisión de enfermería veinticuatro horas y servicio de comida completo. Estaba en lista de espera para entrar en la residencia de deterioro cognitivo. Para ella poco cambiaría, solo la ubicación. Pero esos lapsus de memoria eran más y más frecuentes cada vez.

Anna fue a buscar a Rebecca, la enfermera jefa, tal como había hecho muchas veces. Le describió la conversación que habían tenido.

—He oído a Blanche hablar del chico, pero daba por hecho que se refería a su nieto.

—Ha dicho específicamente que lo dio en adopción. Y que luego llegó «la niña» y se la quedó, y esa debo de ser yo. Mi madre siempre me lo ha contado todo, pero eso no lo había oído nunca. ¿Podría ser verdad? ¿Podría ser algo de lo que no ha hablado nunca?

—Es verdad que nuestros pacientes de Alzheimer recuerdan mejor las historias antiguas que los recuerdos recientes, así que si se les viene a la mente algo que pasó hace cincuenta años, hablan de ello. Pero también es verdad que cuentan cosas muy raras que nadie entiende. ¿Es posible que tu madre tuviera un hijo antes de que nacieras tú y lo diera en adopción y que nunca te lo haya mencionado?

—Es la primera vez que lo oigo. Mi madre tenía veintiocho años cuando nací yo. Me dijo que el hombre con el que había tenido una relación estaba casado, que no tenía ninguna intención de dejar a su mujer y que, aunque la hubiera tenido, no habría querido casarse con ella. Sin pensárselo, dijo que iba a tenerme, que iba a criarme y que saldríamos adelante de un modo u otro. Y lo hicimos. Pero nunca me había mencionado nada de otro hijo. Jamás.

—Puedes achacarlo a la demencia —dijo la enfermera—. O puedes investigarlo. Sabes dónde vivía tu madre antes de que nacieras. Puedes probar con uno de esos servicios que te buscan tu ascendencia mediante el ADN. He oído que algunos son muy buenos.

«Soy jueza. Sé cómo conseguir información», pensó Anna.

Pero lo que más estaba pensando era en cuánta información vital para su familia estaba pendiendo por ahí, cuántas cosas había de las que no estaba segura. ¿Podría tener otro hermano? ¿Chad tenía más hijos? ¿Cómo había logrado darle dinero a Amy y a su madre sin que ella se enterara nunca? ¿Cuántas ramas tenía exactamente su árbol genealógico?

De pronto, le pesaba mucho el cuerpo, como si cada paso que diera, emocional y físicamente, le supusiera una gran cantidad de energía.

Capítulo 7

Aquello le pasó factura al llegar a casa. De hecho, al entrar en el garaje sintió cómo se le acumularon las emociones dentro, como una olla a presión, y se derrumbó en el coche. Pulsó el botón para cerrar la puerta y se quedó sentada dentro en la semipenumbra. Se desvencijó como un reloj barato.

Chad llevaba muerto cinco meses. Durante ese tiempo ella había descubierto que la aventura que había tenido hacía tanto tiempo había dado fruto, y la tensión de pensar cómo iba a decírselo a sus hijos había podido con ella. Había estado intentando decidir si lo odiaba por haber mantenido en secreto algo así o si anhelaba volver a tener la vida que habían tenido juntos, algo que pensaba mucho últimamente. No sabía si debía decirles a sus hijos que había sido ella la que había barajado la posibilidad de una separación o un divorcio. Había sido idea suya, no de Chad. Su matrimonio no había sido perfecto, pero, comparado con la vida de muchas de las mujeres a las que había ayudado a través del sistema legal, había sido el paraíso. Pero ahora mismo eso no era mucho consuelo. Chad había dejado un buen follón del que ahora tenía que ocuparse ella sola.

No por primera vez fue consciente de que no echaba de menos a Chad tanto como al matrimonio en sí. Le había funcionado. A Chad también. Había sido práctico para los dos; siempre habían tenido otra persona con la que compartir la carga incluso en los momentos tumultuosos de su relación. Había llegado a entender que, en ocasiones, tener cerca un enemigo o un extraño podía ser más útil que no tener a nadie en absoluto.

Y, por si no fuera bastante echar de menos su matrimonio, ahora además estaba perdiendo a su madre y tal vez ganando un hermano. Todo en un día. ¿Cuántas personas vivían con tanto secretismo? ¿Cómo era posible que su madre, su mejor amiga desde que había nacido, nunca le hubiera dicho nada? ¿Y por qué? ¡Debería haber sabido que ella no habría tachado de vergonzoso tener un hijo sin estar casada! ¡Uno o dos!

Se recordó que tal vez era un delirio fruto de la demencia y que, en cierto modo, eso era más doloroso aún. Todavía dentro del coche, empezó a sollozar con fuerza. Ya había llorado por la pérdida de su marido, pero sobre todo había llorado por el dolor que le producía sentir pena de sí misma, por echarlo de menos y sentirse sola, por estar rabiosa con él por haberla dejado sola con todo y anhelando poder tener una discusión más sobre qué les pasaba ahora a los dos. Y, por supuesto, se preguntaba si Chad tuvo pensado volver a casa después de ese viaje de aventuras y contarle lo de Amy y su primera nieta. Le había dicho que quería tener una charla seria con ella.

Sus hijos lo estaban pasando muy mal con su

muerte. Jessie estaba furiosa, Michael estaba hundido y Bess parecía haberse cerrado en sí misma más de lo habitual. Por supuesto, Bess estaba en la facultad, así que tenía la excusa perfecta para evitar las dinámicas familiares, pero a Anna le preocupaba lo que estaría pasando dentro de esa cabecita suya. Era la más reservada y, tal vez, la más vulnerable emocionalmente.

Entró en casa sudando por haber estado encerrada en el húmedo y caluroso garaje. Se secó la cara y tiró a la basura un puñado de pañuelos de papel empapados. Las lágrimas seguían brotando con algún que otro hipo o pequeño gemido. Tenía la cara mojada y ardiendo, y se sentía como si no viera fin a esa situación y se encontrara en un punto de no retorno.

Sentía que había volcado toda su energía emocional en intentar averiguar quién era ahora que había dejado de ser la esposa de Chad, y entonces habían surgido esos otros asuntos, unos asuntos que complicarían aún más lo que quedaba de su familia. Resolverlo y reordenarlo todo iba a ser más complicado que nunca. Tenía el cerebro hecho pulpa y no podía encontrarle sentido a nada. «¿Fui la esposa traicionada y apartada o la esposa que fracasó en su papel? ¿Fui la hermana sin saberlo? ¿Fui la hija que nunca supo la verdad sobre su familia? Mi vida se construyó sobre muchas mentiras. Mi madre estaba totalmente dedicada a mí y pensé que me lo contaba todo, por muy dura que fuera la verdad, pero al parecer no era así. ¿Y mi marido...?».

No podía creerse lo irónico de la situación. Su vida era un espejo de la de Amy. Su padre fue un hombre casado que claramente no estaba comprometido ni con su esposa ni con su amante, y Chad había hecho exactamente lo mismo. ¿Y ella seguía preguntándose por qué? Él le había dicho que quería hablar cuando volviera del viaje y ella había dado por hecho que su matrimonio estaba acabado. ¿Por qué no le dijo la verdad Chad? Respiró entrecortadamente. «¿Alguna vez me quiso?».

Le sonó el teléfono y vio que era Joe. Pensó en dejar que saltara el buzón de voz, pero en lugar de eso respondió y lloriqueó. En su cabeza todo tenía perfecto sentido, pero por teléfono solo estaba soltando palabras sueltas como «perdido a mi madre», «la familia secreta de Chad» y «creo que no puedo más». Al final dijo:

—Lo siento. Es que no puedo hablar de esto ahora. Estoy al límite.

Seguía llorando, descontrolada.

—Anna, ¿dónde estás?

Qué humillante. Ella nunca se derrumbaba. Había llevado hasta el Tribunal Supremo casos complicados que la habían removido emocionalmente, y nunca había sucumbido a las lágrimas. Incluso Chad la había visto llorar poco y nunca de esa forma. No podía parar.

Colgó. Volvería a llamarlo cuando recuperara el control y pudiera hablar. Apagó el teléfono. Al cabo de diez frustrantes minutos, se desnudó, se metió en la ducha y dejó que el agua caliente la recorriera mientras lloraba.

Joe había ido a visitar a su hija, Melissa, y de vuelta a casa, al pasar por la salida de Mill Valley, pensó en Anna. Había pasado casi una semana desde que había hablado con ella. Buscó su número en el panel del salpicadero y la llamó. La conexión no era muy buena entre el ruido de la autopista y del motor, pero aun así notó que estaba llorando. Lo esencial de lo que decía era que su madre había muerto y que no quería hablar porque estaba al límite. Después Anna colgó.

Intentó volver a llamarla, pero le saltó el buzón de voz. Condujo unos ocho kilómetros antes de decidir ir a su casa para asegurarse de que estaba bien. Teniendo en cuenta todo por lo que había pasado Anna últimamente, ese breve intercambio de palabras le había dejado con mala sensación. Nunca la había visto como una persona depresiva o con tendencias suicidas; era la mujer más estable y competente que conocía. Sin embargo, conforme conducía hacia la casa, más se desesperaba. Llevaba días sin hablar con ella. ¿Y si había caído en picado y él, al no estar en contacto, había ignorado las señales?

Cuando llegó a la casa, sus miedos no hicieron más que intensificarse. La puerta del garaje estaba cerrada, aunque dentro podía oír el motor en marcha. Probó a aporrear la puerta principal, pero no obtuvo respuesta. Saltó el portón cerrado para acceder al jardín trasero y tuvo la suerte de encontrarse la puerta corredera de la cocina sin el cerrojo echado. Abrió y gritó el nombre de Anna antes de dirigirse inmediatamente al garaje. Tuvo que pasar por encima de los zapatos que ella se había quitado y del bolso, tirado en el suelo junto a todo lo que se había salido de dentro.

—¡Anna!

El coche seguía en marcha, pero no había nadie dentro, así que apagó el motor y volvió a entrar en la casa. Recogió el bolso y, distraído, metió dentro lo que contenía. Volvió a llamarla.

—¡Anna! —gritó. Repitió—: ¡Anna!

Recorrió la cocina, el salón y el pasillo llamándola.

—¿Qué haces? —dijo ella.

Estaba en la puerta del dormitorio, envuelta en un albornoz de rizo y con la melena mojada y goteándole sobre los hombros.

—¡Anna, gracias a Dios! —exclamó Joe. Sin poder contenerse, corrió hacia ella y la abrazó—. ¡Gracias a Dios!

Anna se quedó quieta.

—¿Gracias a Dios qué?

—¡Gracias a Dios que estás bien! Me has dado un susto de muerte. ¡Estabas llorando desconsoladamente! ¡Has dicho que estabas al límite! No tenía ni idea de lo que podías llegar a hacer.

Ella se apartó un poco.

—¿Y no se te ha ocurrido que a lo mejor quería darme una ducha?

—El coche seguía en marcha en el garaje —dijo él con cierta desesperación—. Parecías tan... descontrolada.

—Ya, ya —respondió bajando la mirada—. He perdido la cabeza por un momento. Qué humillante —añadió sacudiendo la cabeza.

Él seguía agarrándola de los antebrazos.

—Anna. ¿Tu madre? ¿Has perdido a tu madre?

—Bueno, no de forma literal. Blanche sigue completamente viva, pero cuando estaba visitándola me ha preguntado por su hija. A mí. No sabía que era yo.

Joe tardó un momento en asimilarlo. Luego volvió a abrazarla.

—Cielo, lo siento muchísimo.

—Debería haber estado preparada. Sabía que

era cuestión de tiempo. Es más, hemos tenido mucho tiempo gracias a un buen médico y a la medicación apropiada. Pero, por lo que sea, pensaba que pasaría más despacio y no que en un día de visita normal de pronto fuera a perder la cabeza del todo. Estaba preguntándome por los chicos y al instante me estaba preguntando por su hija.

Apoyó la cabeza en el hombro de Joe como si esa última frase la hubiera dejado cansada de una forma extraña. Apoyó las manos suavemente en sus brazos y dijo:

—¿Joe? ¿Ese es mi bolso?

Él se apartó un poco.

—Estaba en el suelo del garaje y el coche estaba en marcha. Lo he recogido, aunque no sé qué pensaba hacer con él. Dártelo, supongo.

—¡Uf! Pues sí que se me ha ido la cabeza.

—¿Y has decidido darte una ducha?

—Ha sido instintivo. Entre el peso de los últimos meses y todas las incógnitas y las nuevas posibles revelaciones, me daba vueltas la cabeza. Me sentía perdidísima. No podía dejar de llorar. Así que he decidido rendirme y llorar y me he metido en la ducha a hacerlo.

—¿Y ha funcionado?

—Creo que he estado ahí metida media hora. Dudo que me quede ni una sola lágrima. Estoy un poco cansada...

—¿Cuándo has comido por última vez?

—No lo sé. Creo que esta mañana, medio *bagel*. Ha sido un día completito.

—Si quieres vestirte y secarte el pelo, mientras echo un vistazo por la cocina y veo si puedo preparar algo para cenar. Para los dos.

—Creo que puede que tenga un poco de hambre.

—Ahora que veo que estás bien, de pronto estoy hambriento. Tómate tu tiempo —dijo girándola hacia la puerta del dormitorio—. Toma —añadió dándole el bolso.

Joe se quedó ahí un momento mientras ella entraba y cerraba la puerta. Se encogió de hombros preguntándose si Anna tendría idea de cómo se había quedado él ahora mismo. Lo dudaba, teniendo en cuenta lo sobrepasada que estaba por tanta cantidad de información confusa.

Siempre la había querido, pero nunca les había dado un giro romántico a sus sentimientos. Estaba casada y no con cualquiera, sino con su mejor amigo. Lo cierto era que no se había percatado de esos sentimientos hasta después de haber sobrevivido a su divorcio. Ahí se había dado cuenta de que le gustaba Anna, que la apreciaba, que no estaba recibiendo de Chad el amor que merecía. Pero lo reprimió. Nunca, ni en un millón de años, se le había pasado por la cabeza que pudiera quedarse soltera algún día, y eso que sabía que Chad no era el mejor de los maridos.

Fue a la cocina y empezó a mirar lo que había en la nevera y en la despensa. Ideó un buen desayuno para la cena a base de salchichas, huevos, bocaditos de patata fritos y panecillos ingleses. Además, preparó una salsa holandesa para impresionarla. Mientras oía a lo lejos el zumbido de un secador de pelo, puso los platos y demás utensilios en la barra de desayuno y encendió unas velas.

Se sirvió una copa de vino y la esperó. Cuando Anna llegó, Joe sintió cómo se le entibiaba la mirada al verla. Anna se había puesto unos pantalones de yoga y una camiseta extragrande; muy informal y de andar por casa, pero deslumbrante para él. No llevaba maquillaje, y tampoco lo necesitaba. Se había recogido la melena, que le llegaba a los hombros, en un sencillo moño alto.

—Vaya, te has tomado muchas molestias —dijo Anna mirando la disposición de la mesa y las velas.

—Ninguna molestia. Espero que te guste el desayuno.

—Es mi comida favorita del día, y eso que no me doy el capricho todas las mañanas. Suelo ir con prisa.

—¿Vino con el desayuno?

—¿Por qué no? Es como una aventura. No has podido llegar hasta aquí desde tu casa desde que has llamado. ¿Dónde estabas?

—Volvía a casa de ver a Melissa en Bodega Bay. Intento verla cada dos semanas. Para ella es más complicado ir a verme a mí a Palo Alto con las niñas pequeñas y el horario de su marido. Cuando has colgado he tomado la siguiente salida.

—Gracias, has sido muy amable. Siento haberte preocupado. Estaba teniendo un mal día.

Él sacó un paño de cocina limpio de debajo de una fuente donde había emplatado de forma muy cuidada la comida que había preparado. Se la acercó y le sirvió vino.

—¿Ha pasado algo más con tu madre aparte de la confusión que ha tenido?

—Uy, sí —dijo ella llenándose el plato—. Ha habido un momento en el que me ha dicho, con toda inocencia, que había dado al niño, pero se había quedado con la niña. No era consciente de que estaba hablando conmigo. Ha sonado como si estuviera diciendo que había renunciado a un bebé antes de tenerme a mí. No sé si alguna vez lo descubriré. No puedo contar con que ella me diga la verdad.

—A lo mejor sí. Pero también están esas empresas de búsqueda de ADN. Si hubiera habido un niño y él hubiera decidido buscar a su familia, podría ser incluso más sencillo.

—Intento entender por qué no me lo habría dicho si fuera el caso. A mí, sobre todo. Debería saber mejor que nadie que yo no la juzgaría.

Le dijo lo que le había contado Amy aquella tarde, que había sido más sobre su propia infancia que sobre Chad, y luego volvió a contarle lo de la visita a su madre. Al final, entre unas cosas y otras, acabaron hablando de Chad otra vez.

—¿Sabías que no era feliz? —le preguntó a Joe.

—Sí y no —contestó él encogiéndose de hombros.

—Me muero por oír tu explicación a esa respuesta.

—Cuando Chad estaba feliz, no había tío más feliz que él. Cuando no lo estaba, que era frecuente, estaba adusto y deprimido. Y siempre había algo agobiándolo. Siempre me pregunté si se había dedicado a la psicología porque quería arreglarse a sí mismo. Porque quería paz.

—Bueno, pues la ha encontrado —dijo ella con tristeza.

—Pero ¿y tú qué? ¿Más de treinta años con él?

Anna se rio con pesar.

—Créeme, sabía cuándo no estaba feliz. Siempre.

Se levantó, rodeó la barra de desayuno y empezó a aclarar los platos y a meterlos en el lavavajillas.

—Ese fue siempre el gran problema con Chad. Cuando estaba contento, era el mejor hombre del mundo. El compañero perfecto en casi todos los aspectos. Cuando no lo estaba, iba por ahí buscando como un loco a quién echarle la culpa. Con bastante frecuencia la culpa recaía en Max Carmichael, el director ejecutivo de su consulta. Otras veces recaía en un paciente que se lo estaba poniendo difícil. Y luego, cómo no, estaba yo, que solía ser el blanco de todas sus críticas. Pero me acostumbré. Al fin y al cabo, había accedido a ello.

—¿Qué quieres decir?

—Con el paso de los años establecimos una rutina concreta. Chad colaboraba bastante en general; sin duda, era un padre entregado a sus hijos, y eso me ayudó cuando eran pequeños. Y si él lo pasaba mal, yo encontraba el modo de levantarlo. Pero según nos hicimos mayores y yo estaba más ocupada, me volví más impaciente, no estaba dispuesta a dejar de lado mi trabajo mientras nos ocupábamos de la última crisis de Chad. Supongo que fue muy egoísta por mi parte, pero estaba lista para concentrarme en mi carrera. Chad no. Él necesitaba una esposa y una cuidadora a tiempo completo. Yo fui la primera que propuso lo de la separación. Me pareció que ya era hora de que cada uno siguiera su camino. Una de las cosas que marcó un punto de inflexión fue una discusión por su viaje para hacer *rafting*.

—Pero, Anna, te quería. Te admiraba. En más de una ocasión admitió que no te merecía.

—Se casó conmigo porque le parecía que era lo bastante fuerte para mantenerlo a flote. Ya sabes la historia de cómo nos conocimos. Se cayó del muelle, pensó que iba a ahogarse, y yo era la persona que tenía más cerca. Así que lo rescaté.

—La historia de amor más llamativa que he oído en mi vida —dijo Joe sin poder contener la risa.

—Es peculiar, eso lo admito. Pero desde ese momento él se esperó que yo lo solucionara todo. Y lo hice. Al final me acostumbré a hacerlo. Incluso podía adelantarme a sus cambios de humor.

—Pero lo querías.

—Sí. Cuando la relación estaba bien, estaba muy bien. Igual que Chad.

—¿Y cuando estaba mal?

—Cuando estaba mal, logré mucho más de lo que me había esperado. La primera vez que pensé que mi matrimonio se había acabado, me puse a estudiar Derecho. Pensaba que lo hacía por instinto de supervivencia, pero lo cierto es que se lo debo a Chad. Si me hubiera sentido más cómoda en mi papel, en mi vida, no habría asumido tantos retos.

—Y luego llegó el puesto de jueza.

—Y, como era de esperar, Chad no pudo soportarlo. Poco después de que aceptara mi nombramiento, le sobrevino la infelicidad otra vez. Pero esa vez dijo que le parecía que teníamos menos en común que nunca. Ahí fue cuando empezó a distanciarse. Solo fuimos a terapia porque yo insistí.

—Lo superaste en logros, pero estaba muy orgulloso de ti.

—Tenía celos de mí. Una vez me miró a los ojos y me dijo: «Te crees muy lista». A ver, ¿qué puedes responder a eso?

—¿Qué le dijiste?

—¡Que ya sabía que era lista!

Joe soltó una carcajada y Anna se unió a él. Siguieron así hasta que les caían las lágrimas por las mejillas, y luego, poco a poco, fueron recuperando el control.

—¿Sabes de lo que me alegro mucho? —preguntó ella—. Me alegro de no estar muerta y de que

Chad y tú no estéis aquí hablando de lo insoportable que era.

—A mí siempre me has parecido inteligente.

—Chad se disculpó por lo que me dijo, pero eso
no quitaba que lo pensara de verdad. Como si yo
estuviera presumiendo. Se sentía amenazado por
mí. Por mi posición.

—Y, aun así, lo querías.

Anna asintió apretando los labios.

—Fuera lo que fuera, no tuvimos oportunidad
de solucionarlo o mejorarlo. Y ahora ya nunca po-
dremos.

—Ahora tendrás que solucionar lo que sea sin
él. Eres una mujer fuerte y una madre increíble. No
pasa absolutamente nada por pensar en ti durante
un tiempo. Sin sentirte culpable.

—Tengo que reinventarme por completo y debo
cimentarlo sobre un pasado que desconocía totalmente. ¡Una realidad nueva!

—Has tenido un día de locos. ¿Qué ha sido lo
peor?

—No sé. Probablemente ver a mi madre irse de
esa forma. Y que haya soltado eso de que tengo un
hermano por ahí.

—¿Entonces qué ha sido lo mejor?

La expresión de Anna se paralizó un momento.

—A ver que piense... —dijo tamborileando los
dedos sobre la encimera. Luego sonrió con dulzura—. He tenido a la bebé en brazos. A la nieta de
Chad. Él ni siquiera llegó a conocerla. No tiene ninguna conexión conmigo, pero yo siento que sí. También me ha agradado que Amy me haya dicho, hasta
donde ella sabe, que Chad no tuvo una relación
duradera con su madre. Pero fue un sinvergüenza.
Debería haberme contado lo de Amy y haberlo

dispuesto todo para ayudar a mantenerla. Colaboró, según ha dicho ella, pero tampoco parece que hiciera todo lo que le correspondía.

—Seguro que tenía miedo a perderte.

Ella se rio.

—¡Podría haberle sacado mucho partido al hecho de decirme eso!

—Ya —dijo Joe—. ¿Tienes pensado decírselo a los chicos pronto?

—Sí, claro. No solo merecen saber que tienen una hermana, sino que, egoístamente, cuando yo muera, no quiero dejar a mis espaldas montones de misterios y preguntas. Siempre he intentado inculcarles que la verdad es el camino más sencillo y más seguro. Bess, directamente, no sabe mentir, Mike odia las mentiras, pero ha encontrado el modo de decir muy pocas, y Jessie puede ser brutalmente sincera, pero respetando mucho sus propios sentimientos y necesidades. Nunca les he contado lo de la aventura de Chad. No me ha parecido pertinente. Siempre he pensado que sería egoísta por mi parte verme tentada a ensuciar su reputación. Pero, claro, es que no sabía lo de Amy.

—Ahora ya lo sabes.

—Hay otro dato que tengo que sacarle. No hemos hablado del testamento de Chad. Seguro que ella es el diez por ciento.

—Ojalá Chad no tenga más familias por ahí esparcidas.

—Que Dios nos ayude.

Joe se levantó y rodeó la barra de desayuno. Despacio y con naturalidad, rodeó a Anna por la cintura y la acercó un poco.

—Me marcho ya —dijo, y su voz adoptó un tono algo ronco. Acercó los labios a los suyos y la besó.

Fue un beso breve y dulce. Se fijó en que ella cerró los ojos suavemente mientras inspiraba y espiraba. La acercó más y fue a por todas cubriéndole la boca con un ardiente beso. Los labios de ella se abrieron bajo los suyos. Joe gimió un poco contra su boca. Sus lenguas juguetearon. Se abrazaron y él empezó a sentirse excitado.

—Me voy ya.

—No tienes por qué irte, Joe.

—Sí, ya va siendo hora de que me vaya. La próxima vez que me quede a dormir, no voy a quedarme en la antigua habitación de Mike y tampoco quiero tumbarme a tu lado después de habernos pasado cuatro horas hablando del desastre que Chad ha dejado tras de sí. La próxima vez, no habrá fantasmas con nosotros en la habitación.

—Creo que no podría haber aguantado estos días tan oscuros sin tu apoyo y comprensión. Pero también estoy preparada para que esos días oscuros acaben.

—Sé que, a pesar de todo su encanto, Chad te hizo daño.

—Una y otra vez —admitió ella.

—¿Qué quieres para el resto de tu vida? ¿Qué te daría la más absoluta felicidad? ¿El Tribunal Supremo? ¿Nietos? ¿El amor verdadero?

—Todo eso suena divertido, pero lo que de verdad me gustaría es que alguien me quisiera como soy. Quiero alguien que me vea guapa con cinco kilos de más, que se ponga tapones para los oídos si ronco en lugar de irse corriendo a otra habitación o regañarme por algo que no puedo evitar. Quiero alguien que crea en el perdón, lo dé y lo pida. Que pida perdón, eso sí que sería grandioso. Porque da igual lo que hayas oído, el amor sí que significa tener que decir que lo sientes. No sé si es posible, pero no tendré otra relación a menos que pueda ser auténtica. No espero la perfección y yo tampoco la tengo, pero lo que importa es la tolerancia y el compromiso.

Joe sonrió y le dio un achuchón.

—Todo te irá bien, Anna. Lo que quieres es razonable y debería existir en abundancia.

—Debería. Ya veremos.

—Si crees que puedo ayudarte de algún modo, por favor, dímelo. De momento, te escribiré un mensaje cuando llegue a casa. Gracias por dejarme preparar la cena. Gracias por todo.

El amor de Joe por Anna era la clase de amor acompañado de una gran amistad, de una gran admiración, de orgullo. Desde luego, él nunca había tenido un plan en mente ante la posibilidad de que se quedara soltera, pero, una vez que había pasado lo peor del duelo para ambos, se estaba dando cuenta de que siempre la había amado.

Cuando su propio matrimonio se estaba derrumbando, Chad y Anna habían pasado por lo de la aventura de Chad. Había sido una experiencia complicada y habían barajado la idea del divorcio. Por aquel momento Joe había rechazado la mera idea de volver a casarse; sentía que había fracasado en el matrimonio. Pero sí que había habido un par de ocasiones en las que había pensado que, si Chad era tan tonto de dejar a Anna, él se vería en una situación muy incómoda.

Pero ahora su matrimonio llevaba roto más de veinte años, sus hijos habían crecido, una estaba casada y era madre de dos niñas pequeñas, y el otro estaba estudiando un posgrado en Berkeley, y él no se había planteado siquiera la idea de volver a casarse por segunda vez. Había tenido un par de novias, pero nada serio. Y ahora el matrimonio de Anna no solo había acabado, sino que ella había admitido que fue tenso durante un tiempo.

Todo un mundo nuevo se estaba abriendo ante él.

Capítulo 8

Jessie esperaba en la misma mesa de la terraza donde había tenido su primera cita con Patrick. Cuando él le preguntó dónde le gustaría cenar, ella le dijo si podían ir ahí. Era un lugar del que se había encariñado por los recuerdos que le traía. Solo llevaba unas semanas viendo a Patrick, pero ya se moría de amor por él.

Patrick se retrasaba ya cuarenta y cinco minutos.

Era un hombre ocupado, eso lo entendía. Su tiempo era muy valioso y Jessie estaba acostumbrándose, al menos un poco. Cuando estaban juntos, cuando él se centraba solo en ella, ella estaba en la gloria.

—¿Otra copa de vino, señora? —preguntó el camarero.

—Mejor sigo con agua hasta que llegue mi acompañante.

—No se llene con las patatas —le aconsejó el camarero con simpatía.

—Lo intentaré —respondió ella sonriendo.

«Demasiado tarde», pensó frustrada. No solo se había dejado el pelo suelto, como le gustaba a Patrick, sino que había pasado por la peluquería para peinarse y ahora se le veía voluminoso y precioso. Se había retocado el maquillaje y se había llevado una muda de ropa al trabajo. Cuando pasaron unos minutos, fue al lavabo y luego, al volver a la mesa, intentó entretenerse viendo a la gente pasar. Aún había personas que llevaban mascarilla, un vestigio de la pandemia de un año antes.

Había sido justo al inicio de la pandemia cuando Jason y ella habían empezado a tener problemas. Con los negocios y los restaurantes cerrados y los hospitales hasta arriba, se había sentido terriblemente sola y habían discutido constantemente. Como consecuencia, él había roto con ella. Le había dicho que era una gruñona irritable y que, siendo médico, debería haber sido más flexible y comprensiva.

Pero esos nunca habían sido sus fuertes.

Le sonó el teléfono y lo levantó de la mesa. No reconocía el número, pero respondió.

—¿La doctora McNichol?

—Sí.

—Soy Cheryl Mattson. Soy enfermera de neurocirugía y trabajo con el doctor Monahan. Me ha pedido que la llame para decirle que siente llegar tarde. Está viendo a una paciente.

—Ya lleva casi una hora de retraso —dijo Jessie con un tono algo más alterado de lo que pretendía.

—Está ocupadísimo y me ha dicho que le diga que no hace falta que se quede esperándolo.

—¿Cuánto tardará?

—Es su última paciente. Debería salir de aquí en media hora o tres cuartos de hora. Pero es solo una suposición.

—Dígale que le estoy esperando —dijo Jessie, y colgó sin decir ni gracias ni adiós.

Miró sus cuentas de Instagram y de Facebook para matar el tiempo. En realidad, mataba el tiempo así mucho más a menudo de lo que le gustaría admitir, y tampoco es que soliera resultarle gratificante. Es más, a menudo le resultaba decepcionante o frustrante. Como ahora. Bertie Newsome, una de sus compañeras de trabajo, estaba prometida y organizando una boda con su futuro esposo para diciembre. Su cuenta era un catálogo interminable de fotos de todo, desde el anillo de diamantes y las posibles tartas de boda hasta las casas que estaban mirando para comprar una. Jordan Hillerman, una compañera de la facultad, ¡iba a tener gemelos! Priscilla Silver estaba colgando fotos de su luna de miel en Aruba.

Todo el mundo estaba evolucionando mientras que su vida continuaba terriblemente estancada, y no por un buen motivo. Cuando hacía una lista mental de sus cualidades, le parecía que lo tenía todo. Vivía en un barrio exclusivo en una casita adosada de lujo y era médico en una próspera clínica de la que tal vez sería socia dentro de un año. Le parecía que tenía la nariz un poco pequeña para su cara, pero solían adularla tanto por su belleza que había decidido que la nariz no suponía ningún problema. Era inteligente, independiente, lograba las metas que se proponía... y estaba muy sola. Incluso ahora, en su nueva relación con Patrick, aun con las atenciones de él, se sentía sola. Dadas sus ocupadas agendas, no podían salir todas las noches ni dormir juntos cada día, pero cuando estaban separados él la llamaba. La cosa prometía. Sin embargo, Jessie no entendía por qué sentía que no era suficiente.

Sin duda, la muerte de su padre le pesaba mucho.

Le había dejado un agujero en el corazón. Al fin y al cabo, su padre había sido el primer hombre que la había defraudado. Ella se había esforzado toda la vida por hacerlo sentirse orgulloso y, aunque él le había dicho que lo estaba, no había resultado convincente. Estaba claro que prefería a Michael y a Bess. A Mike porque era un chico con intereses parecidos y a Bess porque era la pequeña y papá se había desvivido por ella.

Lo cierto era que siempre se había sentido apartada. Y ahora también, mientras esperaba a su cita y miraba las vidas de sus amigas en Instagram y veía su felicidad. ¿Por qué ella nunca tenía felicidad?

De forma prácticamente accidental, ojeando la página de Facebook de Tina vio unas fotos de una reunión en la playa. Voleibol, fogata, risas en un chiringuito, mucha gente entre la que había personas que conocía del hospital. Y Jason. Con un brazo sobre los hombros de Tina. Tina era colega, una pediatra. Era muy popular, aunque no tan guapa. De hecho, de perfecta no tenía nada. Era una rubia bajita y regordeta con una sonrisa demasiado amplia, los ojos grandes y azules, y papada. Pero tenía un sentido del humor socarrón que a la gente le encantaba. A Jason siempre le había gustado y parecía que últimamente le estaba gustando más.

¿Cómo se atrevía a seguir adelante con su vida así de fácil?

—Aquí estás —dijo Patrick agachándose y dándole un beso en la mejilla—. Siento haberte hecho esperar —añadió al sentarse y mirar la carta corriendo. El camarero se acercó a la mesa al instante—. ¡Anda, Miguel! ¿Qué tal estás hoy?

—Está siendo un buen día, gracias.

—Tomaré una *cerveza* —dijo él pronunciando la bebida en español— y un plato de nachos cargados de entrante. ¿Jessie?

—Puedes traerme el vino ya —dijo ella. Luego, aunque quería mostrarse complaciente, puso un mohín.

Patrick no pareció fijarse. Le contó que esa mañana a primera hora había practicado una laminectomía cervical y que luego había tenido una reunión con un cirujano sobre un trasplante de corazón y pulmón que tenían programado y otra con su asistente y el departamento de Contabilidad por un asunto de unas facturas.

Paró para beber un trago de cerveza y se metió unos nachos en la boca. Le acercó el plato, pero ella negó con la cabeza.

—¿Estás bien?

Jessie se encogió de hombros.

—Has llegado muy tarde.

—Me he disculpado. Y le he pedido a Cheryl que te llame. Si no querías esperar, no tenías que quedarte.

—¿No se te ha ocurrido llamarme tú mismo?

Él se quedó paralizado un momento. Se limpió los labios con la servilleta y se recostó en la silla.

—¿Qué pasa?

—No sé —respondió ella sacudiendo la cabeza—. Me he sentido abandonada.

—Pero no te he abandonado. Estaba muy ocupado. Llevábamos retraso en la agenda y había una paciente que ha venido a verme desde muy lejos, así que me he asegurado de atenderla.

Jessie enarcó una ceja.

—Ya. ¿Y qué era eso tan importante?

Él apretó la mandíbula.

—Una chica de quince años ha venido con sus padres desde Reno. Tiene un glioblastoma, lóbulo temporal, y voy a operarla el martes. Está asustada, como lo estaría cualquiera. Tenían muchas preguntas, como es de esperar. No iba a cancelar ni cambiar la cita, ni a interrumpir a la chica para acabar la consulta ya.

—Ah —dijo Jessie arrepentida—. Bueno, es que yo también he tenido un día duro.

—Yo no he tenido un día duro, Jessie. Solo he llegado tarde.

Patrick dio otro trago de cerveza.

—¿Quieres hablar de tu día?

—No, solo quiero comer —dijo ella—. A lo mejor estoy baja de glucosa...

Él le lanzó una sonrisa.

—Pues entonces venga, vamos a alimentarte.

Y ella pensó: «Ay, Dios, ¡estoy haciéndolo otra vez! ¿Pero qué me pasa?».

Se obligó a ser agradable, a reírse cuando debía, a mostrar empatía cuando hacía falta, a hacerle preguntas para que él hablara y ella se quitara esa carga, a tener una cena encantadora. Su esfuerzo se vio recompensado cuando Patrick le preguntó si le gustaría ir a su casa y ella respondió que sí, pensando que su pobre cabeza se despejaría con el placer de hacer el amor con él.

Durante un rato pareció ser la respuesta, porque Patrick era el amante más maravilloso, tierno y vigoroso. Pero, tras dormir un par de horas, se despertó sobresaltada y con un martilleo en la cabeza.

Jenn llamó a Michael y, con su alegre vocecita, dijo:

—He hecho una tanda de enchiladas deliciosas y me encantaría compartirlas contigo.

—Eres un cielo, pero esta noche no puedo quedar. Tengo que hacer la colada y preparar unas clases para mañana. Tengo entrenamiento de fútbol todos los días y no me queda tiempo libre.

—No pasa nada, Mike. Yo te llevo las enchiladas.

—Tengo el apartamento revuelto...

—Pues te ayudo a recogerlo mientras tú preparas las clases.

—Estás empeñada en quedar, ¿eh? —le preguntó añadiendo una risita para suavizar un poco el mensaje.

—Si prefieres estar solo, dímelo.

Él se quedó pensativo un momento.

—Lo de las enchiladas pinta bien.

—¡Las preparo para llevar y ahora nos vemos!

Bueno, esa noche sería la noche, pensó Mike con angustia y miedo. Rompería con ella.

¿Después de comerse las enchiladas que le había preparado porque sabía que le encantaban? Qué elegante.

Jenn era una de las mejores chicas con las que había salido y estaba loco por ella. Era preciosa, con una piel cremosa y una melena castaña larga y suave. Cuando la miraba a los ojos, reflejaban el mismo azul que los de él pero más claro. Era divertida y tenía un carácter apacible, amable y paciente. Daba clases de segundo de primaria; tenía que ser paciente. Aunque tal vez lo más destacable de ella era que no tendía al melodrama. Muchas jóvenes de su edad vivían rozando siempre el drama. ¡Hasta parecía que les gustara!

Jenn no. Venía de una familia bastante funcional que parecía reírse de sus peculiares disfuncionalidades, más o menos como la familia de él. Jenn tenía una abuela a la que le gustaba tomarse su vodka y que era desternillante cuando se había tomado unos cuantos. Michael tenía a Blanche, que no bebía mucho pero que, entre su mal genio y lo malhablada que era, los hacía reír a todos mientras ella se lo pasaba pipa.

A Jenn le encantaba enseñar y quería formar una familia algún día. Consideraba que la profesión de maestra cuadraba a la perfección con sus planes de futuro porque podría seguir trabajando mientras criaba a sus hijos. Y, ya que a Michael le encantaba entrenar y enseñar, los planes de ella encajaban muy bien con los de él.

La amaba. Era leal y honesta. Una mujer decente y, aun así, la más sexi con la que había estado. Lo volvía loco, aunque la libido no le funcionaba muy bien desde que había muerto su padre.

Entonces ¿por qué romper? Era complicado, pero, viendo la relación que tenía con Jenn, sabía lo que debía hacer. Debía ignorar sus miedos y su sensación de no estar a la altura, pedirle matrimonio y casarse con ella. Ambos debían instalarse en esa vida en la que compartir tanto como tenían en común y tener hijos juntos. Serían muy felices ejerciendo de profesores y disfrutando de la vida en una cordial y pequeña ciudad del norte de California.

Sin embargo, solo pensarlo lo aterrorizaba y paralizaba. Desde que su padre había muerto, de pronto le daba miedo ser esposo y padre. Nunca estaría a la altura del hombre que había sido su padre. Chad McNichol siempre fue sensato, amable, divertido y solidario. ¿Qué pasaría si, al igual que su padre, traía hijos al mundo y luego moría? Se sentirían tan huérfanos y perdidos como él, y eso sería una tragedia. Mejor no meterse en eso si no podía estar a la altura. Tal como se sentía ahora, no le podría llegar ni a la altura del betún al padre que había tenido.

Oyó la puerta principal abrirse. Jenn llevaba unas agarraderas para cargar con la fuente de vidrio caliente. En el suelo, tras ella, había una bolsa. Era todo sonrisas. Tenía las mejillas algo sonrosadas por haber estado cocinando y los ojos se le iluminaron de ilusión al verlo.

—Michael, ¿puedes agarrar esa bolsa?

—¿Qué hay dentro? —preguntó él levantándola.

—Crema agria, salsa, chips, aguacate y un par de tortillas de sobra. ¿Tienes hambre?

Él puso la bolsa en la encimera y hundió una mano en la suave melena rizada de Jenn, que le caía sobre un hombro. Ella giró la cabeza y le besó la palma de la mano.

—Vamos a meter las enchiladas en el horno para que se mantengan calientes mientras nos tomamos una copa de vino —dijo Mike.

—De maravilla.

Ella sacó las copas mientras él sacaba el vino. Se sentían tan cómodos en el apartamento de uno como en el del otro y pasaban la noche juntos varias veces por semana. Hasta que el padre de Michael había muerto. Desde entonces había sido menos frecuente.

Se sentaron en la pequeña mesa redonda de comedor frente a la ventana. El apartamento de Michael tenía vistas al patio y a la zona de la piscina en lugar de a otro edificio o a un aparcamiento. Jenn no tenía vistas de ningún tipo: ocupaba uno pequeño de un dormitorio con ventanas que daban directamente al muro de ladrillos de sus vecinos.

En más de una ocasión le había sugerido a Michael que juntaran recursos y buscaran algo más bonito. Él había dicho: «Puede».

—Mira, quería hablar contigo de algo. Las cosas han estado un poco tirantes entre los dos desde que murió mi padre. No es culpa tuya, pero no podemos ignorar que no estamos tan bien como antes.

Ella le agarró la mano y se la apretó.

—No me ha preocupado eso, Michael. Y tampoco es culpa tuya. Tu padre y tú estabais muy unidos. Seguro que todo esto tiene que ver con el proceso del duelo.

—Estoy confundidísimo, Jenn. Ahora mismo no estoy seguro de nada. Puede que tenga que ver con la muerte de mi padre, pero está afectando a cómo me siento por todo.

—¿Por todo? ¿Qué todo?

—Principalmente mi vida personal. Estábamos camino de comprometernos, pero ahora mismo no lo veo. Tengo que echar el freno.

—Vale —dijo ella no muy convencida—. No pasa nada si no hacemos más planes hasta que te encuentres más centrado.

—Esa es la cuestión, que puede que nunca me sienta mejor.

—Sé que ahora no lo crees. No seas tan duro contigo mismo, Michael. No hay prisa. Tenemos mucho tiempo. ¿Y si hablas con alguien? ¿Con un terapeuta?

Él ignoró la sugerencia porque lo último que quería era ver a un terapeuta. Su padre siempre había sido su consejero.

—Tenemos que romper. Cada vez que te veo o hablo contigo, me siento mal. Me siento culpable por no darte la atención que mereces, por no darles prioridad a nuestros planes porque ahora mismo no puedo hacer planes. Sé que es una mierda, pero no quiero tener planes.

Ella parecía de lo más confusa.

—Vale. Pues nada de planes...

—Tengo que dejar esto, Jenn. No me está haciendo bien. Creo que será por los problemas que tengo, pero no estoy listo. Necesitamos espacio. Distancia.

—¿Qué clase de distancia, Michael?

—Tenemos que romper, Jenn —repitió. Y después agachó la cabeza.

—¿Estamos hablando de una ruptura en serio? Porque dijiste que me querías.

Él sacudió la cabeza con tristeza.

—Ahora mismo no siento amor por nadie, ni por mí mismo. No quiero sentirme así, pero estoy vacío de sentimientos.

—Menos del de autocompasión, al parecer —contestó ella.

—No es autocompasión —dijo Michael a la defensiva—. Es otra cosa. Depresión o pena o algo. No puedo evitarlo.

—¿No has hablado con nadie? ¿Con un profesional? ¿Qué te diría tu padre que hicieras?

—Esa es la cuestión. Cuando tu padre es terapeuta, se convierte en algo personal. Él me llevaba a jugar al golf o nos íbamos a unas canchas a jugar con un balón y a hablar de cosas, y al poco tiempo todo se me aclaraba. Pero ya no está y no quiero hablar con nadie más.

—¿Y tu madre? Sé que estás muy unido a ella y que valoras mucho su opinión.

—No quiero echarle esa carga ahora mismo. Bastante mal lo está pasando ya con lo que tiene.

—Seguro que no lo vería como una carga. Deberías hablarlo con ella.

—Perdona, Jenn. Sé que esto no es justo para ti, pero es que me siento perdido. Y agobiado. No es culpa tuya.

—Hablamos de casarnos. Dijiste que querías hijos.

—Ahora mismo estoy muy confundido...

—Entonces si estuviéramos casados y tuvieras un hijo o dos y perdieras a uno de tus padres, ¿desaparecerías sin más? ¿Dirías: «Lo siento, Jenn, pero los niños y tú os quedáis solos porque estoy sufriendo»?

—Por eso tengo que alejarme ahora mismo. No estoy seguro de lo que siento. Estoy hecho un lío.

—Y tanto. Por supuesto, podrías hablar conmigo. Dijiste que me querías. Dijiste que era la mujer con la que querías estar para siempre. Nos hemos quedado hablando hasta la madrugada muchas veces. ¿Por qué ahora no podemos hablar? ¿Esto es lo que te pasa cuando pasas por un mal momento? ¿Te rindes?

—¡No es solo un mal momento! ¡He perdido a mi mejor amigo, a mi padre! Y no me rindo. ¡Estoy teniendo problemas para gestionar mis emociones! He sufrido un golpe muy duro.

Ella se levantó despacio.

—Pensé que ese era mi papel. El de mejor amiga.

—Algo se ha torcido.

—Y tanto que sí.

—No sé cómo arreglarlo.

—¿Por qué no te das un tiempo para pensarlo? Porque lo que estás haciendo no va a solucionar nada.

Jenn agarró el bolso y dejó la bolsa de la compra

en la encimera y las enchiladas en el horno. Apenas había tocado la copa de vino.

—Si se te ocurre alguna solución mejor, creo que tienes mi número. Lo has usado casi todos los días durante dos años.

—Espera —dijo Michael—. ¿No quieres cenar?

—Ya no tengo mucho apetito.

—Pero tu fuente...

—No te preocupes. Es lo menos que he perdido hoy.

Y con eso se giró y salió del apartamento.

Michael no se movió. Se sentía incluso peor que antes. Se sentía un auténtico fracaso. No recordaba un momento en su vida en que le hubiera costado tanto no perder el buen juicio y la sensatez. Nunca se había sentido tan perdido.

Para Anna, almorzar con Bess siempre tenía un punto triste. Como era de esperar, Bess tenía una rutina muy estricta. Comía *sushi* todos los sábados a las cuatro en Oakland cerca de Berkeley, donde vivía. Era muy raro que invitara a alguien dado lo solitaria que era, pero de vez en cuando quedaba con alguna amiga o compañera de clase.

Cuando Anna entró, el hombre situado detrás del mostrador la saludó efusivamente con la mano y, cómo no, Bess estaba sentada en su mesa habitual al fondo del pequeño local. Una de las razones por las que lo comía a las cuatro era que a esa hora el bar no estaba tan abarrotado y ella podía sentarse en su mesa favorita. Tampoco es que se enfadara si no podía sentarse en su mesa, pero sí que se quedaba disgustada. Era un animal de costumbres. Eso la hacía sentir bien.

—¡Mamá! —dijo cerrando el libro y mirándola sorprendida—. ¡No sabía que ibas a venir!

—Espero que no te importe. Ayer te dejé un mensaje. Y hoy también.

—No los he escuchado, lo siento. Los únicos que me dejan mensajes de voz son los de la compañía de seguros o los asesores de servicios de salud intentando convencerme de que necesito más coberturas, pero no las necesito. Una vez respondí y hablé con ellos y no sabían ni mi edad ni si tenía algún problema preexistente. Ah, y también me llaman bastante los de la garantía del coche. ¿Por qué toda esta gente no se busca un trabajo serio?

—A lo mejor lo han intentado. ¿Qué vas a tomar?

—El rollo Zee, medio rollo Estrella de la Mañana y medio rollo especial Lee.

Como siempre. Bess siempre pedía lo mismo cada sábado a las cuatro.

—Si quieres, puedes pedir lo mismo —dijo Bess.

Era su forma de decir que ella había pedido justo lo que quería comer, que no quería compartir y que no podía cambiar de elección. Era tan rígida como una barra de acero.

—Yo pediré otra cosa, gracias. Me alegro de verte. Estás maravillosa.

Bess se rio un poco.

—Nunca estoy maravillosa, y menos últimamente. Antes, al menos, intentaba maquillarme un poco, pero desde que he entrado en la facultad ni me molesto. A nadie le importa mi aspecto, ni siquiera a mí.

Anna pidió rápidamente. Por la falta de costumbre eligió más de lo que podía comer pensando en compartir con Bess, pero sabiendo en el fondo que su hija no tocaría su comida. Porque no entraba en sus planes. Es más, colocaba los platos en el sentido de las agujas del reloj y siempre era igual, del mismo modo que su armario estaba organizado por colores y sus cajones llenos de sudaderas, pijamas y ropa interior perfectamente doblados.

Así era como Bess administraba su vida. Así era como Bess lo tenía todo controlado. No tenía que tomar muchas decisiones y no dejaba nada al azar.

—¿Qué tal las clases de jurisprudencia? —preguntó Anna buscando algo de lo que pudieran hablar de verdad.

—Ahora mismo estamos trabajando con Derecho Tributario y es complicado. Me gusta. A nadie más le gusta.

Anna se rio.

—Se harán abogados tributarios cuando se enteren de los honorarios que cobran. ¿Y por qué te gusta?

—Es complicado, pero en el fondo es muy simple. Es básicamente como las matemáticas, menos en caso de fraude. La Agencia Tributaria pone las normas y sanciona al que las quebranta, pero sus normas están mal redactadas y son ambiguas. Es como si te pusieran un juego de enigmas de opción múltiple y tuvieras que averiguar qué quieren decir. Hay impuestos, tasas y porcentajes. La cosa se complica con intereses y sanciones, que suelen ser discrecionales. En realidad, nadie va a la cárcel. Bueno, a veces sí, si hay fraude; un fraude premeditado. Pero es una pena suave.

Anna se quedó confusa un momento.

—¿Pena suave?

—Un encarcelamiento más fácil de llevar. Un

encarcelamiento de cuello blanco. Televisión en color, gimnasio de último diseño, Internet, servicio de *catering* para las comidas... —dijo, y se llevó a la boca un bocado de *sushi*. Masticó. Tragó—. Visitas conyugales.

Anna se rio.

—¿Qué más podría querer un delincuente?

Entonces Bess recitó de un tirón y de memoria varios párrafos del código tributario, sobre todo en relación con situaciones de difícil comprensión como el impuesto sobre la propiedad de un gallinero en un determinado estado del país, los impuestos sobre ventas del desodorante en otro...

—Porque el antitranspirante está considerado un fármaco de venta libre.

Siguió hablando, mencionando desde los impuestos sobre bienes inmobiliarios a las deducciones por ganancias de capital, y deteniéndose solo para darle un bocado al *sushi*.

—Qué memoria tienes —dijo Anna—. Es impresionante.

—Tú tienes una memoria estupenda.

—¡Nada que ver con la tuya!

—Creo que mi memoria me resultaría más divertida si no estuviera tan directamente vinculada al hecho de que soy rarísima.

—Yo no te llamaría «rara». Te gustan las cosas de... —se detuvo un momento—. De una forma concreta. Nada más.

—Desde luego. Y no mucha gente lo entiende. Martin parece que sí. No sé por qué.

—Otra vez Martin.

—A Martin le gusta el Derecho Tributario y quiere que lo estudiemos y repasemos juntos. Pero su primer amor es la ciberseguridad y el robo de identidad, ese tipo de cosas. Porque son un poco más complicadas de desenmarañar. En ese sentido es como yo. Cuanto mayor sea el reto, más le gusta.

Anna tragó.

—Me parece que ya me habías mencionado a Martin, pero no recuerdo en qué contexto.

—Estudio con él. Es un flipado de los estudios, igual que yo. Pero es listo porque sí, no está dentro del espectro autista. Y su memoria es incluso mejor que la mía, ¿te lo puedes creer?

—Me cuesta.

—Y me acuesto con él.

Anna por poco no se atragantó.

—¿Sí? —preguntó titubeante.

Bess asintió sin más y siguió dándole al *sushi*.

—¿Estás enamorada de él?

—No lo sé. Probablemente. Tenemos mucho en común y pasamos mucho tiempo juntos. Es un gran compañero de estudio. Me motiva. Y me gusta mucho. Claro.

«Claro», pensó Anna. Si Martin era como Bess, brillante, superdotado, con una memoria casi fotográfica, escaso de emociones y bien provisto de autonomía, podrían casarse y tener un tropel de adorables robots.

Le entraron ganas de sentarse a Bess en el regazo y acurrucarla y acunarla como si fuera una niña indefensa. Bess, que podía resolver problemas legales e informáticos complejos, pero no sabía si amaba a alguien. La preciosa Bess, que no se molestaba en maquillarse, pero ni siquiera era consciente de que tampoco lo necesitaba.

—¿Crees que has hecho bien al elegir estudiar Derecho?

—Sí. Pero también hay otras cosas. Me atraen la ciencia, la investigación y los ordenadores. Supongo que tendré que ir a la universidad eternamente —dijo con una brillante sonrisa.

—Bueno, tampoco es eso —respondió Anna sonriendo—. ¡Al final tendrás que trabajar!

—Lo estoy deseando, pero lo del trabajo me preocupa. A veces me aburro de las cosas.

—Bueno, pero ese problema ha estado ahí siempre. Venga, cuéntame más de Martin. ¿Es... bueno?

—Sí —dijo Bess sonriendo—. Ayuda a mucha gente. Y no solo a compañeros de la universidad. Tiene un hermano de cinco años con necesidades especiales y los ayuda a él y a sus compañeros. Es una buena persona.

De pronto Anna pensó que eso explicaba muchas cosas. A Bess nunca se la había etiquetado ni como persona con necesidades especiales, ni como autista, ni como discapacitada, ni como nada, pero no había duda de que no era la típica chica de veinticuatro años.

—Debe de entender bien tus necesidades.

—Supongo.

—¿Cómo es físicamente?

—A ver que lo piense... Mide uno ochenta y tres, tiene el pelo y los ojos oscuros, y los pies grandes. Se le dan bastante bien algunos deportes, no como a mí, que solo se me dan bien el ajedrez, el *bridge* y el dominó. No es un patoso como yo. Tiene equilibrio. Juega al fútbol en el parque los fines de semana, dice que son solo partidos amistosos. Pero también le gusta el ajedrez.

—¿Tienes alguna foto?

—Sí —respondió Bess sacando el teléfono del bolso. Lo activó y ahí tenía una foto de un chico en camiseta y pantalón de deporte con un balón de baloncesto apoyado en la cadera.

Por supuesto, Bess no había enseñado ninguna foto hasta que ella no se lo había pedido.

Era guapísimo. Impresionante, una belleza al estilo de John Kennedy Jr.

—Bess, es muy atractivo.

—¿Sí? Supongo. Nunca se me ha dado bien juzgar la belleza física.

Anna se cruzó de brazos sobre la mesa.

—¿Qué es lo que más le gusta a Martin de ti?

—Solo sé lo que dice...

—¿Y qué dice?

—Pues que le gusta que sea sincera, aunque tampoco sé cómo no serlo. Dice que admira mi capacidad para centrarme en algo, pero creo que eso es otra cosa que no puedo evitar. Si algo se me mete en la cabeza, no puedo quitármelo de encima. Y también dice que le gusta mi sabor.

Anna sintió un rubor subiéndole por el cuello.

—Eso no hace falta que lo digas. Puedes mantenerlo en privado.

—Vale. ¿Está bueno tu *sushi*? —preguntó asintiendo hacia los platos de Anna.

—He pedido demasiado, como de costumbre. ¿Estás feliz?

—Por supuesto. He tomado mi comida habitual y, encima, he podido hablar contigo.

Así estructuraba Bess las respuestas emocionales; en función de si algo entraba en su rutina, de si se desarrollaba sin incidentes y de si no le generaba una ansiedad relacionada con la inseguridad o el cambio. Pero Anna dijo:

—Qué bonito, gracias.

Ser el padre o la madre de una niña adulta como

Bess requería disciplina y esfuerzo. Anna tenía que recordarse constantemente que la idea que tenía Bess de la felicidad absoluta no se parecía en nada a la suya. Para Bess, no ser nunca espontáneo era una bendición. Si podía enfrentarse a su mundo llevando la camisa blanca los lunes y la negra los viernes, comiendo en el bar de *sushi* todos los sábados a las cuatro y pidiendo la misma comida, eso era la felicidad para ella. Le gustaba el reto que suponían los estudios; triunfar en ellos la hacía sentirse fuerte. Y cuando las cosas se torcían y se volvían inciertas, se ponía muy nerviosa hasta que lograba recuperar su rutina.

Bess había vivido en una casa compartida durante un año mientras estudiaba para acceder a la Facultad de Derecho. Eso había generado una de las discusiones más grandes que habían tenido Chad y Anna. Anna no quería que Bess se fuera, quería que viviera en casa con ella. Pero ahí Chad había tenido razón. Había sido muy sensato. Y Bess había aprendido a moverse en un mundo que no podía aceptar sus peculiaridades. ¿Tendría una vida normal alguna vez? Como la vida normal de Anna, no. Eso nunca. Pero sí podría tener una vida cómoda y sentirse realizada. Podría ser feliz a su manera. A Anna le costaba no olvidarlo.

Por millonésima vez se vio obligada a recordar que aceptar a las personas tal como son era el trabajo más complicado de todos.

—Dime una cosa, Bess. ¿Qué es lo mejor que tiene Martin?

Bess no vaciló ni se detuvo a pensar.

—Nunca, ni una sola vez, ha sugerido que yo tenga que cambiar algo de mí.

Anna sonrió.

—Pues eso sí que no se ve mucho en un hombre.

Capítulo 9

El domingo Anna recibió una llamada de Amy.

—Sé que estás muy ocupada, pero tengo que decirte algo. Algo que creo que quieres saber aunque no hayas sacado el tema.

—¿Qué pasa, Amy?

—¿Podemos quedar o tienes mucho lío hoy?

Ella suspiró. Tenía que hacer la compra y recoger ropa en el tinte. Michael tenía pensado pasarse luego, suponía que para cenar. Jessie le había dejado un mensaje para que la llamara y tenía pensado cambiar las sábanas y poner unas lavadoras.

—Tengo un ratito. ¿Quieres que quedemos?

—Sería ideal. Nikit no está de guardia hoy y se ha ofrecido a quedarse con Gina. Y, la verdad, no me vendría nada mal estar un ratito sin la niña. Si se te ocurre algún sitio, puedo acercarme a tu zona.

Lo primero que pensó Anna fue en la decepción que se había llevado al saber que la bebé no estaba incluida en el plan, pero se lo guardó. Se recordó que Amy y la niña no eran parte de su vida, sino de la de Chad. Y Chad ya no estaba.

—Hay un pequeño asador mediterráneo en Mill

Valley. Siempre están hasta arriba de gente, pero tienen unos bancos muy agradables en la zona del bar. Voy a llamar a ver si puedo reservar uno.

—¡Perfecto! —dijo Amy antes de pedirle la dirección y prometer estar allí en una hora.

Por un instante Anna tuvo un pensamiento de lo más raro. «¿Y si nos ve Chad?». Esas cosas le pasaban mucho: el impulso de enviarle un mensaje antes de recordar que ya no estaba o de mirar el móvil para ver si la había llamado. Justo entonces se preguntó qué le parecería a Chad que se reuniera con su hija a sus espaldas.

A lo mejor había reaccionado así por los recuerdos. A Chad y a ella solía gustarles pasarse por Christos a última hora de la tarde para disfrutar de una copa de vino y tal vez una ensalada griega o unas hojas de parra rellenas, pan de pita y hummus con aceitunas. Si habían salido por alguna razón, Christos era una de sus paradas favoritas antes de volver a casa. Y ya de paso pedían un poco de *baklava* para llevar.

—Gracias por reunirte conmigo —dijo Amy al llegar.

De nuevo Anna se quedó impactada por el parecido que tenía con sus hijas, un recuerdo más de que los genes de Chad eran implacables. ¡Y pensar que al verla en la celebración de vida había sospechado que fuera la amante! Y encima pensó: «¡Es del tipo de Chad!». Ahora le parecía una locura.

—No hay de qué. Parece que tienes algo rondándote la cabeza.

—Sí. O algo que quiero quitarme de encima. Fui totalmente sincera contigo en lo que respecta a mi relación con mi padre, pero omití algunos detalles sobre cómo me enteré de su existencia.

—Bueno, hay tiempo, Amy. Vamos a pedirte algo de beber. ¿Un café u otra cosa?

—Me encantaría un *latte* helado.

Anna los pidió y también le pidió a la camarera que les llevara *baklava*.

—Esto es perfecto —dijo Amy—. Ojalá te hubiera conocido hace mucho tiempo.

—Y yo a ti, aunque ¡a saber cuántas cosas habrían cambiado si nos hubiéramos conocido!

—Sí. Por favor, quiero que entiendas que no supe nada de esto hasta que mi madre enfermó. ¿Recuerdas que te dije que conocí a mi padre cuando era adolescente? Tenía dieciséis años. No sé por qué no fui más concreta. Te dije que me lo presentaron como amigo de la familia, pero en realidad... Él le había dicho a mi madre que lo llamara si necesitaba algo, y eso es lo que hizo ella. Presencié un tiroteo, el del Instituto Saint Mary hace doce años. Un alumno de último curso mató a seis de mis compañeros con las automáticas de su padre. Fui una superviviente con mucha suerte.

—¡Amy! ¡Cuánto lo siento!

—Gracias. Creo que estoy bien, en gran parte gracias a mi padre, a quien en aquel momento no conocía como tal. Mi madre lo llamó, le contó lo que me había pasado, le dijo que no podía dormir, le explicó mis problemas de ansiedad y le pidió que me ayudara. Él le dijo que me llevara a su clínica de inmediato. Ahí fue cuando lo conocí y supe que era psicólogo. Pasamos un rato hablando del suceso y de mi síndrome de estrés postraumático y me concertó una cita con otro terapeuta. Nunca me dijo el motivo real. Solo me dijo que había otro terapeuta con más experiencia en problemas como el mío, aunque sí que siguió en contacto para ver cómo estaba.

Anna agradeció el recordatorio: Chad era un profesional. Y, en el fondo, era un buen hombre.

Creía recordar lo sucedido: un instituto de Oakland, seis fallecidos; siete, con el suicidio del tirador. Muchos heridos. Traumatizó al pueblo, en el Área de la Bahía. Era 2009, tras una terrible recesión y tasa de desempleo. Había un ambiente muy tenso y unas leyes laxas sobre el uso de armas de fuego. Un chico trastornado y muy furioso se había servido de las armas automáticas que había sacado del armario que su padre tenía sin cerrar.

—Ahí fue cuando lo conocí —dijo Amy—, pero no supe que era mi padre biológico hasta que mi madre estaba a punto de morir. No sabía que fue a mi graduación. A la del instituto y a la de la universidad en realidad. Ni siquiera supe que estaba allí. Después del instituto empezó a contribuir a los gastos de mis estudios.

—Pensé que habías dicho que ayudó desde siempre...

—Mi madre me dijo que enviaba dinero a veces, algún cheque que otro de vez en cuando. Ella siempre los devolvía. No quería que él pudiera reclamar nunca mi paternidad o afianzar sus derechos legales, pero resultó que, de todos modos, él tampoco lo tenía en mente. A lo mejor se sentía culpable.

—Siento muchísimo todo por lo que has pasado.

—Por favor, no digas eso. He tenido una vida muy buena. Mi madre tenía un trabajo estupendo que le encantaba. Y aunque mi padrastro y ella se divorciaron, tuvieron una buena relación y seguimos en contacto. Tengo dos hermanos más pequeños. Y tengo a Nikit y ahora a Gina. Me encanta mi trabajo. Yo sí que siento todo por lo que has pasado tú. Saber de mí ha debido de ser un impacto.

—Pues es curioso, pero una vez reflexioné sobre ello, no fue para nada un impacto. Solo sabía que había habido una relación una vez, pero que había terminado.

—Eso es lo que me dijeron a mí también.

—Como fiscal, abogada defensora y jueza, llevo muchos años viendo matrimonios que han acabado mal. Tengo muchos amigos, algunos con relaciones que envidio, la verdad. En cambio, muchos de nuestros amigos nos envidiaban a nosotros, aunque estoy segura de que no veían los entresijos de nuestra vida.

—Todo el mundo sabe que la gente tiene una vida privada bastante dramática y secreta. No llegué a conocer bien a mi padre, pero me parecía encantador y bueno.

—¡Era exactamente eso! Debió de alegrarse mucho de poder conocerte al final.

—En cierto modo creo que sí, aunque me dijo que no estaba preparado del todo para ser abuelo. Creo que a lo mejor le estaba costando asimilarlo. No lo dijo, pero supongo que no sabía cómo funcionaría eso de ser abuelo cuando nunca te has comunicado con tu hija. ¿Me invitarán al bautizo? ¿A las comidas de Navidad?

—¿Se lo cuento a la familia?

—Por eso quería verte. Te contaré todo lo que pueda sobre mi relación con él. No hay mucho que contar, pero lo haré encantada. Aunque el motivo real por el que quería hablar contigo es que parece que me ha dejado algo de dinero.

—Ah. Eres el beneficiario anónimo. Me lo imaginaba.

—¿Sí?

—Desde que te conocí. Todo empezó a tener sentido.

—¿Y eso?

—Mi difunto marido legó el diez por ciento a cada uno de nuestros tres hijos y otro diez por ciento a un beneficiario anónimo. No sabía de ti hasta que nos conocimos. En cambio, tú sabías de mí y de mi difunto marido. Todo encajó muy rápido.

—¿Lo saben tus hijos?

—Aún no.

—¿Tienes pensado decírselo?

—Sé que debería. ¿Tú qué opinas?

—Opino que, si saben que existo y quieren conocerme, están en su derecho. Pero tienen que querer. No tomaré la decisión por ellos. Mi ética personal es que la verdad siempre es lo mejor. Y, de hecho, al final es lo más sencillo.

—En mi caso, son gajes del oficio. Estoy dedicada a la verdad.

—Desde luego —dijo Amy sonriendo—, Su Señoría.

—¿La última vez que viste a Chad...? ¿Cómo fue?

—Fue una llamada de cortesía. Lo invité a almorzar y le presenté a Nikit. Le dije que estaba embarazada. «Mi primer nieto», dijo. Pero lo cierto es que se quedó un poco triste. Me preguntó si yo sentía que me había fallado.

Amy bajó la mirada al café y se quedó en silencio un momento. Cuando volvió a levantar la vista, tenía los ojos empañados.

—Le dije que me habría gustado que nuestra relación se hubiera llevado de otra forma, pero que tampoco sabía cómo habría funcionado. Le dije que sí, que hubo veces en las que había necesitado un padre. Y me pidió que lo perdonara.

Esa fue la primera vez que Anna se sintió mal por Chad. Debía de ser complicado mantener en secreto a una hija tan preciosa e inteligente como Amy.

—También le dije que me alegraba de conocerlo por fin.

—Les hablaré a mis hijos de ti y de tu bebé. Puede que tarde un poco en ver cómo hacerlo, en intentar dar con un modo lógico y coherente.

—También puedes decirles que no me he gastado nada del dinero que me ha dejado. Entiendo que puedan sentirse engañados de algún modo.

Anna se sorprendió bastante al comprobar que no sentía la más mínima envidia por ese dinero. Es más, aunque pareciera raro, se sentía aliviada de saber que al final Chad había hecho algo decente. Era cierto que su vida habría sido bastante distinta si hubiera sabido antes de Amy.

—Debía de ser lo que Chad quería. Si no, no lo habría hecho. Y, aunque aún falta tiempo para eso, tendrás más gastos de universidad que pagar, así que mejor guárdatelo. Gracias por tu sinceridad.

Amy asintió y miró a su alrededor.

—Este lugar es fantástico. Podríamos volver a quedar aquí alguna vez.

—Cuando puedas. Vamos a seguir en contacto.

El listado de audiencias judiciales de Anna estaba a rebosar y Phoebe, su mejor amiga y secretaria del tribunal, se quejaba amargamente. Así fue cómo empezó su lunes.

—No intento meterte prisa ni agobiarte, y no

quiero que asumas más de lo que puedes manejar emocionalmente, pero tenemos que darles prioridad a estos casos. Te conseguiré la ayuda que necesitas, ¡pero tenemos que apañar esto!

—Por supuesto —dijo Anna.

Cuando vio la cantidad de archivos que iban directos a su escritorio, supo que sería una semana espantosa y cargada de tareas. Uno de los vestigios de los días de pandemia era el uso frecuente de reuniones por videoconferencia, que reducía el tiempo necesario para llevarlas a cabo y los ayudaba a hacer el trabajo de un modo más eficiente.

Era septiembre. Los niños habían vuelto al colegio y, afortunadamente, las clases eran presenciales y no en remoto como el año anterior. Estaban registrando casos cuyas audiencias se celebrarían en noviembre. Además, Anna estaba aprobando varios divorcios de mutuo acuerdo, asuntos de custodia de menores en los que estaban interviniendo los Servicios de Protección Infantil, órdenes de registro y confiscación, y otros casos diversos. Muchos los pudo derivar al juzgado de familia. El almuerzo se servía allí todos los días y la plantilla comía mientras trabajaba. Su secretaria, Irene, tenía a los asistentes legales bien firmes. La sala de juicios de Anna siempre había estado muy concurrida. Cada noche al salir del juzgado se llevaba el maletín lleno, y como el trabajo nunca cesaba, el sábado Anna volvió al despacho. Phoebe y un par de asistentes también estaban allí renunciando a su fin de semana para ayudarla a ponerse al día.

Para ella no era raro tener unas semanas laborales extenuantes, pero en el pasado probablemente habría llamado a Chad y le habría pedido que pasara por el supermercado o comprara algo de comer para llevar, una *pizza* o comida china. Lo único que hacía él los fines de semana eran las tareas domésticas rutinarias, y sus días libres los dedicaba a jugar al golf o quedar con amigos. Durante los últimos seis meses Anna había ido acusando esa clase de detalles, como no tener a alguien que fuera a buscar algo para comer o a hacer otros recados.

Llamó a Joe.

—¿Qué tal la semana?

—Ajetreada, pero seguro que no tanto como la tuya. ¿Tienes la sala de juicios hasta arriba?

—Solo queda sitio de pie, tanto en persona como virtualmente.

Joe había llamado un par de veces durante la semana y lo único que había hecho ella había sido quejarse de lo ocupada que estaba.

—Ni siquiera he tenido tiempo de hablar contigo, pero quería contarte algo. Amy me llamó el fin de semana pasado, quedamos y algunas de mis preguntas obtuvieron respuesta.

Le contó lo que hablaron mientras las dos se tomaban unos *lattes* en Christos.

—No me lo quito de la cabeza desde entonces. Estoy intentando pensar el modo y el momento de decírselo a los chicos. Tienen que saber que tienen una hermana.

—¿No se te ha ocurrido nada?

—Solo un plan pésimo. Exceptuando las Navidades y las ocasiones especiales, no solemos reunirnos en familia, y quiero darles la noticia estando juntos. Creo que dársela uno a uno podría generar problemas. Podría contárselo a Jessie y ella llamaría a Michael y le daría su versión o viceversa. Y en lo que respecta a Bess, no tengo ni idea de cómo reaccionaría o con quién hablaría. Al parecer tiene novio, pero no lo conozco. Quiero que sepan la verdad, pero no quiero que un desliz que tuvo lugar hace treinta años separe a mi familia.

—El desliz no fue tuyo, Anna. ¿Cómo iban a culparte?

Ella se rio con ganas. ¿Tan poco sabía Joe sobre familias e hijos? ¡Los hijos siempre culpaban a sus padres! A veces hasta que eran viejos, y tampoco era raro que la gente culpara a sus padres incluso después de que llevaran tiempo muertos. Como abogada y jueza, llevaba viéndolo durante toda su carrera y resultaba imposible determinar si era justificado o no. Lo único de lo que estaba completamente segura era de que ella había querido a su marido y había hecho lo posible por ser una buena esposa y madre. Pero ¿pensaban lo mismo sus hijos?

—A veces parece que siempre es culpa de la madre. Para algunos, al menos. Estoy segura de que no he sido perfecta ni mucho menos, pero nunca he tenido una aventura. A veces pienso que ojalá lo hubiera hecho.

—¿Y eso a qué viene?

—Bueno, a veces... —dijo con un tono cada vez más suave—. A veces me sentía sola. A veces Chad no ponía mucho de su parte. Sospecho que en ocasiones me culpaba de su infelicidad, y eso que todo terapeuta titulado sabe que cada uno tiene las riendas de su propia felicidad.

Joe se quedó en silencio un momento, aunque ella podía oírlo respirar por el teléfono.

—Me he acordado de algo que te cura de la melancolía. ¿Trabajas todo el fin de semana?

—Voy a ir a ver a Blanche hoy sobre las dos y el domingo me lo tomo libre. ¿Por qué?

—¡Creo que, si te llevo comida tailandesa, me vas a considerar tu héroe!

—Bueno, como mínimo te consideraré mi buen amigo.

Anna estaba pensando en Joe de un modo en que no había pensado nunca. Sí, claro, siempre lo había considerado un hombre en quien confiaba y a quien respetaba, todo un triunfador en el mundo académico, un hombre admirado por muchos. Pero entonces estaba casada. Lo veía como Joe, como su amigo. Sin embargo ahora, en la nueva reencarnación de su amistad, pensar en él removía emociones más profundas.

Joe le llevaría comida tailandesa porque recordaba que la comida tailandesa la hacía feliz. Se dio cuenta de que la trataba como ella había deseado que la tratara Chad, como si su felicidad importara.

Durante la visita a su madre, Blanche la reconoció un ratito, antes de volver a perderse y alejarse de ella. Anna volvió a hablar con la enfermera, que no le dio mejores noticias. Iban a trasladarla a las instalaciones de deterioro cognitivo y cuidados paliativos, así que era probable que tuviera que ir olvidándose de su madre.

¿Una persona corriente sería consciente de la carga que llevaba encima una mujer viuda a los cincuenta siete y con una familia complicada? Se estaba desmoronando bajo el peso de la responsabilidad de una casa, una familia y un empleo al servicio de la sociedad. No había espacio para su carga emocional. Cuando las mujeres entraban en su sala, mujeres con el mismo nivel de estrés pero con sueldos de camarera o maestra, las entendía.

No solo las entendía, sino que se identificaba con ellas, y eso que la suya era una vida privilegiada.

Ese mismo día se vio frente al espejo del baño, mirándose y tirándose de la piel con delicadeza, tensándola. Tal vez los últimos diez años habían hecho que se le descolgara la boca y le saliera papada, aunque tenía los ojos increíblemente grandes y abiertos para una mujer de su edad. Se había planteado hacerse un estiramiento facial; se le estaba arrugando el cuello. Pero las mujeres nacidas y criadas en la zona de San Francisco solían tener una piel fantástica debido a la poca exposición a la luz solar. Eso podía quitarle diez años a su cara.

Cuando por fin llegó Joe, llevaba dos bolsas grandes de comida y el aroma era espectacular. Le quitó una de las bolsas y fue hacia la cocina.

—Qué bien que estés aquí. Hoy he visto a Blanche y está al límite. Sus momentos de lucidez son cada vez menos frecuentes. Al menos no tiene dolores, y aunque no está aquí del todo, no parece estar sufriendo —dijo dejando la bolsa sobre la isla de la cocina y quitándole la otra a Joe—. La demencia es una auténtica cabronada.

Nada más girarse hacia él, se vio en los brazos de Joe, con sus labios sobre los suyos y sus grandes manos moviéndose por su espalda. Sin respiración y con los ojos abiertos de par en par, sorprendida, poco a poco se dejó arrastrar por el beso. Qué curioso que fuera como algo que conocía desde hacía mucho tiempo cuando, en realidad, Joe la había besado por primera vez hacía solo una semana o dos. Se le cerraron los ojos y los labios se le relajaron por completo. Lo rodeó para abrazarlo y la sensación fue deliciosa. Él la llevó contra la isla y ahí la sostuvo con todo su cuerpo. Era un hombre fuerte.

De inmediato Anna sintió su deseo alzándose contra ella y esa vez supo que Joe no se despediría cuando ese beso, ese largo y profundo beso, terminara.

Joe se apartó de sus labios un poco para susurrarle:

—Me moría por esto.

Ella asintió, esperando más.

—Estamos solos, ¿no?

—Estamos solos.

A Joe se le aceleró un poco la respiración y la acercó más a sí mientras la besaba de nuevo. Sus lenguas juguetearon y sus cuerpos se tensaron.

—Anna, llevo días pensando en este momento.

—¿Cuándo nos ha pasado esto?

—No lo sé —respondió él colocándole el pelo detrás de la oreja con ternura—. Me parecía un paso natural. Éramos amigos...

—Buenos amigos...

—Lidiando con nuestra pena y dolor e intentando darles sentido a los problemas, y en algún momento nos hemos acercado más. Pero yo siempre he sentido la atracción.

—¿Sí? —preguntó ella verdaderamente sorprendida.

—Claro. La primera vez fue después de que Arlene se marchara. No sé si fuiste consciente de aquello, pero los dos estábamos pasando por un mal momento en nuestro matrimonio al mismo tiempo. Cuando me divorcié, ¡me sentí tan libre! El peso de un matrimonio malo supone una carga enorme, y cuando se va, aunque seguíamos teniendo nuestros problemas, me sentí como si me hubiera quitado de encima cuarenta kilos. Empecé a pensar en ti, me salió así, sin forzarlo, pero tú intentabas recuperar tu matrimonio.

—Estaba en la facultad. Intentando salvarme, intentando estar preparada cuando él volviera a hacerlo.

—Y yo me mantuve alejado porque eras una tentación.

Ella le acarició la mejilla y sonrió.

—Me di cuenta de que te habías distanciado, pero nunca pensé que tuviera algo que ver conmigo.

Joe volvió a besarla.

—Tenía todo que ver contigo. De pronto estaba deseando que Chad fuera lo bastante tonto para dejarte, pero eso podría haber sido muy malo para todos.

Anna pensó en ello un momento y al instante vio que podría haber sido devastador; solo habría generado dudas, resentimientos y desconfianza, por no hablar del efecto rebote. No habría funcionado. ¿Pero funcionaría lo de ahora?

—¿Va a pasar? —susurró ella.

—En la cocina no, espero. ¿Vamos al dormitorio?

—Si estás seguro... —dijo ella consciente de lo débil e insegura que sonó su voz. No fue un sonido que oyera a menudo. Si algo era Anna, era fuerte y decidida.

—Estoy segurísimo, cielo —le dijo él con un beso—. No quiero presionarte. Seducirte, desde luego. Pero presionarte, no.

—¿Cómo es posible que esté nerviosa?

—Buena pregunta. ¿Por qué estás nerviosa? Noto que estás preguntándote si estás lista para un nivel de intimidad así conmigo a pesar de que nos conocemos desde siempre...

—Solo he tenido una pareja en toda mi vida. Y, desde luego, no es que fuéramos muy activos en la cama, y menos en los últimos años.

—¿Entonces no hubo nadie antes de Chad?

Ella negó con la cabeza.

—Alucinante. Bueno, pues ven conmigo, Anna. He oído que esto es como montar en bici —dijo agarrándola de la mano y llevándola al dormitorio—. Creo que vamos a estar bien.

Cuando estaban de pie junto a la cama, volvió a besarla una y otra vez mientras, despacio, le quitaba el suéter y él se quitaba la camisa. Acercaron los cuerpos, el sujetador desapareció de algún modo y quedaron piel con piel.

—Qué agradable —susurró él.

«No sabía cuánto deseaba esto», pensó Anna. Había aprendido a vivir sin eso en su vida y había resultado ser una gran pérdida. No solo quería sentirse amada y deseada, sino que ansiaba volver a desear. La vida pasaba un poco más despacio cuando eras mayor, excepto en eso. El deseo enseguida se embraveció en su interior y ella se sintió mucho más joven y más vital. Pensó en sus edades, cincuenta y siete y sesenta y tres, y en algo que no había sabido diez o veinte años atrás: la pasión podía ser alucinante y bestial incluso a esa edad.

En nada de tiempo se habían quitado la ropa, habían apartado las sábanas y estaban tumbados juntos, desnudos, abrazándose. Joe había dejado un preservativo en la mesilla, un gesto tácito que le decía que la protegería lo viera o no necesario. Y a ella se le ocurrió que podía devolverle el favor. Ya que las mujeres de su edad solían experimentar algunas dificultades, tenía algunos trucos bajo la manga. Se giró, apartándose de él lo justo para sacar un botecito del cajón de la mesilla. Lo levantó. Lubricante. Una pequeña ayuda.

—¿Crees que esto se pone malo si pasa demasiado tiempo? —le preguntó a Joe.

Él se rio y se lo quitó de la mano.

—Seguro que está bien. Ya me ocupo yo de esto cuando llegue el momento.

Anna había estado nerviosa, pero no dudosa. Ahora, en sus brazos, desnuda contra él, se asombró por lo segura de sí misma que se encontraba. Qué genial cuando una mujer se sentía deseada, sentía que la había elegido justo la persona que ella elegiría. Joe le susurraba cosas contra el cuello y el pecho, y le decía que era preciosa mientras la masajeaba y acariciaba cada centímetro de su cuerpo. Tenía unos dedos suaves y hábiles; unas veces suaves como una pluma y, otras, más firmes e insistentes.

Y ella lo acarició. Tenía la espalda musculada, los brazos fuertes, el trasero prieto y... Se detuvo antes de emitir un grito ahogado. Mentalmente se había preparado para estar con un hombre mayor, pero Joe estaba tan erecto y resultaba tan poderoso como un hombre joven. Cuando lo rodeó con la mano, él gimió y susurró su nombre.

Con los dedos y la lengua, Joe se volcó en ella hasta que Anna estuvo gimiendo su nombre también; le acarició ese lugar especial entre las piernas hasta volverla loca de deseo. Entonces, sin preguntar, sabiendo que hacía bien, alargó la mano y agarró el preservativo y el tubo. Guiándose con los dedos en lugar de con los ojos, le aplicó el lubricante y solo eso la llevó casi al éxtasis completo.

—Espera —susurró él—. Te acompaño.

Ella lo recibió separando las rodillas y, cuando él la llenó con una profunda y lenta embestida, sintió algo que no había experimentado nunca. Joe empezó a moverse, muy despacio, tomándose su tiempo. Anna lo miraba a la cara y veía cómo se le cerraban los ojos con sensualidad y se le tensaba la barbilla mientras ella se movía con él. No tardó en subir a la luna y estremecerse de gozo. Joe la lanzó muy muy alto y ella explotó por dentro para luego caer con delicadeza de vuelta a la tierra, feliz y segura en sus brazos.

Jadeaban con satisfacción. Las cosas que había sabido de él de pronto le parecieron nuevas. Sabía que tenía el torso velludo, pero contra sus pechos y bajo sus manos, era como tocar algo desconocido hasta ahora. Sus largas piernas parecían aún más largas ahora que la rodeaban; sus labios resultaban increíblemente suaves mientras le mordisqueaban el cuello y la oreja. Tenía un aroma almizclado embriagador que le llenó la cabeza. No pudo evitarlo. Lo deseaba otra vez.

Él se tumbó de lado y la envolvió con los brazos.

—¿Bien?

—Increíble.

—Eres maravillosa. Sabía que sería maravilloso.

Ella le acariciaba el vello del pecho.

—No quiero moverme nunca.

—Por mí bien, aunque puede que nos deshidratemos y nos quedemos muy delgados. En unos minutos podemos calentar la cena tailandesa, pero volveremos aquí cuando quieras.

—¿Vas a quedarte?

—Todo lo que tú quieras. Este es tu espacio, Anna. Cuando quieras volver a tenerlo para ti sola, tienes que decírmelo.

Anna se preguntó cómo podía haber sido la mejor experiencia sexual de toda su vida. Debía de haber tenido mucho que ver con todo el tiempo que llevaba sin hacerlo, con lo hambrienta que había estado por una caricia, por dar y recibir amor físico. No es que Chad hubiera sido deficiente precisamente en ese terreno, aunque en los últimos años hubo carencias. Él se quejaba de que con la edad la libido no era la de antes. Pero tampoco lo había intentado.

¿Qué pasaba con los hombres que parecía que su deseo sexual rigiera el mundo? Si estaban de humor, las mujeres tenían que complacerlos, pero si no sentían la fuerza impulsora del deseo, quedaba descartado por completo. En ocasiones le había preguntado: «¿Puedes abrazarme al menos? ¿Besarme?». Él había hecho un pobre intento, un beso, un abrazo fugaz, y después había dicho: «Lo siento, cariño, no funciona».

Como Joe no tenía otra ropa que elegir, se puso los vaqueros y la camisa mientras que Anna optaba por un pijama suave y suelto. De vuelta en la cocina, él fue sacando los recipientes de comida tailandesa.

—Parece que has traído de todo, un plato de cada.

—*Pad Thai*, gambas al coco, curri verde con berenjena, ensalada tailandesa de pollo, rollos de lechuga, fideos... No deberías quedarte con hambre a menos que seas muy quisquillosa.

—Ya sabes que no lo soy. Vamos a servirlo y nos llevamos los platos al salón. Podemos sentarnos en el suelo alrededor de la mesita de café.

Primero hablaron sobre la comida, que estaba increíble. Luego hablaron un poco sobre sus hijos y sobre el problema que tenía ahora Anna con lo de contarles a los chicos lo de Amy.

—La pobre chica nunca pudo tener una vida con su padre.

—Tú nunca sentiste que habías tenido mala suerte por tener una madre soltera y un padre desconocido.

—Pero fue duro y, además, yo lo tenía todo demasiado claro. Estaba decidida a no acabar como Blanche, así que tuve cuidado hasta el final.

Dijo también que los últimos años habían sido complicados. No había habido mucho afecto en su matrimonio y había empezado a pensar: «¿Qué sentido tiene todo esto?».

Era marzo de 2020 cuando el coronavirus empezó a atacar con fuerza. En realidad, fue poco a poco, como si nadie supiera cómo de serio tomárselo. Y entonces, de la noche a la mañana, los estados reconocieron lo virulento que se había vuelto con miles de personas muriendo a diario por todo el mundo. Nueva York necesitó camiones refrigerados para albergar a los fallecidos. Muchas ciudades intentaron cerrarse, entre ellas San Francisco. A los empleados se los mandó a casa a trabajar durante la cuarentena. Las tiendas y los restaurantes cerraron sus puertas y se cancelaron las concentraciones multitudinarias, desde convenciones a eventos deportivos.

Anna y Chad se confinaron juntos y trabajaron desde casa. En todo el mundo se produjeron muchos cambios y en San Francisco esos cambios fueron sustanciosos. Anna trabajaba por videoconferencia mientras se instalaban pantallas de plexiglás para separar al personal del tribunal de los miembros del jurado. Intentaba no ir al juzgado todos los días y les llevaban la compra a casa. Todo el mundo usaba mascarilla. Las elecciones a la presidencia de Estados Unidos estaban en pleno apogeo y acompañadas de protestas, y la gente andaba un poco loca.

Un poco no. Muy loca.

Chad se quedó en casa. Él, por razones perfectamente razonables, tenía un despacho en casa.
Anna siempre había usado la cocina o el comedor
cuando trabajaba desde casa. Chad tenía que tener
una puerta que cerrara para poder hacer las consultas *online* con absoluta privacidad.

Pero a Chad, una criatura social, le había pasado factura tener que estar encerrado en casa solo
con Anna, y su carácter se había ido avinagrando
cada vez más. A cada día que pasaba se deprimía
más. No veían a los chicos; Jessie estaba todos los
días en el hospital o en la clínica, Michael y su novia solo se veían el uno al otro y daban clase en remoto, y Bess siguió yendo a la facultad protegida
con mascarilla. Fueron una primavera, un verano
y un otoño largos, duros y solitarios.

—Chad se sumió en una de sus etapas tacitur-
nas cuando el gobernador me dio el puesto vacante en el Tribunal Superior. Y una vez se aprobó y se
tuvo disponible la vacuna, lo primero que hizo fue
reservar un viaje para hacer *rafting* en Idaho. Con
un grupo que no conocía. Estaba seguro de que en
abril de 2021 se permitiría viajar. No le preocupaba
el hecho de no saber nadar. «Habrá salvavidas»,
decía —añadió Anna sacudiendo la cabeza—. Yo le
dije: «Nadar no es tu punto fuerte». Y él me respondió con altivez: «Como tú bien sabes». Había
ocasiones en las que pensaba que estaba vengán-
dose de mí, como si me tuviera envidia. Y luego
pensaba que eso era imposible.

—Yo creo que es completamente imposible. Era
un hombre, al fin y al cabo. A lo mejor le dio la sensación de que no dependías de él.

—¡No podía depender de él! Para empezar, era

infiel. Lo había sido una vez y pudo haber otras. Y tenía esos ataques de melancolía. Era agotador.

—¿Pero no te quejabas?

—Intentaba no hacerlo, aunque luego me harté de oírle quejarse y gimotear porque la vida no estaba dándole suficiente. Me temo que los últimos años fueron muy duros para él y seguro que yo fui muy cabrona. Me entristece mucho. Antes de que muriera, no estábamos bien. Ahí fue cuando empecé a ver lo ridículo que era que viviéramos juntos si no disfrutábamos nada de la compañía del otro. Sugerí que habláramos de separarnos cuando volviera a casa del viaje.

—¿Y qué podría haber hecho Chad para cambiar eso?

Ella dio un bocado a la cena y masticó, pensativa, antes de responder finalmente:

—Podría haber dicho que no quería separarse. Eso habría significado mucho. Podría haberse parado a pensar en lo que me iba a dejar, en lo que yo tendría que manejar sola, como, por ejemplo, una hija y una nieta secretas. Solo el hecho de explicárselo a nuestros hijos es estresante. No quiero que se enfaden con él, pero tampoco puedo disculparlo. Y sobre todo... —Se detuvo un momento y se mordió el labio—. Habría estado bien que me hubiera valorado al menos una vez. Sé que no era perfecta, ni mucho menos, pero hice muchos sacrificios por el bien de nuestro matrimonio y nuestra familia.

—¿Un poco de gratitud?

—Si hubiera mostrado el más mínimo ápice de gratitud por algo, habría cambiado mucho las cosas, pero lo que yo quería de él era mucho más sencillo que eso. Quería que me viera. Ansiaba que viera quién soy de verdad y que me quisiera así. A lo mejor no tiene ningún sentido.

—Tiene todo el sentido del mundo —dijo Joe con una amable sonrisa— querer que te acepten como eres.

—Asesoraba a parejas que estaban pasándolo mal en su matrimonio, que eran incapaces de hacerlo funcionar, y a mí siempre me pareció sencillo. Respeto, tolerancia, transigencia y compromiso. Entiendo que son cosas que hay que recordarse. Comprendo que hay que trabajarlas cada vez que empiezas a perderlas. Pero, a fin de cuentas, es lo que hay que hacer. Algunos días resulta más sencillo que otros.

Le daba vueltas al tenedor sobre el plato de comida.

—Te sientes muy sola cuando ves que tu pareja, tu esposo, no está dispuesta a darte esas cosas tan simples por mucho que le cueste.

—¿Y sentías que Chad no estaba dispuesto?

—Sentía que Chad no podía. Porque estaba ocupado pensando en sí mismo —dijo mirándolo con ojos tristes—. Así que decidí que había llegado el momento de que yo también pensara en mí misma.

Capítulo 10

Jessie llevaba casi una semana sin ver a Patrick. Cinco días, para ser exactos. Él había ido a Boston a una conferencia de neurocirugía, donde iba a ofrecer una charla, y la había llamado un par de veces, aunque no habían hablado mucho rato. Decía que estaba agotado, y normal que lo estuviera si había preparado una presentación, la había impartido y estaba hecho polvo por la diferencia horaria.

Pero ¿ni siquiera quería hablar? Jessie estaba empezando a sentirse infravalorada o, mejor dicho, como si no importara mucho. Era un sentimiento que le resultaba familiar.

En su cabeza lo tenía todo pensado. Estaría con Patrick para siempre. Tal vez no se casaran nunca, y no importaba. Él se veía demasiado mayor para formar una familia, pero ella tampoco había querido tener hijos nunca. Mientras tuviera a Patrick, sería feliz. Él aún no había satisfecho del todo sus expectativas, pero era demasiado pronto. Llevaban poco tiempo de relación.

Jessie sabía que ya habría vuelto a la ciudad. Patrick le había dicho que el primer día tras su regreso estaría varias horas en cirugía y que empezaría el turno a las seis de la mañana, así que, lamentablemente, no podría verla hasta dentro de un día o dos. ¿Pero no podía al menos decirle que ya estaba de vuelta, pensando en ella y deseando verla?

Lo llamó unas cuantas veces y al final tuvo que dejar un mensaje en el buzón de voz. Aunque estuviera tan ocupadísimo, al menos debería tener tiempo de enviarle un mensaje, ¿no? Por eso ella le envió unos cuantos. Los primeros decían: «Te echo mucho de menos». El séptimo decía: «¿Vas a ignorarme?».

Por supuesto, ella estuvo trabajando todo el día. Tenía pacientes que ver, analíticas que revisar, especialistas a los que llamar, e incluso una reunión con otros médicos, y aun así había tenido tiempo de escribirle y llamarlo. Al acabar el día fue al hospital a visitar a un par de pacientes aunque no tenía por qué. Se mostraron encantados por el extra de atención recibida y ella les aseguró que se pondrían bien. Sin embargo, su auténtico propósito era ver si el coche de Patrick estaba en el aparcamiento.

¡Y no estaba!

Pasó conduciendo por delante del local de tacos favorito de los dos y vio allí su coche. Aparcó y entró en el establecimiento. No tuvo que ir muy lejos. Patrick estaba sentado en su mesa, en la de los dos, con una atractiva mujer. Él llevaba el uniforme de quirófano, como si acabara de salir de trabajar, pero la mujer iba muy bien vestida. Llevaba una falda lápiz de color camel, tacones, no altísimos pero sí de unos siete centímetros, un suéter fino marfil con maxicuello y, encima, un estiloso cinturón de piel.

Tenía el pelo marrón supercorto y llevaba pendientes de aro de oro. Tenía un maletín y papeles en la mesa, pero Jessie inmediatamente pensó que podría ser un señuelo. Se dirigió a la zona de la barra y pidió unos tacos y unos nachos para llevar. Mientras esperaba, observó a Patrick. En ningún momento él miró a su alrededor. No la vio. Es más, parecía estar pendiente únicamente de sus nachos, sus tacos y la mujer.

La mujer estaba comiendo de sus nachos. Oh, qué dulce.

Cuando Jessie se marchaba con la comida, por fin él la vio. Frunció el ceño y ella lo fulminó con la mirada. ¡Qué valor! ¿No había tenido tiempo para escribirle un mensaje, pero sí para cenar con una atractiva mujer?

Su furia fue en aumento mientras conducía de vuelta a Mill Valley. Eso también le resultaba familiar. Había pasado por esa misma situación con más de un novio. Cuando llegó a casa, había recibido un mensaje de Patrick.

Mañana te llamo. Hoy he tenido un montón de trabajo y esta noche vuelvo al quirófano. No llegaré a casa antes de medianoche.

Ella respondió:

Ya, ya lo he visto.

Patrick no le contestó dándole explicaciones o poniéndole excusas, y ella, aunque estaba derrumbándose por dentro, no dijo ni hizo nada más. Pero quería.

Eran casi las siete de la tarde siguiente cuando sonó el timbre. Habiéndose adelantado un poco y sabiendo lo que le gustaba a Patrick, qué clase de cerveza, qué ingredientes, y que prefería masa fina, de camino a casa había comprado una *pizza*, vino y cerveza.

Pero, a juzgar por la expresión de Patrick, el detalle que había tenido Jessie no iba a impresionarlo.

—¡Patrick!

—Tenemos un problema, tú y yo.

—¿Qué quieres decir?

—Quiero que escuches algo —dijo entrando en la casa adosada—. Vamos a sentarnos ahí —añadió alargando el brazo y señalando al salón.

—¿Te apetece una cerveza o un vino? He ido a por una *pizza*...

Él pulsó el botón de Play en el teléfono.

«¿Dónde puñetas estás? ¡Ya deberías haber vuelto! Te he llamado varias veces y me ha saltado el buzón de voz directamente. ¡Sé que ya estás en casa! ¡Ya me dijiste que tenías pacientes, pero imagino que incluso en una agenda tan ocupada como la tuya habrá tiempo, aunque sea, para una llamada o un mensaje para al menos decirme que ya has vuelto! Había esperado verte al menos un rato. Si es que puedes hacerme un hueco, claro».

—Estaba frustrada... porque no sabía nada de ti...

—Te dije que volvería tarde de Boston, que al día siguiente tenía un montón de cirugías y que estaba arrastrando el horario de la costa este.

—¿No... no pudiste descansar en Boston?

—No, Jessie. No he ido a Boston de vacaciones,

he ido por trabajo. Estuve en conferencias y reuniones día y noche. No solo hice mi presentación, también tuve reuniones con colegas para hablar de procedimientos de cirugía de columna vertebral y otros asuntos profesionales. No surgen muchas oportunidades de tener ese tipo de charlas con otros compañeros.

—Perdona. Es que... estaba ansiosa por verte después de haber estado separados y...

—¿Has oído tu tono? ¿Acusador y de reprimenda?

—Es que...

—Siete mensajes de voz cargados de furia y catorce mensajes, y luego encima te veo en el restaurante.

—¡Eso, eso! —dijo ella echando los hombros atrás con gesto de indignación y alzando la barbilla—. ¡Vamos a hablar de eso! Estabas demasiado ocupado para mí, ¡pero ahí estabas con una mujer! ¡Una mujer muy atractiva!

—Era Darcy Masters, representante de ventas del Instituto Neurológico Philligan. Me estaba hablando de un nuevo robot de microcirugía de última tecnología. Teníamos la cita concertada desde hacía meses porque teníamos problemas para coincidir. La tuve esperando un par de horas y le dije que el único momento que tenía era un descanso entre cirugías, pero que me moría de hambre. Se ofreció a invitarme a cenar si podía hacerle un hueco. Luego tuve que volver directo al hospital.

—Ah. Bueno, yo solo pasé a por algo de cena de camino a casa...

—¿Seguro que no fuiste allí a propósito?

—Claro que no —dijo, pero las mejillas se le encendieron con la mentira.

—Tenemos un problema. Mejor dicho, creo que tú tienes un problema y me está afectando a mí muy negativamente.

—¿Qué dices? —preguntó Jessie sacudiendo la cabeza enérgicamente.

—Siete mensajes y catorce mensajes, cada uno más sarcástico y cargado de rabia que el anterior. ¡Eso es lo que digo! Es de locos.

—Vale, no volveré a hacerlo.

—No volverás a hacérmelo a mí. Aquí nos despedimos.

—¿Qué? ¿Solo porque tenemos una pequeña diferencia de opiniones? ¡Estamos conociéndonos!

—Y en tan poco tiempo has logrado hacerme sentir como un animal enjaulado. Como una presa acosada y capturada. Mira, te estoy haciendo un favor —dijo Patrick levantándose para sacar una tarjeta de la cartera y dársela—. Hazte tú también un favor y llama a este tipo. Es muy bueno. Nos ha ayudado a mí y a algunos amigos. Está muy bien valorado por tratar a grandes egos y a incrédulos.

Jessie miró la tarjeta. Soltó una carcajada.

Doctor Thomas Norton. Instituto Bradford de Psicoterapia. Terapeuta.

—Mi padre era psicólogo —le espetó—. Créeme, si hubiera algún problema...

—En casa de herrero, cuchillo de palo. Haz lo que te dé la gana, pero creo que te iría bien un poco de ayuda.

—Si acepto ver a este hombre, ¿podemos volver a intentarlo?

—Rotundamente no. Sé bien que es mejor no meterse en relaciones tóxicas.

—¡Tóxica! ¿Cómo te atreves a decirme eso?

—¿Puedo sugerirte algo?

—¡Ni hablar! —contestó ella con brusquedad.

—Habla con alguien de tu familia y de tus amigos más íntimos —continuó Patrick, ignorándola—. Pregúntales si tenéis algún problema para comunicaros o entenderos. Puedes ponerles nuestra relación como ejemplo si quieres. Te dije que volvería en cinco días, pero que estaría ocupado un día o dos más entre cirugías y trabajo atrasado. Todo ha pasado tal cual te dije y, aun así, por lo que sea, te has sentido menospreciada e ignorada. Pregúntale a la gente a la que estés más unida si han experimentado esa clase de desconexión. Busca ayuda. No tienes por qué vivir así.

—¡Pero, Patrick! ¿Has cortado conmigo?

—Sí, Jess. Tienes un problema. Puede que tengas un desorden de personalidad. Muchas mujeres jóvenes y guapas creen que es normal actuar así cuando buscan al hombre de su vida, pero es más grave que eso. Eres exigente y abusiva.

—¡Eso no es verdad!

—Por desgracia, es así. Totalmente.

Jessie sentía que se estaba desmoronando.

—He comprado *pizza* para los dos —dijo con la voz entrecortada—. Tu favorita.

—Piensa un poco en ti. Date prioridad. No tienes que vivir con decepción. Y tampoco querrás un hombre que esté constantemente supeditado a tus exigencias. Créeme, no duraría. Habla con alguien. Busca ayuda.

—¡Soy doctora! —gritó—. ¡Una doctora con mucho trabajo! ¡Y mi padre era psicólogo! ¡No necesito ayuda!

—Ser médico no te libra de nada. Hazme caso,

lo sé por propia experiencia. Los médicos estamos tan descolocados como cualquier otra persona. Es más, en algunos casos, con la presión bajo la que estamos, somos incluso más vulnerables. Y por desgracia somos menos propensos a pedir ayuda. Hazte un favor. No seas esa clase de médico.

—Patrick, ¡he tenido una mala semana! ¡No seas injusto!

—Esto no tiene nada que ver con ser o no justo, Jess. Eres como una señal de peligro gigantesca. Seguir contigo ahora solo empeoraría las cosas para los dos. —Se detuvo en la puerta y esbozó una débil sonrisa—. Espero que todo te vaya mejor.

Y con eso se marchó.

Anna encontró una nueva fuente de energía en sus noches con Joe. Aunque en el despacho estaba hasta arriba de trabajo, de alguna forma se sentía mejor preparada para asumirlo. Y si bien tal vez mentalmente había estado reacia a moverse en una nueva dirección con otro hombre, lo cierto era que charlar con Joe casi a diario y pasar una noche o dos a la semana con él le daba consuelo y bienestar. Y seguridad en sí misma. Era increíble lo que las relaciones íntimas producían en el sistema nervioso.

Pero no se lo dijo a nadie. Ni siquiera a Phoebe, que podía guardarle un secreto si es que había algún secreto que guardar.

—Es que soy una persona muy reservada —le dijo a Joe—. No estoy acostumbrada a hablar de mi vida privada.

—No te dará miedo que los chicos se molesten por esto, ¿no?

—Los chicos te quieren, pero no estoy segura de que eso sea lo mismo que aprobar que me acueste contigo. Chad murió hace seis meses. No ha pasado tanto tiempo.

—Ya. ¿Estás esperando que te den su aprobación?

—¡No! Solo creo que hay un manual secreto para viudas y divorciadas que especifica el tiempo de espera apropiado. Y creo que es de más de seis meses.

—¿Es más largo para las viudas o para las divorciadas?

—No lo sé. Solo sé que en la vida íntima de una funcionaria electa cualquier cosa se puede juzgar y analizar demasiado. Pero eso es solo uno de los motivos. Mis hijos son un poco inestables. No sé muy bien en qué punto del duelo de su padre se encuentran. La última vez que hablé con ellos Jessie estaba furiosa, Mike tenía el corazón roto y Bess lo llevaba a su modo no sintiendo nada. Pero Bess ahora tiene un chico en su vida y quiero conocerlo para ver si le conviene. Y luego está el pequeño asunto de averiguar si tengo un hermano. He enviado una de esas pruebas de ADN que venden en kits y me he registrado en la web de su programa de búsqueda.

—¿Y has hablado con Amy últimamente?

—Sí —respondió con suavidad—. Fui una tarde a su casa y estuve con Gina. Amy la despertó para ponérmela en los brazos. Es un encanto. Vuelve al trabajo dentro de una semana y tendrán una niñera. No una interna, pero sí una mujer que vive en su vecindario. Amy me asegura que puedo pasarme sin avisar cuando quiera para ver a Gina.

—Sabes lo que estás haciendo, ¿verdad? Tu familia se desmoronó con la muerte de Chad y ahora estás intentando reconstruirla.

—¡Y está totalmente irreconocible! ¡No dejo de buscarte en la foto familiar y no sé bien dónde estás!

—¿Qué tal si dejamos de preocuparnos por eso un tiempo? Nadie sospecha que sea más que un amigo de la familia y no hay por qué hacer que sea más ahora mismo. Anna, no pasa nada porque lo que tú y yo hemos encontrado quede entre nosotros. Solo hace unas semanas que ha cambiado nuestro estatus. Bueno, exceptuando una cosa...

—¿Qué cosa?

—Que te quiero. Aunque tampoco es mucho cambio. Creo que siempre te he querido.

Anna también lo quería, pero se limitó a responder con una sonrisa. Aunque por dentro sentía que esa relación estaba destinada a durar, no estaba preparada para comprometerse.

Una vez a la semana aproximadamente, Anna trabajaba desde casa y Joe iba a verla o ella salía un poco antes del juzgado e iba a Palo Alto a pasar la tarde y la noche con él. Lo hacían sin modificar sus hábitos en lo que concernía a sus respectivas familias. Si Anna recibía una llamada de uno de sus hijos, charlaba un rato y decía que tenía reunión de trabajo por la tarde y a primera hora de la mañana. «Tenemos que ponernos al día con un montón de casos que se han pospuesto una y otra vez, así que hacedme un favor y avisadme con tiempo si queréis que nos juntemos. Toda la oficina está haciendo unos horarios de locura».

Joe, por su parte, hablaba mucho con su hijo, aunque solo lo veía una o dos veces al mes, y a Melissa, su hija, intentaba visitarla en Bodega Bay al menos una vez al mes.

El resto del tiempo era para ellos dos... y para sus trabajos, que eran bastante exigentes. Ambos iban y volvían del trabajo y de la casa del otro con archivos, iPads y portátiles. Se acostumbraron a apilar material de trabajo en la mesa del comedor y en la encimera de sus respectivas casas, aunque ese trabajo solía quedar ignorado cuando se centraban el uno en el otro.

—¿Por qué no usas el despacho de Chad? —le preguntó Joe.

—No sé... Nunca me he sentido cómoda ahí, a lo mejor porque era su espacio y era muy protector con él. Y, además, siempre criticaba mucho mi «caos laboral», como lo llamaba. Tanto cuando estudiaba Derecho como cuando ya estaba trabajando de jueza, nunca reconoció que era normal que yo tuviera desorden, y eso que era él el que tenía ocupada la única zona de trabajo con su escritorio, su aparador y una puerta que se cerraba. Durante el confinamiento, amenacé con escribir un libro sobre cómo amontonar material de trabajo de forma eficiente. No le hizo gracia, pero tampoco se ofreció a compartir su espacio.

—Ahora está libre.

—No sé por qué, pero sigue sin ser mío. Lo vacié, me aseguré de que la clínica se llevara todos los informes de sus pacientes y guardé nuestros documentos personales, pero sigo sin sentirlo mío.

—Pues deshazte de él y pon otra cosa ahí. Cambia las habitaciones o algo así. Compra un escritorio nuevo. Anna, eres jueza. Ya no tienes por qué trabajar en la mesa de la cocina.

—¿Y tú sí? —le recordó.

—Es distinto. Yo soy profesor y tengo un despacho en el campus. Me llevo trabajo a casa porque me resulta práctico. Pero a mi casa no vienen detectives por la noche a recoger una orden.

—Una cosa está clara —dijo Anna—. Entre los dos tenemos demasiados trastos como para vivir juntos.

—No los tendríamos si te pusieras un despacho en casa.

—Me pondré con ello ya —dijo, aunque por dentro pensaba: «Cada cosa a su tiempo».

Cuanto más tiempo pasaba con Joe, más veía que en su matrimonio había faltado algo. Se notaba especialmente en los detalles más pequeños. Si se giraba por la noche, ahí lo tenía al instante. Chad no había sido mucho de abrazos y se hacía a un lado todo lo que podía. Ahora, con Joe, habían visto películas juntos en la cama y siempre se estaban tocando. Incluso el roce más pequeño tenía relevancia. A veces solo se rozaban los pies, pero ese simple gesto transmitía algo y hacía que la recorriera una intensa calidez. Por la mañana, cuando se despertaba, él solía estar acurrucado a ella. Aun así, disfrutaba de la misma forma las mañanas en las que Joe se despertaba temprano y le tenía el café preparado en la cocina.

Fueran cuales fueran las circunstancias, Anna tenía justo lo que no pensó que necesitara. Tenía amor en su vida otra vez, y era un amor de calidad. Se sentía calmada y relajada por dentro. Disfrutaba del sexo con ganas, lo cual ni se había esperado ni había anhelado hasta que había pasado. Ahora era consciente de que lo único que había tenido con Chad en realidad era una relación de compañeros. Anna y Joe mantenían largas conversaciones sobre todo tipo de cosas, desde películas a libros, pasando por política y religión.

Anna había aprendido muy pronto cómo apoyar a Chad. Él había exigido mucho apoyo, pero ella nunca lo había recibido. Estando con Joe se había dado cuenta de que, por muchos logros que hubiera alcanzado contra tanta adversidad, Chad nunca se había sentido orgulloso de ella. Sí, ya, él decía que sí, pero no parecía verdad. Había habido cierta contención, un ligero retorcimiento de labio cuando había dicho: «Sí, sí, Anna es la triunfadora de la familia». Chad se consideraba el estable del matrimonio, pero era él el que tenía una crisis cada cuatro años más o menos, una crisis del tipo «¿esto es lo que hay?». Luego la superaba y emergía satisfecho y agradecido. Pero los seis meses que tardaba en hacerle frente a sus crisis personales los sufría Anna.

Una mañana, cuando Joe y ella tenían que levantarse para ir al trabajo, se giró en sus brazos y le dijo:

—Hasta ahora no me había dado cuenta de que estaba sola en mi matrimonio.

—No me sorprende. Yo quería a Chad, y fue un buen amigo, pero era egoísta. Estaba centrado en sí mismo. Aun así, lo consideraban un gran terapeuta porque era inteligente y objetivo. Nunca entendí cómo lo hacía, pero es cierto. En el trabajo apoyaba a las mujeres; en su vida privada quería que su mujer lo tuviera atendido.

—Sí, las mujeres querían a Chad. Demasiadas, de hecho.

—Era lo que llamamos un «hombre-madre». Quiere ser el líder, el protector. Quiere una mujer dócil que lo necesite, que dependa de él, que no pueda vivir sin él. Pero esa clase de mujer da mucho trabajo, así que opta por alguien fuerte, alguien que pueda ocuparse de él. Una vez me dijo que eras la mujer más inteligente y competente que había conocido en su vida.

—A mí también me lo dijo. Estoy intentando recordar si torció el labio al decirlo. Cuando decía que estaba orgulloso de mí porque me hubieran nombrado jueza, su gesto era algo amargo.

—Para Chad, siendo terapeuta, era fácil decir de boquilla que quería que su mujer fuera igual que él. Y probablemente lo dijera en serio, siempre que tú no superaras sus logros ni un ápice. Anna, tarde o temprano verás que tú eras el pilar de la familia. Siempre lo has sido.

—Chad estaba tan implicado en su papel de padre como yo en el de madre...

—Aun así, tú eras la fuerza vinculante —insistió Joe—. Dependía de ti para todo.

«Y yo estaba sola», recordó. «Y no lo he sabido hasta que Joe se ha convertido en mi amigo y amante».

—No puedo tardar más en decírselo a los chicos. Si espero más, ¡a saber cuántas cosas voy a tener que soltarles de una vez! Todo empezó con una hermana secreta, que ahora es una hermana con una hija, y luego está también el amigo de su padre, que se ha convertido en el novio de su madre. Bueno, y también hay sospechas de que tengan un tío desconocido por alguna parte. No me atrevo a esperar un mes más.

—Las hojas están cambiando de color. Vamos al norte el sábado. Podemos hablar de ello en el coche y parar a comer marisco. Y, si quieres apoyo, puedo estar contigo cuando se lo cuentes.

Anna se frotó las sienes.

—Me entra dolor de cabeza solo de imaginarlo.

—El estrés no es bueno para nadie. ¿No puedes escaparte este fin de semana?

—Lo consultaré con Phoebe, pero creo que sí. Necesito solucionar esto.

El sábado, el sol de primeros de octubre brillaba con intensidad y desprendía calidez. Joe se levantó temprano para ir a Mill Valley a recoger a Anna. La tarde antes había comprado unas bebidas y algo de picoteo, y lo había guardado todo en una cesta y en una nevera portátil.

La llamó desde el coche.

—Me he dado cuenta de que voy un poco pronto y no quiero meterte prisa. Avísame cuando estés lista.

—¡Estoy lista! Lo estoy deseando.

Y ahí Joe cayó en la cuenta de que no habían pasado un día entero juntos desde que habían alcanzado ese nuevo estatus. Cuando Anna le abrió la puerta, el destello de felicidad de su cara le derritió el corazón. La abrazó y la besó hasta que ella se rio contra sus labios.

—Llevo toda la semana esperando esto —admitió él.

—¿Preparamos algo para picar durante el camino o por si tenemos que parar?

—Ya lo he hecho —dijo él sonriendo como un crío.

—¡Qué hombre! Pues voy a por el bolso y nos ponemos rumbo a las colinas.

Decidieron atravesar los pueblecitos costeros al norte de San Francisco y entrar en Sonoma, donde había montones de viñedos y restaurantes, porque en algún momento querrían parar a comer. El paisaje era alucinante ese luminoso día de otoño y se toparon con decenas de grupos de ciclistas que disfrutaban del fresco aire otoñal. Las laderas al este estaban empezando a adoptar un color precioso.

Pero lo mejor del trayecto fue estar juntos en el coche. Al cruzar un puente, hablaron de la infraestructura de esas construcciones y lo que suponían en California. Al ver un grupo de unos cien ciclistas en un parque haciendo una parada de descanso, hablaron de lo que tenían o no en común en cuanto a preferencias de deporte al aire libre. Al entrar en Sonoma, hablaron de viñedos y vino, e incluso pararon en una bodega para comprar unas botellas para luego.

Hablaron de sus padres, de sus hijos y del trabajo. Incluso pasaron unos minutos conversando sobre los convertidores catalíticos de los coches. Pararon para descansar, pero dejaron atrás las mesas de pícnic y optaron por una zona de hierba bajo un gran árbol.

—Siento como si estuviera conociéndote otra vez —dijo Joe.

—Después de pasar horas hablando por teléfono y de haber dormido juntos, me pregunto si llegará un momento en el que no tengamos nada de que hablar. Pero no parece que vaya a ser hoy.

—Nunca habrá un momento en el que no tengamos nada que decirnos, pero estoy deseando que llegue el momento en el que podamos estar juntos sin decir nada. Yo siempre estoy leyendo y tú también. No podemos hablar mientras leemos, pero sí podemos estar juntos. Llevo mucho tiempo divorciado, desde que mis hijos eran pequeños, y eso es algo que nunca tuve con mi mujer. Nunca tuvimos un silencio afable.

Anna se rio.

—Chad y yo tampoco. Chad siempre tenía mucho que decir.

—¿No ejercía de terapeuta también en casa y te preguntaba cómo te sentías?

—Muy pocas veces —dijo Anna riéndose—. Chad siempre quería asegurarse de que yo entendiera cómo se sentía él.

—Sí, bueno, así era Chad.

—Aunque sí que conocía bien la empatía. En ocasiones lo necesité y me reconfortó como un profesional.

—Que es lo que era —le recordó Joe—. ¿Puedo preguntarte una cosa? Si tuvieras una varita mágica y pudieras tener todo lo que quisieras, ¿qué sería?

—Anda, puede que hayas encontrado mi gran defecto. No es que desee demasiadas cosas, sino que quiero demasiadas pocas. Lo único que he querido siempre ha sido alguien con quien poder ser cariñosa. Alguien en quien confiar, a quien querer y en quien creer. Descubrí demasiado pronto que mi marido no era perfecto, pero es que yo tampoco lo era, así que, ¿por qué iba a juzgarlo? Siempre había esperado tener la suerte de encontrar el amor de un hombre sencillo, sincero y de fiar que, a su vez, se sintiera agradecido de tenerme a mí. Incluso en nuestros momentos malos, seguí pensando que era posible. Pero ahora ya no está y nunca lo sabré.

Joe se inclinó hacia ella y la besó.

—Aún es posible, Anna. Me gustaría postularme para el puesto.

Capítulo 11

Michael llamó a su madre alrededor de las diez de la mañana, respetando que era sábado y que había estado trabajando hasta tarde toda la semana.

—He pensado en pasarme por casa para tirar la basura, limpiar el jardín y la piscina, y esas cosas. Las cosas que habría hecho papá —dijo Michael aun sabiendo que a Chad no se le daban tan bien las tareas domésticas.

—Michael, no hace falta, en serio. He llamado a los del servicio de mantenimiento del jardín y la piscina y ya están con ello. Además, hoy no estaré en casa. Voy al norte, a la zona de los viñedos.

—¿Vas sola?

—Con alguien que conozco desde hace años. Del trabajo. No creo que llegue a casa hasta esta noche. ¿Me necesitas, cielo?

—No. No, claro que no. Solo quería ayudar.

—Eres muy atento. ¿No tienes entrenamiento o partido o algo?

—No, tuvimos partido anoche. Y ganamos.

—¡Enhorabuena! ¡Siento habérmelo perdido! Me aseguraré de ir a ver el siguiente. ¿Por qué no te tomas el día libre? Eso es lo que voy a hacer yo. Las últimas semanas han sido muy intensas.

—Buena idea. Pero si necesitas que haga algo, ¿me lo dirás?

—Claro, cielo. Luego hablamos. ¿Mañana?

—Perfecto.

Pero la vida de Michael era de todo menos perfecta. Estaba hundido. Por si no tenía suficiente lidiando con la muerte de su padre, había roto con Jenn y ella había desaparecido. Intentó recordar qué se había creído que pasaría al romper, y no tenía nada que ver con lo que había pasado en realidad. Pensaba que, por duro que fuera, había estado haciendo lo honorable al romper, facilitando así que cada uno volviera a empezar, pero eso no era lo que había pasado. Jenn se había enfadado y había perdido la paciencia, que era lo que él se merecía. Ahora lo veía. Había sido un idiota al dejar escapar a una mujer que le importaba tanto.

Aparcó el SUV delante de la casa de su madre mientras pensaba qué hacer ahora. Tras un largo análisis mental de sus emociones, bajó del coche y abrió la puerta del garaje. Estaba bastante bien, ya que solo hacía unas semanas que había hecho una limpieza profunda y había tirado trastos. Entró en la casa. Todo estaba limpio y ordenado. No había platos en el fregadero, la cama estaba hecha y en la barra de desayuno estaban el maletín, el portátil y unos documentos, algo que estaba acostumbrado a ver.

Se asomó al despacho de su padre. Estaba vacío. El escritorio dominaba la habitación y aún había libros en las estanterías, pero no parecía estar en uso. Abrió unos archivadores empotrados y vio que dentro solo quedaban los documentos pertenecientes a Anna: documentación sobre su jubilación, su seguro y sus cuentas bancarias. Todo lo concerniente a «Chad McNichol» o a «Chad y Anna» parecía haber desaparecido. Por primera vez se preguntó por qué las carpetas y el portátil de su madre seguían en la cocina cuando tenía un precioso despacho disponible.

Lo primero que pensó fue: «Mi madre lo tiene todo bajo control». Lo segundo fue: «Está claro que se ha adaptado bien a la muerte de papá».

Se sentó en el sofá y llamó a Jenn. Le saltó el buzón de voz. Otra vez.

—Hola, Jenn. ¿Es que no vamos a hablar en serio nunca? Porque no me gusta cómo hemos dejado las cosas. Me gustaría hablar contigo. Creo que estoy más desconcertado incluso que antes y que puede que todo esto haya sido un gran error. Tengo cosas que explicarte. No creo que hayamos acabado con esto aún. A lo mejor me precipité y hay cosas que solucionar, pero si no contestas a mis llamadas, ¿cómo vamos a solucionar nada? ¿Qué tal si me devuelves la llamada esta vez? ¿O me escribes o algo? ¿O es que en el fondo querías romper y te lo he puesto fácil?

Por supuesto, inmediatamente se arrepintió de haber dicho eso. Todo era culpa suya y lo sabía. Había estado aterrado, preocupado por no poder llegar a ser nunca el hombre de familia alucinante que había sido su padre, y tenía miedo a comprometerse. Porque, ¿y si tenía hijos que lo querían y necesitaban y luego moría? ¿Quién cuidaría de ellos? ¡Él no era médico y Jenn no era jueza! Andaban justos de dinero. ¿Y si tenía un par de hijos adorables, una esposa sexi y preciosa, se iba a esquiar y...? ¡Bum! ¡Se estampaba contra un árbol!

Le sonó una campanita en el móvil. Tenía un mensaje.

Jenn: *¿Quieres hablar?*
Mike: *¡Sí! La he cagado, pero te echo mucho de menos.*
Jenn: *¿Quieres venir a cenar? ¿Para hablar?*

Sí, claro que quería. Le respondió que estaría bien verse y ella le dijo que estuviera en su apartamento a las siete.

Mike llegó pronto y se quedó sentado en el aparcamiento hasta la hora acordada, pero cuando se detuvo frente a la puerta, había perdido la calma. Debería haber parado a comprar unas flores. Cuando Jenn abrió la puerta, la levantó en brazos y la devoró con un beso tan apasionado y cargado de deseo que no hubo tiempo para hablar. Estaba tan sobrepasado que no pudo esperar más a entrar y cerrar la puerta.

Esa era una de las cosas en las que no había podido parar de pensar; que eran perfectos el uno para el otro.

Mientras le sujetaba la cara con las manos, se vio desbordado por la pasión. Y ella estaba igual, a juzgar por los sonidos que emitía. Mike captó el aroma de algo italiano y además se fijó en que sobre la encimera había una *baguette*, pero no pudo dejar de abrazarla, besarla y quitarle la ropa mientras la llevaba hacia el dormitorio de espaldas.

—Dios, cuánto te he echado de menos... —murmuró.

—¿Me has echado de menos a mí? ¿O has echado de menos esto?

—Todo es lo mismo. ¡Esto no puedo tenerlo con nadie más que contigo!

—Michael... —dijo ella con la respiración entrecortada. Y él se sacó la camisa de dentro de los vaqueros.

Durante unos minutos deliciosos se quitaron la ropa sin dejar de besarse, luego se dejaron caer en la cama y rodaron sobre ella, llenándose las manos y la boca con sus cuerpos, entregándose con locura. Se susurraron cuánto se habían echado de menos mientras se unían con desesperación, con una pasión poderosa y exigente.

Y rápida. ¡Bum! Mike no había esperado a Jenn porque había estado desesperado y necesitado, así que intentó aminorar el ritmo lo suficiente para al menos darle algo de placer. Por suerte, ella estaba igual de necesitada y al instante Mike sintió esos espasmos que conocía tan bien.

—Aaaah, ahí estás —le dijo con un tono suave y cubriéndole la cara con tiernos besos.

Cayeron el uno en los brazos del otro. Ella apoyó la cabeza en su torso y coló los dedos entre su vello. A Mike le encantaba que hiciera eso.

—Creo que hemos logrado aguantar cinco minutos.

Jenn lo miró.

—Imagino que no has estado con nadie más.

—Claro que no —dijo Mike, y entonces, como sorprendiéndose a sí mismo, añadió—: Tú tampoco, ¿no?

—No, pero estaba preparándome para hacerlo. Dicho de otra forma: si te habías ido, no estaba dispuesta a quedarme enfurruñada y gimoteando. No iba a esperar a ver si volvías algún día.

—Jenn, estaba trastornado. Deprimido, creo. Y fui un idiota.

—¿Y ya estás bien?

—Supongo. Aunque sigo con la cabeza hecha un lío y con inseguridades sobre el futuro.

Ella se apartó de su abrazo, recogió su camiseta del suelo y se la puso. Se sentó en la cama a su lado. Él estaba estirado, con toda su largura y esbeltez, y las manos detrás de la cabeza. Estaba completamente desnudo mientras que a ella le cubría la desnudez una camiseta extralarga. Jenn se cruzó de piernas.

—Mira, si hubiéramos estado saliendo de vez en cuando y tú hubieras pasado por ese periodo de confusión y depresión y hubieras necesitado un descanso para aclararte las cosas después de la muerte de tu padre, habría dicho que muy bien, que buena suerte, y me habría apartado sin rechistar. Pero nosotros no éramos así. Nosotros ya habíamos superado esa fase. Estábamos buscando un piso más grande para poder irnos a vivir juntos y teníamos pensado comprometernos. Habíamos elegido los anillos y estábamos ahorrando para comprarlos. Dijimos que nos queríamos, que confiábamos el uno en el otro, que íbamos a formar una familia juntos.

—Que íbamos a tomárnoslo con calma —le recordó él.

—Por el presupuesto que teníamos. Dos maestros no pueden permitirse casarse de pronto sin asegurarse de que van a poder pagar las facturas.

—Íbamos a casarnos en unos dos años —dijo él—. Pero últimamente he estado dudando de todo.

—Ahora mismo no he notado ninguna duda.

—Ya sabes a qué me refiero. ¡Solo necesitaba un pequeño descanso! Algo de tiempo a solas para ponerme la cabeza en orden.

—¿Durante un tiempo no especificado? Querías dejarlo... ¡hasta que te han entrado ganas de sexo! Creo que has pasado por alto la parte de estar juntos en los buenos momentos y en los malos. Has venido a hablar, y al minuto ya me habías desnudado.

—No te has opuesto.

—¿Y ahora te vas a ir otro mes hasta que vuelvas a estar cachondo? ¿Y vas a decirme que crees que has cometido un error hasta que consigas echar otro polvo? Michael, lamento tu pérdida y estoy más que dispuesta a hacer lo que sea por ayudarte a superarla, pero tienes que decidir. ¿Estamos juntos o no? ¡No quiero ser tu consuelo sexual!

—Eres más que un consuelo sexual —dijo él a la defensiva—. Te veo como mi mejor... Mi única... La única chica... Bueno, ya sabes.

—¿La única mujer con la que te estás acostando en la actualidad?

—Eso seguro. Mira, esto podría funcionar. Vamos a empezar a salir otra vez, solo salir. A vernos, a falta de un término mejor. Vamos a olvidarnos de los planes, de los anillos, del piso más grande y de todo eso, y vamos a estar juntos nada más. A lo mejor luego volvemos a todo lo mismo de antes.

—¿Luego? ¿En seis meses por ejemplo?

—No lo sé. Lo iremos viendo. ¡Vamos a empezar de cero! Un nuevo comienzo.

—Exceptuando que en este comienzo, antes de decir «te quiero» o «quiero estar siempre contigo», directamente nos acostaremos. Siempre que sientas la necesidad.

—O que la sientas tú —dijo él con osadía.

—Entonces, en lugar de honrar nuestro compromiso e intentar seguir adelante, por ejemplo, yendo a terapia para que te ayude con tus problemas, ¿vamos a olvidarnos de los planes y de las promesas y a lanzarnos directamente a una relación íntima sin ataduras?

—Haces que suene despiadado, pero sí, sin ataduras. Aunque está claro que no saldría con nadie más que tú.

Ella soltó una risa sarcástica.

—Eso es tremendamente generoso por tu parte, Michael. Hablas como un hombre negociando un divorcio y diciendo: «Espero que podamos ser amigos, y no estaría mal ser amigos con derecho a roce».

—Estás siendo muy fría. Ya sabes que te quiero.

—¡Ups! —le advirtió ella—. Si quieres empezar de cero, no puedes decir eso todavía. ¿Por casualidad no se te ha ocurrido hablar con un profesional sobre ese problema que tienes desde el accidente de tu padre? Debes de conocer a montones de terapeutas.

—Jenn, solo necesito un poco de espacio...

—¿Y qué pretendes hacer con ese espacio si hasta el momento no has hecho nada?

Él se incorporó apoyándose en los codos. Cruzó un tobillo sobre el otro.

—Creo que me lo estás poniendo difícil a propósito.

Ella se rio, pero no por mucho tiempo.

—Voy a darme una ducha. Una ducha larga. Asegúrate de no estar aquí cuando salga. Y no te lleves mi lasaña. No estoy buscando un buen amigo y algo de sexo ocasional. Estoy buscando un hombre que mantenga su palabra y no llegue al extremo de decidir por su cuenta lo que los dos, como pareja, debemos afrontar. Ah, y también un hombre que al menos se preocupe por lo que yo puedo estar sufriendo por el hecho de que me hayan dejado dos veces en un mes. Lo creas o no, tuve que recoger los pedazos de mi corazón la última vez que dijiste: «Vamos a olvidarnos de todos nuestros planes y todas nuestras promesas tal vez para siempre».

Se levantó y caminó con dignidad ataviada únicamente con la camiseta. Entró en el baño y cerró la puerta con pestillo.

La cosa no había salido como Michael había esperado. Creía que él explicaría con detalle lo que necesitaba, cómo quería que fuese su relación en ese momento, y que ella se ocuparía de ello, que le daría lo que quería. Le daría lo que necesitaba. Que harían las paces para que él se sintiera mejor.

«Debo de haberlo explicado mal», pensó.

Furioso porque estuviera siendo tan testaruda, se vistió y se marchó. Y aunque se moría de hambre, no podía pensar en comida.

Jessie había reservado la única cita disponible para el sábado con el doctor Thomas Norton. Pasaba consulta en la ciudad, en la planta baja de una casa victoriana convertida en apartamentos. Al parecer, el terapeuta vivía en las plantas primera y segunda de dicha casa. Estaba en una zona cara cerca de Nob Hill. Al doctor Norton debía de irle muy bien.

La planta baja estaba dividida en una sala de espera, un mostrador de recepción y salas para las consultas con los pacientes, y al fondo del pasillo, en la parte trasera de la casa, se veía una cocina. La recepcionista le pidió que tomara asiento, rellenara la documentación habitual y le diera el documento de identidad y la información del seguro. Una vez rellenó el papeleo, no tuvo que esperar mucho. La condujeron a un pequeño despacho panelado en roble teñido con estanterías y cuadros elegidos con mucho gusto. La sala estaba dominada por un escritorio, pero también había una mesita redonda y tres sillas. Un momento después un hombre de sesenta y tantos años entró. La primera impresión que le dieron su apariencia normal y la media sonrisa que le rozaba los labios le transmitió seguridad. Luego pensó que probablemente era un aspecto en el que el hombre había trabajado y que había perfeccionado. Tenía el pelo tupido y oscuro salpicado de mechas, bastantes, unas cejas pobladas, constitución fornida y unos ojos azules de lo más atrayentes. Le centelleaban.

El hombre se sentó en la mesa y le indicó que se sentara enfrente.

—La doctora Jessie McNichol, ¿verdad?

—Con «Jessie» está bien. No sé por qué estoy aquí.

El hombre soltó una risita suave.

—Nunca había oído eso.

—No, en serio. Mi padre era terapeuta. Murió hace poco. El doctor Chad McNichol.

El hombre se quedó pasmado. Luego reaccionó y se quitó las gafas, las apartó y cerró los ojos con suavidad.

—Lo siento mucho, Jessie. Coincidí con tu padre en varias ocasiones. Lamentablemente no nos conocíamos mucho, pero siempre oí cosas buenas de él.

—Gracias.

—¿Tal vez eso tenga algo que ver con el hecho de que estés aquí?

—En realidad no —contestó ella encogiéndose de hombros—. Me han dicho que tengo un desorden de personalidad.

—Ya —dijo el hombre. Puso el teléfono en la mesa, entre los dos. Tenía una libreta delante y un boli encima. No estaba escribiendo. Aún—. Voy a grabar nuestra sesión porque últimamente tengo la cabeza que parece un colador. Haré una transcripción de la grabación y luego la borraré. Puede que tome algunas notas a modo de guía. Bueno, dime, ¿quién te ha diagnosticado un desorden de personalidad?

—Mi novio. Exnovio.

El hombre se rio, aunque con respeto.

—Espero que lo plantaras después de que te diera ese diagnóstico.

—No, me plantó él a mí. El doctor Patrick Monahan.

Él se quedó en silencio un momento y dijo:

—Aquí estamos solos los dos y, aun así, tenemos la sala llena de médicos.

—Conoce a Patrick. Él me dijo que usted lo ayudó.

—Qué amable —dijo el doctor Norton—. Sí, lo conozco. Un neurocirujano con mucho talento. ¿Y qué opinas tú de su diagnóstico? ¿O sería mejor llamarlo «atrevimiento»?

—Puede que Patrick tenga razón. Cuesta complacerme. Me molesto con facilidad. No es mi intención ser así. No quiero ser así. Pero lo soy. Ya está, ahí lo tiene.

—¿Sientes que es algo en lo que deberías trabajar?

—¿Y si dijera que no?

—Entonces seguro que podríamos encontrar algo con lo que ocupar el tiempo. La mayoría tenemos muchos problemas que pulir. Te sorprenderías.

—No, no me sorprendería. Mi padre, ¿se acuerda?

—Claro. Entonces, si hoy pudieras hablar de algo, de lo que sea, ¿qué elegirías? Es tu hora y quiero serte de ayuda.

—Bueno, pues hay una cosa sobre la que no tengo con quien hablar. Soy internista. De las buenas, según dicen algunos. Pero la cuestión es que no me gusta ser médico. No me ha gustado nunca.

—Ya. Pues vaya dilema, ¿no? ¿Por qué elegiste esa profesión?

—Quería sobresalir. Quería ser la mejor en algo. Quería que mi padre, que era médico, estuviera orgulloso de mí. Y, aun así, él siempre estuvo más orgulloso de mi hermano pequeño, que se graduó a duras penas.

—Debió de molestarte mucho —dijo el doctor Norton—. ¿Tienes idea de por qué?

—Son solo suposiciones, pero ¿tal vez porque es el único chico? Y además es muy simpático. Nunca se enfada, nunca se molesta por nada...

—Ahí está otra vez.

—Es curioso cómo sigue saliendo eso —dijo ella con sequedad.

—¿Te importa si te pregunto cuándo fue la primera vez que recuerdas haberte molestado y enfadado con facilidad?

—De niña me daban rabietas. Mi madre decía que era su bebé gruñona y que le preocupaba tener otro hijo porque yo le daba mucho trabajo. Así que no sé si es un problema que he tenido siempre o algo de lo que me han acusado siempre.

—Dime una cosa, Jessie. ¿Cuándo te sientes más feliz?

Ella se quedó pensativa un momento.

—No estoy segura. Creo que cuando creo que estoy logrando algo, cuando espero que me alaben.

—Pero te alaban por tu trabajo como médico, según me has dicho, y aun así no eres feliz en tu trabajo.

—A veces sí. Cuando puedo impactar positivamente en una vida. Suele ser sencillo y rutinario; prescribir la medicación apropiada o cambiar un diagnóstico mediante intervención médica. Pero es que... Bueno, parece muy sencillo y fugaz. Detectar una fibrilación auricular, por ejemplo, prescribir un anticoagulante, derivar al paciente a un cardiólogo, hacerle un seguimiento, y con los cuidados posteriores adecuados, conseguir que el pronóstico sea excelente. Esa sensación sí que me gusta, aunque sea algo rutinario.

—Vamos a enfocarlo de otro modo. ¿Cuándo te sientes más feliz sin que tenga nada que ver con el trabajo?

Ella se mordió el labio un momento.

—Últimamente, cuando estaba saliendo con Patrick. Más concretamente, cuando Patrick me estaba cortejando. Cuando me llamaba todo el tiempo. A veces era solo una breve llamada o un mensaje para pedirme una cita o para aclarar dónde y cuándo nos veríamos. O cuando quedábamos para hacer algo corriente como acurrucarnos en el sofá viendo una peli. O las ocasiones en las que cociné y comimos en casa, los dos solos. Solo llevaba saliendo con él un par de semanas cuando empecé a fantasear con estar juntos y tener una relación tranquila. Para siempre. No pensaba necesariamente en el matrimonio, sino en tener estabilidad. Sentirme aceptada. Segura —dijo antes de reírse ligeramente—. Patrick tiene un velero que le encanta. No es un pasatiempo muy tranquilo. Créame, da mucho trabajo.

—¿Qué aficiones tienes?

—No tengo ninguna, la verdad —respondió encogiéndose de hombros.

—¿Sales a caminar? ¿A correr? ¿Tejes? ¿Haces ejercicio? Sé de navegar y me da la impresión de que lo ves más bien como una tarea.

—Leo. Me gusta el cine. Me gusta cocinar, aunque al final de un día largo no suelo tener la energía necesaria para preparar algo de mucho trabajo. Pero cuando tengo tiempo, me encanta cortar, trocear, medir, saltear... Lo encuentro relajante y calmante.

—Si quisieras pasar la tarde haciendo algo que te parezca relajante y que disfrutes, ¿qué sería?

—Visitar una galería de arte o un museo. ¡Con la cantidad que hay en San Francisco! Y esto suena friqui, pero podría pasarme horas en la biblioteca o en una librería. Cualquiera pensaría que, después de tantos años estudiando en bibliotecas, eso no me atraería mucho, pero nunca me he cansado de hacerlo.

—Museos de arte o bibliotecas. ¿Sola o con amigos?

—No me importa ir sola, pero iría con alguien. Lo que pasa es que no tengo muchos amigos a los que eso les parezca divertido. La mayoría de la gente que conozco prefiere las fiestas. Yo no soy mucho de fiestas. Mi último novio y yo hacíamos muchos viajes con un grupo y, la verdad... —se encogió de hombros.

—¿Te cansa estar con mucha gente?

Jessie se estaba impacientando.

—No entiendo qué tiene que ver esto con ser

irritable —dijo consciente de que estaba actuando como una persona irritable—. Sí, los grupos grandes me cansan. ¿Lo ve? No soy divertida.

—¿Quién dice que no lo seas?

—No me gustan las mismas cosas que al resto de la gente. No me gustan las reuniones o las fiestas grandes ni los grupos grandes de gente. Prefiero ver un partido por la tele que ir a un estadio y que algún seguidor me eche una cerveza por la espalda. Y lo del velero... es una maravilla, ¡pero tienes que trabajar mucho antes de poder ponerte a descansar al sol con un libro! ¿Es que ese hombre no sabe lo que es una hamaca?

El doctor Norton se rio con ganas.

—Muy buena observación. Puede que nos lleve algo de tiempo dar con el problema, si es que lo hay. ¿Te importaría hablarme de tu familia?

Con un fuerte suspiro, Jessie empezó por su madre, que sin duda era la gran triunfadora de la casa. Luego describió a Michael, que era Don Personalidad, infatigable y activo en todos y cada uno de los deportes. Y por último estaba Bess, la brillante excéntrica y la más pequeña de todos. Después le contó lo del testamento y que todos tenían opiniones distintas al respecto. Ella era la única que se había enfadado porque nunca les hubieran contado nada, que estaba molesta porque su padre no se lo hubiera explicado en su momento de modo que todos pudieran haber asimilado mejor la noticia.

Hablaron otros cuarenta minutos y, básicamente, respondió a preguntas que giraban en torno a cómo se describía a sí misma. Acabó agotada.

—Tengo algunas ideas preliminares que no creo que te sorprendan. Eres introvertida. Una introvertida de manual. Te agotas estando con grupos de gente, gente particularmente activa. Los introvertidos suelen echarse una siesta después de un día de reuniones y casi siempre se marchan pronto de las fiestas ruidosas. No eres tímida en absoluto y no sientes aversión por la gente, pero te gusta en pequeñas dosis. Y tienes un poco de mal carácter. No es algo que haya visto en ti, pero sí algo que tú has comentado. Es posible que no manejes bien lo que esperas de los demás, lo cual puede conducirte a la decepción. Esas dos cosas, el carácter y las expectativas, se pueden manejar muy bien e incluso modificar mediante ejercicios conductuales. Dado lo disciplinada que eres, podrías hacerlos sin supervisión si de verdad quieres cambiarlo. O yo estaría encantado de verte durante unas semanas y guiarte, si para ti es importante.

—¿Cuánto tiempo llevaría?

—¿Alguna vez le preguntaste a tu padre cuánto tiempo tendría que estar alguien en terapia para lograr ciertos resultados?

—Nunca tuve que preguntarlo. A veces mencionaba a algunos pacientes anónimos y sus problemas ¡y algunos llevaban años viéndolo!

—Bueno, ese no será tu caso. No puedo decir esto con absoluta certeza sin un análisis más profundo, pero no creo que padezcas ningún desorden mental que requiera medicación o una terapia a largo plazo. Tienes ciertas peculiaridades de personalidad que, sospecho, son más fruto del hábito que otra cosa. Un poco de orientación y ciertos ajustes podrían mejorar tu sensación general de bienestar.

—¿Hará que sea feliz?

—No lo sé. A menudo me sorprende dónde encuentra la felicidad la gente. Algunas pobres almas la encuentran en lugares horribles y peligrosos, pero tú no eres una de esas personas. Suelo advertirles a mis clientes que tengan mucho cuidado al buscar la felicidad, porque puede ser esquiva, astuta e incluso diabólica y tramposa. Pero si te ayudo a encontrar el bienestar y la seguridad en ti misma, tal vez de pronto lo notes y pienses: «Me ha producido felicidad». «La mayoría de la gente es tan feliz como decide serlo». Es una cita que se suele atribuir a Abraham Lincoln.

—¿Puedo preguntarle algo? ¿Es usted feliz?

—Soy tremendamente feliz. Cada día. Mi esposa dice que sería feliz hasta metido en una trinchera con bombas cayéndome en la cabeza. Yo no lo creo. Lo pasé muy mal con una hemorroidectomía y no hice más que lamentarme y gruñir. En cambio, me sometí a una cirugía para un *bypass* coronario y, aunque fue complicado, estaba muy feliz de estar vivo y me nombraron el mejor paciente de la UCI.

Jessie torció el gesto y se cruzó de brazos.

—Creo que se está quedando conmigo.

—¿Te gustaría que volviéramos a hacer otra valoración en... digamos... seis semanas?

—¿Es lo que me recomienda?

—Esto es lo que pienso, Jessie. Creo que, dadas tu inteligencia, tu disciplina y tu determinación en sobresalir y superarte, tendrás una vida fantástica con o sin mí. Pero si además quieres alegría, creo que tengo algún que otro atajo para ti.

—¿Esa frase siempre le funciona?

—Casi siempre. Las sorpresas de la vida pueden interponerse o retrasar el progreso, ya sabes cómo es esto. Pero ahora mismo estás en una buena situación y te auguro buenos resultados. ¿Qué dices?

Ella se quedó pensativa un momento. Aunque estaba cansada de hablar de sí misma, cansada de ahondar y rebuscar en sus emociones, había disfrutado bastante de esa hora.

—¿Qué tengo que perder? A ver cómo vamos dentro de cuatro semanas.

—Excelente. Mira, ¿te gustan los gatos?

—No lo sé. ¿Por qué?

—Se me acaba de ocurrir una cosa. Puede que te gustara tener uno. Son muy independientes, no responden ante nadie, suelen ser autosuficientes, a veces cariñosos, aunque la mayoría de las veces no, pero... Pero hacen compañía. Tienen algo, llenan la soledad con su presencia. Y con pelo. Toneladas de pelo. Tengo un gato. Y una aspiradora robot.

Se oyó una puerta cerrarse en el pasillo.

—Tengo un grupo dentro de un momento. ¿Cuándo te gustaría volver? —preguntó el doctor levantando el iPad del escritorio. Lo abrió y dijo—: Las próximas semanas tengo hueco los martes a las cinco, por si te interesa.

Jessie aceptó. Y, mientras salía del edificio, sintió una extraña sensación de alivio.

Desde hacía tres años y pico Anna iba encantada al trabajo por las mañanas. Incluso durante la pandemia, cuando iban al juzgado lo mínimo por motivos de seguridad e iban pocos y con mascarilla. En la sala aún se usaban mamparas y protectores faciales de plástico.

Ese lunes por la mañana llegó un poco temprano,

aunque deseaba estar en otro lado. Su fin de semana con Joe había sido maravilloso. El sábado hicieron un precioso viaje en coche y pararon en varios viñedos antes de cenar en un bistró frente al mar en Bodega Bay, donde vivía Melissa, la hija de él. «Por eso me conozco los mejores lugares», había dicho Joe. Después habían ido a casa de Anna y él se había quedado a dormir.

Tras una larga y tranquila mañana de domingo juntos, por la tarde Anna había ido a ver a su madre. Blanche pareció reconocerla vagamente y entonces empezó a pedir cosas.

«¿Puedo tomar un vaso de zumo?».

«Échame la colcha que está a los pies de la cama. Tengo las rodillas frías».

«¿Dónde está la otra enfermera, esa que siempre se me olvida cómo se llama?».

«¿Hoy vamos a jugar al *mahjong*?».

«¿Cuándo es la cena? ¿Hemos cenado ya?».

Anna logró animarla a hablar un poco mientras le hacía preguntas sobre qué había estado haciendo o, mejor dicho, sobre mucho tiempo atrás. Su memoria a corto plazo estaba hecha polvo, pero su memoria a largo plazo aún era bastante funcional. Así que le preguntó:

—¿Te acuerdas de aquel apartamento en Oakland que tenía un montaplatos? Antes era una casa y tenía un desván alucinante.

—Creo que me dejé algunas cosas allí. Tengo que poner los pies en alto.

—Los tienes en alto, mamá. Te los he tapado con la colcha.

—¿Mamá? ¿Eres mi mamá?

—No —dijo Anna riéndose—. Tú eres mi mamá.

—No lo creo. No puede ser.

—Es verdad. Dijiste que tuviste un hijo y que lo diste en adopción. Es así, ¿no?

—¿Yo dije eso? ¿Puedes meterme la colcha por debajo para arroparme más? Sigo teniendo las rodillas frías.

—Sí, claro. Sí, lo dijiste. Dijiste que había un niño al que diste en adopción, pero que te quedaste a la niña.

—Entonces será verdad. Creo que necesito otra colcha en las piernas.

Anna se limitó a darle una palmadita a la colcha que ya estaba ahí, como si le hubiera puesto otra encima.

—¿Y entonces quién era su padre?

—Si te paras a pensarlo, no fue un hombre importante. Yo era joven y tan tonta como todas las chicas jóvenes. Él era mayor. Seguro que ya está muerto.

—¿Y quién fue el padre de la niña?

Blanche se quedó callada un largo rato. Nunca respondió a la pregunta. Una hora después, cuando empezaba a adormilarse y Anna iba a marcharse, dijo:

—¿Sabes? Fue duro. Tener un bebé sin un marido. Lo más duro que he hecho en mi vida. Siempre me pregunto cómo me metí en ese follón.

—Cuéntame —dijo Anna.

Blanche le respondió con un suave ronquido.

Al día siguiente, cuando estaba en el despacho revisando correos electrónicos y consultando la agenda, recibió un correo de la Agencia Árbol Genealógico, cuyos servicios había usado para comprobar su ADN. Le enviaron una larga lista de personas que estaban consultando sus posibles conexiones familiares, personas que deseaban que se las contactara si había alguna coincidencia. La mayoría esperaba encontrar vínculos ancestrales.

Había un hombre blanco de sesenta y tres años nacido en Modesto, California. La única información que tenía sobre sus padres biológicos era que su madre lo había dado en adopción cuando era recién nacido y que, posteriormente, nunca se había registrado en ninguna agencia de Internet dando su permiso para ser localizada. Según la escalera de ADN de la agencia a la que Anna había enviado su muestra, había una posible coincidencia parcial. Una posible y fuerte coincidencia.

Se llamaba Phillip Winston y era abogado, nada más y nada menos. Vivía en Rhode Island. Ella no podía usar dinero estatal ni del condado para investigar a ese hombre antes de ponerse en contacto con él, pero por la Oficina del Fiscal del Distrito sabía de muchos recursos e investigadores que podían hacerlo por ella. Y, si tenía pinta de ser verdad, entonces se pondría en contacto con él.

Capítulo 12

Jessie se sorprendió con lo mucho que disfrutaba yendo a terapia. Había dudado al empezar, estaba escéptica, pero sin duda le aportaba un verdadero alivio. En solo dos semanas de asesoramiento y modificación conductual, aprendiendo formas de evitar caer en sentimientos de insuficiencia, estaba notando que tenía más seguridad en sí misma. En gran parte se debía al hecho de analizar a fondo las situaciones que amenazaban con enfurecerla o hacerla sentir como si no recibiera suficiente atención.

Para ella lo más sorprendente era que las sesiones con el doctor Norton, más que recalcarle que cambiara mucho, lo que intentaban era resaltar que sus sentimientos eran apropiados aunque en ocasiones sus reacciones no lo fueran. Por ejemplo, esperar que un hombre con el que se estaba acostando al menos se comunicara con ella no estaba mal, pero regañarlo estando hecha una furia no iba a darle la respuesta deseada. Y es que su tono podía ser muy duro. Airado.

En lugar de trabajar en frenar esa furia, estaba aprendiendo a canalizarla en un estímulo más positivo con el que hacerse entender.

—¿Eso no es manipulador? —preguntó Jessie, consciente de que incluso su pregunta contenía ese toquecito de ira.

—Podrías considerarlo así —dijo el doctor Norton—. Pero yo estoy aquí para decirte que, si tu objetivo es cambiar el modo en que te tratan, tendrás que aprender a hablar como quieres que te hablen a ti.

Le puso deberes: recitar y repetir frases que resaltaran su lado más amable y delicado sin restarle importancia a su necesidad de que la trataran de cierta forma.

—Es sencillísimo. En lugar de decir «¡Ni siquiera te has molestado en llamarme!» podrías probar con «Me agradaría mucho que pudieras darme un toque para decirme que ya has vuelto a la ciudad y qué planes tienes». Elimina la acusación y sustitúyela con una petición moderada. Y recuerda, puede haber veces en las que la respuesta sea que él lo siente muchísimo, pero que está liadísimo. Ahí tendrás que plantearte si tu petición es o no razonable. Sé justa. La gente no reacciona bien cuando se les dice lo que tienen que hacer, y menos si se lo dicen con furia.

—¿Por qué a veces parece como si fuera un idioma extranjero?

—¿Quién sabe cómo aprendemos de verdad a comunicarnos? No siempre es tan fácil como repetir lo que hemos oído decir a nuestros padres. A veces en nuestras palabras hay enraizados sentimientos competitivos, la necesidad de luchar por nuestro espacio, la necesidad de defendernos. Es solo cuestión de poder hacerlo de forma clara, con seguridad en ti misma y sin crear más conflicto. Y a veces tenemos que dar un paso atrás. Aunque no siempre.

¡Le resultaba algo frustrante pensar que necesitaba ayuda para comunicarse cuando era médico y una persona muy culta!

—Sin embargo, no siempre necesitas ayuda —le recordó el doctor Norton—. Por lo que parece, te comunicas con tus pacientes de forma autoritaria pero empática, algo que sin duda aprendiste mientras estudiabas Medicina.

Cierto, y tenía que reconocer que no había sido fácil. En realidad, había sido una enfermera mayor y con mucha experiencia la que la había enseñado reduciendo las lecciones a una muy sencilla: «Cazarás más moscas con miel».

Por lo que fuera, eso le resultaba más complicado.

—Voy a tener que estar en terapia eternamente —se quejó al doctor Norton.

—Estarás en terapia mientras sigas siendo tan impaciente —le respondió él—. Si lo piensas, tienes mucho menos trabajo que hacer que alguien que se esté enfrentando a abusos infantiles, a una adicción o a otra situación complicada.

Aunque el doctor Norton era tremendamente amable con ella y siempre le daba ánimos y esperanza, no se andaba con rodeos. Ser egoísta y tener tendencia a arrebatos de furia era un desorden. Tal vez no el peor desorden imaginable, pero... ¿Y lo de los celos y actuar como si tuviera derecho a decir y exigir lo que quisiera? Otro desorden más. Podría sobrevivir a ello por completo, le aseguró, mientras ella dirigiera el timón y quisiera cambiar.

—A ver, seamos claros —dijo Jessie—. Solo quiero cambiar para al final salirme con la mía y no volver a sentirme dolida y abandonada.

—Sospecho que es una de las mejores motivaciones.

Él aún parecía querer hablar mucho de su familia y su infancia, aunque Jessie no entendía qué tendría que ver eso. Lo cierto era que había tenido una infancia buenísima. Había querido mucho a su madre y a su padre, y cuando llegó su hermano pequeño, también lo había querido a él. No recordaba no haberlos querido.

Poco a poco empezó a rememorar detalles muy pequeños de cuando tenía cuatro, cinco o seis años. Recordó que tenía que sentarse en el regazo de mamá porque su hermano estaba sentado en el de papá. Durante un tiempo su padre durmió en la habitación de su hermano y no en la de ella porque no había tanto espacio para la cama extra. Su madre y su padre trabajaban, y recordó una ocasión en la que estaba en una función del colegio y su abuela fue a verla mientras que su padre fue a la de Michael. Debió de ser una función de Navidad.

—Mi madre no tenía mucha paciencia. Lo habré sacado de ella. Y cuando nació Bess pensé: «¡Yuju, otra niña!». Siempre estaba cuidando de ella, vigilándola, dándole de comer, cambiándola. Fue un alivio no tener que competir con otro chico.

Pero entonces Bess resultó ser distinta a los demás niños y no se adaptó ni a la guardería ni a preescolar. No le gustaba que la tocaran y tenía dificultades para desenvolverse entre grupos grandes de niños. Necesitó mucha educación especial y en ocasiones medicación para aplacar sus compulsiones y ayudarla a centrarse.

—Voy a jugármela un poco sugiriendo que, como la primogénita del matrimonio, recibiste mucha atención y afecto y muchas alabanzas. Y entonces llegó un bebé que requería lo mismo y tuviste que compartir adulaciones, lo que te hizo sentirte como si no recibieras las atenciones que requerías. Y luego, a la familia llegó un tercer bebé que resultó tener necesidades especiales, y ahí perdiste más aún tu posición.

—¡Pero los quería! Y ayudaba, ayudaba mucho.

—Claro que sí, pero también sufriste una pequeña pérdida y tal vez una desatención no intencionada.

—¿Porque tenían que leerles cuentos a dos o tres hijos en lugar de solo a una? ¡Ni siquiera yo soy así de ridícula y egoísta!

—Claro que no lo eres, Jessie. Pero eres vulnerable —dijo el doctor. Y hubo algo en la delicadeza con que lo dijo que le derritió el corazón—. Y a saber qué estaría pasando con tus padres por entonces. En esa casa no eras el único ser vivo con una vida. Una vida compleja y a veces difícil.

Jessie aprendió que era posible experimentar una pérdida en la infancia y no recuperarse de forma espontánea. A veces eso generaba un patrón según el cual siempre esperabas que te dieran de lado. Que te hicieran daño. Una sensación de anhelo difícil de satisfacer. El doctor Norton le pidió que examinara las relaciones que le importaban y cómo la habían afectado.

Pensó en los novios que había tenido hasta llegar a Jason, que la había dejado porque siempre estaba enfadada.

Lloró mucho al recordarlo. Pensó mucho en su padre y en cuánto la alabba, cuánta atención le prestaba, pero también en cómo al segundo él se centraba en Michael y ella se sentía despreciada. Lloró por lo inmadura que parecía esa actitud. Lloró porque deseaba poder retroceder unos años y hacerlo mejor. Con todo el amor y apoyo que había recibido de sus padres, ¿por qué no podía haber sido una hija mejor y más agradecida?

Informó al doctor Norton de que había estado sintiendo un pesar y una emotividad terribles, y él le dijo:

—A veces solo mirar las cosas más de cerca nos da una oportunidad de purgarnos. ¿Te sientes con mayor control o con necesidad de ayuda? Puedo recetarte algo si te está costando sobrellevarlo.

—Lo que me siento es hiperconsciente de todo lo que he hecho. Como si le debiera una disculpa al mundo entero.

—Para nada, Jessie. Lo cierto es que le has prestado un gran servicio al mundo. Has cuidado de decenas, si no cientos, de enfermos, quieres a tu familia y estás buscando formas de comunicarte mejor con ellos, y estás aprendiendo más sobre ti misma cada día.

—Podría haberme advertido. No sabía que sería tan difícil y doloroso.

—El crecimiento tiene un precio. Pero no crecer tiene un precio aún más alto.

Había sido un año difícil para Anna, pero los últimos meses le habían iluminado la perspectiva de prácticamente todo, y eso se debía principalmente a que tenía a Joe en su vida. Su amor y apoyo habían significado mucho para ella. No había sido consciente de que su vida había carecido de amor y romanticismo hasta que Joe había llenado ese espacio en su interior.

A Joe no le importaba lo más mínimo que muchas de las conversaciones profundas que tenía con ella fueran sobre Chad. Ni siquiera cuando

Anna lo lloraba, lo echaba de menos. Al fin y al cabo, Joe también lo echaba de menos. Habían sido amigos durante mucho tiempo y, aunque él aún le guardaba unas cuantas confidencias, Chad no había confesado nunca el principal secreto, el más grande. Joe no había sabido que tenía una hija fuera del matrimonio.

Lo que sí sabía y nunca compartiría era que Anna tenía razón: Chad había querido que su esposa fuera una mujer inteligente, realizada y, como había dicho en más de una ocasión, la más competente que hubiera conocido en su vida. Tiempo atrás había confesado que había elegido a Anna como esposa por ese motivo concreto. Quería una pareja en cuya inteligencia y habilidades poder apoyarse para así él centrarse en convertirse en un triunfador en su campo. Lo había dicho más de una vez. No quería una mujer que no supiera hacer balance de los recibos bancarios y los gastos, practicar una reanimación cardiopulmonar o tomar decisiones cruciales en cuanto a una casa y una familia, y que no se ganara un sueldo. Chad había sabido bien que en su campo era complicado abrirse camino, y más complicado aún triunfar. En California había psicólogos a montones, en concreto en San Francisco. Ganar mucho dinero con esa profesión estaba ligado a tener una reputación labrada a base de logros. Y la competencia era feroz.

—Sabía que Anna sería la mejor mano derecha que un hombre podía tener en un matrimonio —le había dicho a Joe en una ocasión.

Pero años después había dicho:

—¿Tienes idea de la factura que le está pasando a nuestra familia que ella esté estudiando Derecho? No sé qué cojones intenta demostrar.

Sin duda, Anna intentaba demostrar que podía ocuparse de su familia sin un marido devoto, algo que Chad había dejado claro que no sería. Y lo había dejado bien claro teniendo una aventura. Una aventura bastante larga que había durado muchos meses. Chad había admitido que había mentido sobre su estado civil, dándole así a la otra mujer motivos para pensar que estaba disponible.

Anna tenía razón, tuvieron un buen matrimonio. Porque para Chad fue más un acuerdo comercial que una unión por amor. Dado que el matrimonio de Joe había ido tan mal, él solía preguntarse si tal vez Chad había actuado de forma inteligente. Pero había una cosa que Anna no sabía. Chad le había confiado algo:

—Nunca he estado enamorado, no de verdad.

Joe sí estaba enamorado. ¡Qué maravillosa sería la vida con Anna si él pudiera darle todo lo que le había faltado! Lo enorgullecía pensar en todos sus logros, pero, sobre todo, admiraba su núcleo moral. Era una jurista ejemplar porque combinaba con facilidad su conocimiento de las leyes con su inquebrantable ética. Si tenía la suerte de convertirse en su pareja, se aseguraría de que ella supiera cuánto valoraba sus logros.

Disfrutaría amando a Anna. Juntos tal vez compensarían el tiempo perdido.

Tal vez lo mejor estuviera por llegar.

A principios de noviembre hacía un frío húmedo e implacable. Joe había pasado la noche del sábado en Mill Valley. El viento soplaba fuera y no fue consciente de que era de día hasta que miró el móvil, en la mesita de noche. Se giró, rodeó a Anna con los brazos y se acurrucó contra su espalda, haciendo la cucharita.

—Vaya, buenos días —dijo ella con una risita.

Él le besó el cuello y se acurrucó un poco más.

—Son las ocho en punto —susurró Joe—. He dormido como un tronco, y eso que dormir contigo es siempre una aventura.

—¿Lo dices porque hago mucho ruido roncando y hablando mientras duermo?

—O anoche estuviste muy callada o yo estaba muy cansado. Creo que no me he girado ni una sola vez —la acercó más a sí—. Vamos a quedarnos en la cama.

Anna se rio encantada. Quedaba deliciosamente claro que Joe tenía ganas. Ella no se había considerado una mujer necesitada de buen sexo, pero con Joe sin duda estaba valorándolo. Estaba complacida, sorprendida y feliz de aprender que sentir una inmensa pasión era un poco como montar en bici. Después de todo, no estaba tan vieja para ello.

—Voy a preparar café.

Sacó un pan danés del congelador, le quitó el papel y lo puso en una bandeja para calentarlo en el horno. Aclaró unos platos de la noche anterior, los metió en el lavavajillas y sacó tazas.

Entonces oyó la puerta del garaje elevándose y se quedó paralizada. Al momento Michael entró en la cocina, desconcertado.

—¿De quién es ese coche?

—Buenos días, Mike. Qué sorpresa tan agradable.

—Mamá, ¿tienes compañía?

—Pues la verdad es que sí. Joe y yo salimos anoche y se quedó a dormir. Le dije que aparcara en el garaje. Estoy haciendo café.

—¿Mamá? ¿Joe?

—Habría sido más fácil si me hubieras llamado para decirme que ibas a venir, pero supongo que da igual. De todos modos, tenía pensado contároslo. Supongo que se podría decir que estamos saliendo. Joe y yo.

—¿Saliendo? ¿Saliendo?

—A falta de una palabra mejor. Siempre hemos sido buenos amigos y nos hemos acercado más desde la muerte de tu padre. Imagino que es perfectamente entendible.

—Pero, espera. ¿Y papá?

—Bueno, creo que tu padre lo aprobaría, aunque eso tampoco es lo que más me preocupa. Después de todo, ya no está.

—¿Pero eso significa...? ¿Te has olvidado de él? ¿De papá?

—Esa no es la cuestión, Mike. No tenía planeado salir con nadie, pero Joe y yo hemos compartido una pérdida, hemos hablado mucho, nos apoyamos mutuamente en los días tan duros que siguieron a la muerte de tu padre, y una cosa llevó a la otra...

—Buenos días, Mike —dijo Joe entrando en la cocina.

¡Menos mal que estaba completamente vestido, con camisa, zapatos y todo!

—¿Mi madre y tú estáis saliendo?

—Exacto —dijo Joe con naturalidad—. Tampoco es que hayamos tenido que conocernos primero. Empezamos a apoyarnos en nuestro dolor, que era lo más natural. Es como salir con una vieja y querida amiga. Espero que no te importe, porque nos estamos divirtiendo. Y últimamente hemos andado escasos de diversión.

—Esto es un poco incómodo, y para colmo estoy en pijama y bata. ¿Podéis perdonarme un momento? —dijo Anna.

Cuando entró en la habitación, se fijó en que Joe había hecho la cama además de vestirse. ¿Ocultando pruebas? Bueno, de todos modos, la cosa tenía que salir a la luz y el momento no podía haber sido más oportuno. Se alegraba de que Michael hubiera sido el primero en enterarse; de sus tres hijos, él era el único con el que se sentía cómoda.

Se cambió en el vestidor, colgó la bata en el perchero y se puso una suave sudadera de velvetón. Se calzó unas Skechers negras y, corriendo, se cepilló el pelo. Porque le apetecía, se aplicó un poco de brillo labial y pensó que no estaba ni medio mal para tratarse de alguien que había tenido una noche muy movidita y una mañana bastante impactante.

Le pitó el teléfono. Lo tenía en la mesita. Cruzó los dedos esperando que no fuera una emergencia del trabajo. Al no reconocer el nombre de la pantalla, pensó que no iba a tener esa suerte. «M. Vanderoot». Probablemente sería alguien de la Oficina del Fiscal del Distrito buscando un juez para firmar una orden.

—¿Sí?

—¿Jueza McNichol? Me llamo Martin Vanderoot y soy amigo de su hija Elizabeth. La llamo porque Bess parece estar teniendo una especie de... No sé cómo llamarlo...

—¿Qué pasa? ¿Dime qué pasa?

—Ahora mismo está tranquila, pero estaba encendiendo y apagando un interruptor de la luz y contando a la vez. Luego parecía que estaba escondiéndose en el armario y no quería salir. Luego se ha puesto a abrir y cerrar un grifo, luego ha vuelto al armario y después al interruptor, y ahí ya estaba casi llorando. Se está rascando los brazos como si le picaran. No tengo ni idea de qué...

—Está teniendo un ataque de ansiedad. Hacía mucho tiempo que no tenía ese problema. Por favor, pregúntale si se ha tomado su medicación.

Anna podía oír al chico hacerle la pregunta a Bess, pero no pudo oír o distinguir la respuesta.

—Dice que no sabe. ¿Cómo puede no saberlo?

—¿Tienes coche? ¿Puedes traérmela? Podría ir yo, pero sería mejor que viniera ella. Dile que traiga toda la medicación que tenga. A lo mejor tengo que llevarla a su médico, pero de momento solo quiero que se sienta segura. ¿Puedes ponerla al teléfono?

Le oyó llamar a Bess. Bess no dijo hola, simplemente emitió un sonido al teléfono.

—Bess, ¿no te encuentras bien? Le he pedido a Martin que te traiga a casa. Te va a traer conmigo. Por favor, echa en el bolso toda la medicación que tengas. ¿Puedes hacerlo, Bess?

De nuevo, Bess solo emitió un sonido.

Anna entró en la cocina y encontró a Joe y a Mike sentados junto a la encimera tomando un café.

—Acaba de llamarme el chico que está saliendo con Bess. Parece que está teniendo un ataque de ansiedad junto con síntomas de trastorno obsesivo compulsivo. Le he pedido que la traiga aquí.

—Podríamos ir a su apartamento —dijo Michael.

—Lo he pensado, pero creo que tardaríamos en calmarla y a lo mejor tenemos que llevarla al médico, si es que logramos que la vea en domingo. Aquí estará a salvo y yo sé manejar la situación.

Michael, ¿puedes quedarte hasta que llegue? Ahora mismo siento que mi familia se está desmoronando.

—Me quedo. Si lo necesitas, puedo ayudarte con Bess.

—¿Queréis que me vaya? Dime lo que necesites, Anna.

No sabía qué hacer. No quería cargar a Joe con lo que fuera que le estuviera pasando a su familia, pero tampoco quería que se marchara.

—¿Puedes quedarte hasta que llegue Bess?

—Claro.

—Los domingos por la mañana no hay tráfico. No deberían tardar demasiado.

Anna se preparó una taza de café y sacó el pan danés del horno. Hablaba con Michael mientras sacaba platos y tenedores.

—¿Has venido para ver si hay cosas que hacer? Porque no necesito que me ayudes con nada. Además, hace tanto frío y está todo tan sombrío y nublado que, desde luego, puedes olvidarte de trabajar en el jardín.

—Te ayudo encantado con lo que necesites, pero he venido por otro motivo. Supongo que no es buen momento, pero buscaba consejo. Creo que he cometido un error enorme con Jenn.

Anna miró a Joe y enarcó ambas cejas.

—No voy a meterme en vuestras cosas a menos que me pidas que me meta —dijo Joe alzando las manos.

—Creo que mis problemas con mi novia van a tener que esperar hasta que resolvamos los problemas de mi hermana. ¿Qué la habrá puesto tan nerviosa?

—Hacía tiempo que no tenía esas reacciones. A

lo mejor la presión de la carrera de Derecho es mayor de lo que dice.

De nuevo, volvió a sonarle el móvil. En esa ocasión conocía bien el nombre y el número.

—Jessie, amor mío. Qué oportuna. Nuestra familia está en apuros.

—¿Qué ha pasado?

—Michael ha pasado a verme para ver si necesitaba ayuda con la casa y el jardín y acaba de llamarme un chico que está con Bess. Al parecer, está teniendo un ataque de ansiedad y está bloqueada. La va a traer aquí.

—Y yo llamándote para preguntarte si te apetecía un almuerzo de domingo —dijo Jessie—. Voy para asegurarme de que Bess está bien. Nos vemos en veinte minutos.

Anna se sentó en la barra de desayuno y se frotó las sienes con suavidad.

—Lo que nos faltaba —dijo Michael—. Bess con un ataque de nervios y Jessie de camino para mandonearnos a todos.

—Espero que no te alteres —dijo Anna—. Sería muy mal momento para tener un enfrentamiento con tu hermana.

—Debería marcharme... —dijo Joe levantándose.

—No, no —respondió Anna—. Por favor, quédate. Es el peor momento posible, pero una vez Bess se calme, debemos tener una reunión familiar y, te guste o no, eres parte de la familia. Si te vas ahora, no tendré ningún aliado.

—¿Michael? —preguntó Joe.

—Sí, quédate, tío Joe. A lo mejor Jessie es más amable si estás tú aquí.

* * *

Anna sabía que no sería Joe el que evitaría que Jessie se pasara de la raya, sino Bess. Jessie siempre mimaba a Bess.

Llegó justo detrás de Bess y lo hizo armada con un pequeño vial de Xanax, con lo que medicaba a su hermana. En la casa donde había crecido y en presencia de su familia, Bess se calmó visible e inmediatamente.

Esto era lo que había pasado: Bess estaba preparando una presentación para una clase en la que tenía que hacer de abogada delante de un montón de alumnos de Derecho. Llevaba bien lo de formar parte de una clase, aunque siempre se sentara al fondo por si tenía que salir corriendo, pero exponer un pleito delante de cincuenta personas era más de lo que podía soportar. No era raro que personas con autismo experimentaran mucha ansiedad en grupos grandes, incluso siendo autistas de alta funcionalidad como ella. Había pasado años en grupos de tamaño aceptable aprendiendo técnicas conductuales para ayudarla a manejar ese tipo de reacciones y además tomaba ansiolíticos cuando lo requería. Había estado tan bien que llevaba mucho tiempo sin tomar la medicación. No había estado en absoluto preparada para esa crisis.

Jessie reaccionó de un modo muy favorable al ver que Joe estaba allí.

—Están saliendo, o como quieras llamarlo —le había susurrado Michael al oído.

Y Jessie había respondido que no podía haber planeado mejor la visita.

Martin le dio un besito en la mejilla a Bess, le pidió que lo llamara cuando se encontrara mejor y la dejó con su familia.

—Martin parece un chico muy majo, Bess —dijo Anna.

—Claro que es majo —respondió Bess.

—Bien, ya la tenemos aquí otra vez —dijo Jessie—. Bess, ¿te apetece una buena taza de té?

—¿En lugar de una mala taza de té? —preguntó Bess. Luego sonrió, aunque fue una sonrisa temblorosa—. Gracias, doctora McNichol.

—A ver —dijo Anna—, esto es lo último que me esperaba que pasara hoy, pero he estado preguntándome cuándo podría reuniros a los tres. Tengo unas cosas que contaros —dijo antes de respirar hondo y añadir con su seguridad de siempre—: *Vueio blaudie ten vifane fiune sosbieque iamantie...*

Y Jessie exclamó:

—¡Joder!

Capítulo 13

—¡Mamá! Tranquila. Estate calmada. Joe, tráeme mi maletín del coche. Está en el asiento trasero. Michael, pide una ambulancia y que se den prisa. Está teniendo un infarto cerebral.

De los labios de Anna salían palabras incoherentes mientras hablaba en un idioma que solo ella entendía.

—Quiero que me escuches —dijo Jessie—. Estás teniendo un infarto cerebral, pero estoy aquí. Vamos a buscarte ayuda y todo irá bien.

—¿No sería más rápido llevarla nosotros? —preguntó Joe cuando volvió con el maletín.

—Mala idea. Los paramédicos tienen medicación y equipo salvavidas en la ambulancia. Traedme un vaso de agua. Deprisa —dijo Jessie sacando un bote de aspirinas del maletín—. Mamá, abre la boca —añadió con una aspirina en la mano. Pero Anna, en lugar de abrir la boca, empezó a balbucear otra vez. Jessie le metió la aspirina y le puso el vaso en los labios—. Venga, trágala.

—¿Eso no es para los ataques al corazón? —preguntó Joe.

—Para trombos. Si ha tenido un infarto isquémico, que es lo habitual el ochenta y cinco por ciento de las veces, la aspirina puede evitar un segundo infarto causado por trombos. Si es una hemorragia, no es buena idea. Vamos a basarnos en las estadísticas. Sus síntomas indican un infarto, con suerte un ataque pasajero que estamos pillando a tiempo.

Sacó el móvil del bolso y marcó un número. Sostenía la mano de su madre mientras esperaba impaciente.

—Patrick, gracias por responder. Estoy con mi madre. Ha sufrido un infarto cerebral. Le he dado una aspirina e iré en la ambulancia con ella. ¿Estás disponible? Quiero que la atienda el mejor.

—Llévala al Mercy. Voy de camino.

—¡Gracias! ¡Gracias!

Jessie sonrió a su madre y le echó el pelo hacia atrás con delicadeza.

—Estás en las mejores manos de toda la ciudad.

Anna respondió con su parloteo.

Jessie dijo:

—Tranquila, todo esto pasará. Te lo prometo.

Y entonces Jessie hizo algo que no solía hacer. Rezó.

Miró a Bess, que estaba llorando, meciéndose y mordiéndose los dedos. No las uñas, los dedos. Jessie se acercó y le quitó las manos de la boca.

—Tranquila, se pondrá bien. Michael se quedará contigo y yo llevaré a mamá al hospital. Volveré contigo cuando pueda, pero primero tengo que cuidar de mamá. Bess, deja de morderte. No va a pasar nada.

—Jessie, ¿qué puedo hacer? —preguntó Joe—. ¿Puedo acompañaros?

—Va a ir a la UCI, no sé si a cirugía. No te van a dejar entrar, pero si te aseguras de que Michael tiene tu número, me pondré en contacto con él y él te podrá decir lo que está pasando. Hemos actuado con rapidez. Sus probabilidades de sobrevivir a esto con medicación en lugar de con cirugía son excelentes. No voy a dejarla sola. Lo prometo.

Se oyó el sonido de unas sirenas y al momento dos paramédicos llegaron con una camilla y siguieron a Michael por el pasillo hasta la sala de estar. Jessie se levantó y les dijo que era médico, que le había dado una aspirina y que había llamado al doctor Monahan, que los esperaba en el Mercy Hospital de San Francisco.

—Michael, cuida de Bess. Te llamaré en cuanto pueda —dijo dándole un apretón en la mano—. Todo irá bien. No dejes sola a Bess.

—No lo haré. Llámame, Jess.

Fue un día muy largo de pruebas y exploraciones para Anna, y Jessie no se apartó de ella en ningún momento. En la ambulancia le habían puesto una vía y, una vez se determinó que uno o varios trombos habían provocado el infarto, se le administró una medicación intravenosa para deshacer el coágulo. Fue un éxito, pero la extensión del daño causado por la interrupción de flujo sanguíneo seguía en duda.

Mientras a Anna le hacían pruebas y exploraciones, Jessie hizo unas cuantas llamadas. A su hermano, por supuesto, que informaría a Bess y a Joe. Luego llamó a Phoebe, la secretaria del tribunal, que pondría al corriente a todos en el despacho de la jueza y se ocupó de derivar a otro juez los casos de Anna. Llamó a la residencia de Blanche a pesar de que era dudoso que su abuela pudiera llegar a comprender la noticia. Llamó a sus tíos, al hermano y a la hermana de Chad, y les pidió que informaran al resto de la familia. Y llamó a su consulta y a dos de sus compañeros para explicarles que se tomaría un tiempo para supervisar el ingreso de su madre y asegurarse de que estaba bien.

Luego se situó al lado de la cama de Anna. Seguía balbuceando, pero muy de vez en cuando decía una palabra real, y ya solo eso a Jessie le daba esperanzas.

Jessie había visto a Patrick ir y venir durante el día. Hablaron breve y únicamente sobre el estado de Anna. Él tenía muchas esperanzas en que el daño causado hubiera sido mínimo y que Anna se recuperara por completo. Más tarde, a las nueve de esa noche, Patrick volvió a la habitación con un *latte* grande en vaso de papel y un cruasán dulce en una bolsa.

—¿Has comido algo hoy?

—Unas galletas —respondió Jessie—. No tengo mucho apetito. No sé cómo darte las gracias por lo que has hecho por mí hoy.

—Tú habrías hecho lo mismo por mí. Y, de todos modos, solo he hecho falta para ayudarte a encontrar el mejor equipo de neurólogos. Come un poco si puedes. Tienes que estar fuerte.

Miró a Anna. Parecía bastante tranquila, como si estuviera descansando, aunque movía los labios. Cuando se le acercó, oyó que estaba diciendo números en voz baja. No contando, solo diciendo números.

—No te sorprendas si se pasa así toda la noche.

—Es rarísimo, ¿no?

—Lo que es raro es que para ella tiene todo el sentido del mundo. Mañana estará un poco más espabilada. La tensión la tiene estable y, cuando hable de forma coherente, haremos que la evalúen y le prescriban rehabilitación. Tardaremos unos días en saber cuánta necesitará. Pero se recuperará.

—¿Volverá a estar como siempre? —preguntó Jessie.

Él se encogió de hombros.

—El potencial está ahí, Jessie. No detecto ninguna debilidad en el lado izquierdo o parálisis. Puedes irte a casa sin ningún problema.

—Quiero estar aquí cuando se despierte.

—Has venido en la ambulancia. ¿Dónde tienes el coche?

—Estaba en casa de mi madre cuando tuvo el infarto. Tengo el coche allí. Cuando se despierte y al menos sepa dónde está y qué ha pasado, pediré un Uber, recogeré el coche y supongo que me cambiaré de ropa.

—Me marcho ya. Puedo llevarte a casa de tu madre, si quieres. Mañana tengo pacientes que ver, así que no podré salir una vez empiece la jornada.

—Lo entiendo completamente. ¡Bastante has hecho hoy! Te prometo que no espero nada más.

—Expectativas aparte, no dudes en llamarme. Lo digo en serio, Jessie.

—Eres muy amable, Patrick. Gracias.

Dada la historia que tenían, estaba asombrada de que Patrick hubiera respondido al ver su número en el teléfono.

—Por cierto, he estado haciéndole compañía a un viejo amigo tuyo. El doctor Norton.

Él enarcó las cejas, sorprendido.

—¿En serio? ¿Y te gusta?

—Me parece maravilloso. Gracias.

—Me alegro de haberte ayudado. He derivado a

tu madre al equipo de Neurología. Son extraordinarios. Supervisarán su recuperación. Mi trabajo aquí ya está hecho. Me alegro de que no haya hecho falta cirugía, aunque, por supuesto, estaré pendiente de su evolución.

—Ha dado la casualidad de que hemos coincidido los tres hermanos a la vez con mi madre y ha dicho que quería decirnos algo. Me ha dado la impresión de que era importante, y justo en ese momento ha empezado a balbucear.

—Si era importante, lo recordará.

—Lo de que estuviéramos los tres juntos... Me alegro de que haya pasado así —dijo Jessie con los ojos algo llorosos—. Podría haber sido mucho peor. Acabo de perder a mi padre y no sé qué haría sin mi madre.

Él le puso una mano en el hombro.

—No la has perdido, Jessie. Y, en gran parte, ha sido gracias a tu rápida reacción y a tu experiencia. Intenta descansar un poco. Y llámame si me necesitas.

—Eres muy amable, Patrick. No sé cómo te lo podré devolver.

—No hace falta, Jess. Tú solo cuídate.

Anna estaba confusa y agitada. No recordaba ningún detalle del día anterior. Le dijeron que había sufrido un infarto cerebral, pero lo único que recordaba era que nadie entendía lo que estaba diciendo, aunque para ella tuviera todo el sentido del mundo. Se encontraba cansadísima, pero le daba miedo dormirse. No dejaba de quedarse adormilada y de pronto se despertaba sobresaltada, temerosa de verse en otro lugar extraño.

Vio la bolsa y el tubo que le salía del brazo, pero no recordaba cómo se llamaba. ¿Cuánto cerebro le quedaría? Se sentía como una extraña en tierra extraña.

Para su sorpresa, Jessie estaba sentada en la silla junto a la cama y no dejaba de agarrarle la mano. Había algo raro, pero no sabía qué. Menos mal que sí que sabía quién era Jessie. Entonces de pronto recordó que tenía un teléfono móvil y por un momento pensó que habría olvidado el número para siempre. Cada vez que se le pasaba por la cabeza alguno de esos pensamientos, intentaba incorporarse o levantarse de la cama y se revolvía hasta que alguien, con delicadeza, la tendía en la cama echándole los hombros atrás.

Se fijó en que la habitación estaba a oscuras. Había una lamparita de noche desprendiendo un brillo tenue y Jessie parecía tener una colcha fina sobre los hombros. Anna se quedó muy quieta mientras admiraba a su hija, que descansaba en la silla. Tal vez Jessie había estado con ella todo el día, aunque lo último que recordaba era estar en casa. Había estado con alguien. ¿Con Chad? No, Chad ya no estaba con ellos.

Jessie abrió los ojos y la miró, pero no se movió.

—Soy jueza —dijo Anna con calma y sin arrastrar demasiado las palabras.

—Lo eres —respondió Jessie—. ¿Cómo te encuentras?

—Con mucho sueño. ¿Qué ha pasado?

—Has tenido un infarto cerebral, pero te administraron a tiempo la medicación supercazatrombos y creo que te pondrás bien. Exceptuando toda la confusión que tienes, parece que has sobrevivido sin muchas secuelas. No veo parálisis ni descolgamiento.

—No me acuerdo.

—¿Te acuerdas de la ambulancia?

Anna aún no se fiaba mucho de sus palabras, así que se limitó a negar con la cabeza.

—Puede que lo recuerdes o que no. Puede que nunca recuerdes el suceso, pero lo demás sí lo recordarás. El neurólogo te va a examinar para ver si ha habido algún daño. Imagino que te harán un TAC cerebral. De momento, puedes descansar.

—Tengo un teléfono.

—Sí. Cuando estés más espabilada, te lo daré.

—Estaba en casa.

—Sí. Yo estaba contigo. Te traje al hospital en la ambulancia.

—¿Y has estado aquí?

—Sí. Es nuestro segundo día. Has estado adormilada y aturdida, pero creo que la confusión y el aturdimiento se están yendo.

—¿He comido?

Jessie sonrió.

—No, solo sueros. ¿Tienes hambre?

—Creo que sí. ¿Puedo levantarme ya?

—Deja que te ayude a sentarte, pero, por favor, no salgas de la cama aún. Paso a paso. Voy a pedir que te traigan algo de comer.

Jessie la ayudó a incorporarse, hizo algún truco de magia para levantar el cabecero de la cama, y una mujer con uniforme de hospital apareció allí.

—Mi madre está empezando a hablar. ¿Puede decírselo al médico? ¿Y podemos darle algo de comer? ¿Una tostada o una gelatina o algo así?

—Odio la gelatina —dijo Anna—. He leído que la hacen con la suciedad que se les acumula a los caballos entre los dedos...

Jessie se rio.

—No creo que los caballos tengan dedos —le dijo, y añadió dirigiéndose a la mujer—: ¿Qué tal mejor un helado?

—Y café. Con leche y azúcar —dijo Anna.

Jessie frunció el ceño.

—Tú no tomas leche y azúcar con el café.

—Hoy sí. ¿Cuánto tiempo llevas aquí? —preguntó sin ser consciente de que se estaba repitiendo.

—Es mi segundo día aquí contigo. El cerebro tarda un tiempo en desenmarañarse después de un trombo, pero no parece que hayas sufrido muchos daños, si es que has sufrido alguno. Ahora tienes el habla muy clara.

—¿Y antes no?

Jessie negó con la cabeza.

—Era otro idioma por completo, aunque un idioma desconocido. Encriptado. Es muy típico, mamá.

Cuando llegaron el helado y el café, Jessie le pidió a la enfermera que se quedara con Anna para que ella pudiera salir de la habitación a hacer unas llamadas. Y de pronto a Anna le vino algo a la mente y dijo:

—¡Jessie! ¿Vas a llamar a Michael?

—Claro. Le va a hacer mucha ilusión saber que estás incorporada y hablando.

—Jessie, Michael necesita algo. ¡Tiene problemas o le pasa algo! ¡No puedo recordar qué, pero creo que es urgente!

—Nos ocuparemos de eso, mamá. No te preocupes. Michael está bien. Tú solo preocúpate por ti.

—Pero ¿qué pasa?

—Volveremos a hablarlo en un ratito. Prueba el helado.

Un desfile de gente siguió al helado: enfermeras, fisioterapeutas, médicos... Todos para comprobar la evolución de Anna, haciéndole preguntas y explicándole con paciencia qué debía esperar durante los próximos días. La información importante que sacó de la ristra de visitas fue que la examinarían para ver los posibles daños causados por el infarto y que haría rehabilitación física, logopedia y terapia ocupacional según necesitase y durante el tiempo que hiciera falta.

Quería irse a casa, pero no dejaban de decirle que tardarían un día más o dos en reunir más información sobre su estado.

Al final logró convencer a Jessie de que se fuera, aunque su hija le prometió que volvería después de recoger el coche y cambiarse de ropa.

Un hombre con uniforme de hospital entró en la habitación. Anna tenía el móvil en la mano. Le pareció reconocerlo, pero negó con la cabeza.

—Soy Patrick Monahan. Conozco a Jessie y me llamó cuando usted sufrió el infarto. He pasado por aquí varias veces, pero estaba un poco aturdida y adormilada. Es lo normal, por cierto.

—Tengo un móvil —dijo Anna antes de pensar en lo estúpido que había sonado eso.

Él sonrió, se metió las manos en los bolsillos de los pantalones y se balanceó sobre los talones. A Anna le pareció muy guapo.

—Muy bien.

—¿Cómo funciona?

—Dese unas horas más, no se preocupe por ello ni lo piense, y todo empezará a funcionar.

—¿Por qué está aquí?

—Jessie es una amiga, nos conocemos desde hace un tiempo. Me llamó cuando usted tuvo el infarto y le prometí que seguiría su evolución, que ha sido estupenda, por cierto.

De pronto Anna recordó al juez William Andrews, el hombre que se había retirado por cuestiones de salud y había dejado la vacante en el Tribunal Superior que había ocupado ella. Se sorprendió tanto por el recuerdo en concreto como por el hecho de que hubiera rememorado ese detalle cuando aún no sabía bien cómo funcionaba su teléfono. Y el juez Andrews había tenido un infarto cerebral, estaba postrado en una silla de ruedas porque no podía caminar, y apenas podía hablar. Era mayor que ella, pero eso no era ningún consuelo. Anna solo tenía cincuenta y siete años y aún no quería dar por finalizadas ni su carrera ni su activa vida.

—¿Por qué he tenido un infarto?

—No lo sé. Los neurólogos estudiarán las posibles causas. Que se sepa, no tenía la tensión alta. ¿Tal vez una predisposición genética? Puede que no encontremos una respuesta definitiva, pero ahora el auténtico desafío es asegurarnos de evitar un segundo infarto. Con la medicación correcta y controles regulares, el pronóstico es excelente —dijo sonriéndole y agarrándole la mano—. Creo que te pondrás bien, Anna. ¿Te parece bien que te tutee?

—Sí, claro. Es que aún me queda mucho por hacer.

—Eso es estupendo. Y estamos aquí para asegurarnos de que tengas tiempo de hacerlo.

Esas palabras deberían haberla tranquilizado y Anna se alegraba de que el médico hubiera pasado para reconfortarla, pero no podía sacarse al juez Andrews de la cabeza. Lo había visitado en una residencia después del infarto y el hombre estaba en un estado terrible y sin mucha esperanza de ir a recuperarse, ¡y de eso habían pasado tres años!

Que el juez Andrews le sacara treinta años no era un gran consuelo. Es más, en cierto sentido era más duro. Pensar en sufrir otro infarto y no poder trabajar ni disfrutar de la vida durante décadas resultaba aterrador.

Y lo peor de todo era que Anna, una mujer de lo más competente, tenía mucho orgullo y no soportaba la idea de ser una carga para su familia.

Las enfermeras la levantaron y la pusieron a andar para llevarla al baño. Cenó un poco y, aunque no mantenía el equilibrio, estaba débil y todo se le hacía raro, al menos había podido salir de la cama. Lo único en lo que podía pensar era en el miedo a sufrir un infarto debilitante, uno que la dejara incapacitada y paralizada.

Y entonces, casi al final del día, mientras estaba sentada en la cama intentando recordar cómo usar el teléfono y leyendo muchos mensajes antiguos, Joe entró en la habitación. Lo miró y al instante recordó la última vez que habían estado juntos. Alargó los brazos hacia él.

—¡Joe!

Él se acercó, se sentó en el borde de la cama y la abrazó. Ella apoyó la cabeza en su hombro y empezó a llorar suavemente.

—¿Me voy a poner bien?

—Sí, Anna. Parece que lo han pillado a tiempo y que la medicación, el TPA, ha disuelto el trombo con éxito. Tendrás que hacer rehabilitación, pero has tenido mucha suerte. Gracias a la rápida reacción de Jessie, creo.

—¿Puedo volver al trabajo? He olvidado cosas.

—Cosas que volverás a recordar o podrás reaprender.

—Estuvimos juntos.

—Sí —confirmó él—. La noche antes. Y todos tus hijos se presentaron de forma inesperada, así que nos han descubierto el pastel.

—¿Fue el domingo por la mañana?

Joe asintió.

—Bess tuvo una especie de crisis, un ataque de ansiedad por algo de la universidad. Michael ha estado con ella en tu casa desde entonces. Jessie se ha puesto en contacto con ellos por teléfono para asegurarse de que Bess está bien y para informarlos de tu evolución. Quería haber venido a verte antes, pero me dijeron que no se permitían visitas hasta que evaluaran bien tu estado. Sé que has estado en muy buenas manos.

—¡Pero Jessie tiene que trabajar!

—Creo que ahora mismo todos se están tomando unos días libres. Eres su prioridad.

—¡Podía haberme quedado paralítica! ¡En una silla de ruedas el resto de mi vida!

—Eso te demuestra el poco control que tenemos en realidad sobre lo que pasa —dijo acercándola más a sí—. Si hubieras estado sola, esto podría haber acabado muy mal.

—¿Dónde está Jessie?

—En el pasillo. La he visto al pasar. Creo que quiere darnos unos minutos a solas. Y necesitamos mucho más que unos minutos. Cuando pasen unos días o unas semanas, el tiempo que sea, cuando te encuentres mejor y te sientas más segura, nos iremos de vacaciones.

—¿Estás loco? ¡Pero si ni siquiera recuerdo mi número de teléfono! Bueno, no podía, luego Jessie me lo dijo... ¡Tengo el cerebro hecho un lío! ¿Cómo voy a volver al trabajo? —preguntó mientras pensaba desesperada: «¡Solo tengo cincuenta y siete

años y acabo de sobrevivir a un infarto potencial-
mente mortal!».

—Todo irá bien —dijo Joe—. Y no te preocupes
por hacer planes ya. Tendrás que superar esto,
acostumbrarte en casa y en el trabajo, y pronto la
vida volverá a parecerte normal.

—Eso espero.

Salir del hospital fue casi tan traumático como
despertarse en él. No le quedaba ni una pizca de
seguridad en sí misma. Le dieron el alta armada
con un plan de tratamiento que incluía visitas regulares con el equipo de neurología, medicación
para la tensión arterial y anticoagulantes, y citas
con los fisioterapeutas y los logopedas además
de con su internista. Los controles y pruebas regulares revelarían cualquier problema de trombos,
pero su médico era muy optimista.

Como medida de precaución, no conduciría durante al menos un mes. Si tenía que ir a la ciudad
para las citas médicas, Jessie la llevaría o iría en
Uber. Aún tenía las piernas débiles, inestables, y volvió a casa con un andador. No volvería al trabajo
hasta que se sintiera segura con sus habilidades cog-
nitivas, su memoria y su cordura, pero Phoebe había
aceptado llevarle trabajo a casa e incluso ayudarla.

—¿Y Joe? —preguntó Jessie mientras la llevaba
en el coche de vuelta a Mill Valley.

—¿Qué pasa con él?

—No quiero fisgonear, pero ¿vais en serio?

—No —respondió Anna al instante—. O sea, sí.
O sea, no. ¡Ay, Dios, no sé! Siempre he querido a
Joe, pero nunca desde un punto de vista románti-
co, y la verdad es que estábamos apoyándonos el

uno al otro por la muerte de tu padre cuando surgió la idea de un romance. Y ahora... esa idea resulta aterradora. Para mí, al menos. Y a Joe también debería aterrarlo.

—¿Por qué? ¡Estaba preocupadísimo por ti! Tenía pensado venir a casa esta noche.

—¡No quiero tener nada serio con un hombre y hacerle cargar con una mujer que no pueda andar, hablar o atarse las zapatillas!

—Sé que te preocupa sufrir otro infarto, pero hay muchas probabilidades de que, con el tratamiento adecuado, estés libre de eso. Mamá, aún eres joven. Te quedan por delante muchos años funcionales si te cuidas, y yo tengo intención de ayudarte a que lo hagas.

—Jess, ¡tienes que volver al trabajo!

—¡Y volveré, pero no hasta que esté segura de que eres capaz de cuidarte sola!

El primer impulso de Anna fue decirle que estaba perfectamente capacitada para hacerlo, pero le faltó valentía.

—Gracias —dijo con una voz que no reconoció. No era la voz fuerte que estaba acostumbrada a usar—. La verdad es que todo esto me ha asustado mucho.

—Normal.

—Dios, hay tanto que hacer. ¡Tanto que hablar!

—Ya. Algo de un bebé...

—¿Dónde te has enterado?

—Dijiste muchas cosas, casi todas sin sentido. No sabía si significaban algo de verdad o no. Te pasaste toda la noche diciendo números.

Tenía que hablar con sus hijos. Tenía que llamar a Amy y ponerla al corriente. Pero primero lo importante.

—¿Michael está bien? ¿Y Bess?

—Voy a serte sincera y espero que puedas sobrellevarlo. Bess necesita seguimiento, tal vez un programa y medicación regular. Tu infarto la ha impactado mucho y no ha salido de casa desde entonces. No pasa nada, podrá superarlo, pero una gran cantidad de presión no es beneficioso para alguien tan mentalmente delicado como Bess. Por un lado es una mente brillante y, por el otro, una niña con poco control de sus impulsos. Estoy buscándole el programa más adecuado para ella y de momento va a dejar la universidad.

»En cuanto a Michael, se pondrá bien. Ha tenido algunas complicaciones en el terreno amoroso. Estaba preparado para prometerse con Jenn, pero entonces murió papá y se le fue un poco la cabeza. Rompió con ella, después se arrepintió un montón, luego intentó volver y lo empeoró todo. Jenn no cedió. Estaba muy decepcionada porque hubiera salido corriendo cuando las cosas se pusieron mal —dijo Jessie mirando a Anna—. Deberías habérmelo dicho, mamá. Los hombres son débiles.

Anna soltó un fuerte suspiro.

—No todos —respondió. Y pensó: «Solo algunos de los hombres en los que hemos confiado».

Justo al día siguiente, Anna llamó a Joe. Aunque él se alegró muchísimo de oír su voz, tuvo que decirle:

—Estoy entre clase y clase, ¿podemos hablar luego?

—Claro. Ya estoy en casa y aún fatigada y algo aturdida. Quiero explicarte algo muy deprisa mientras pueda pensar. Vivo en una preocupación constante por el miedo a otro infarto, y, si lo tengo, podría ser muy grave. Así que, por favor, quiero que sepas que te aprecio y te quiero como siempre lo he hecho, pero no puedo plantearme una relación seria hasta que esté recuperada del todo y no haya peligro de que me pase décadas lisiada.

Joe se rio.

—Eso, eso, vamos a hablar por teléfono mientras te dedicas a controlar el futuro.

—Ahora te ríes de mí, pero puede que algún día me lo agradezcas.

—Con lo que tú te sientas más cómoda, Anna. Pero me gustaría verte.

—Mis hijos están viviendo en casa conmigo ahora.

—En el pasado siempre he sido bien recibido en tu casa. Seguro que puedo comportarme delante de los chicos. Los conozco desde que nacieron.

—¡Es que no quiero que te hagas ilusiones!

—¡Dios me libre! —contestó Joe riéndose.

Anna se sentó en el escritorio de Chad frente a la pantalla del ordenador. Nunca le había gustado usar su despacho. Durante años había sido de acceso prohibido porque su trabajo como terapeuta era estrictamente confidencial.

Miró al hombre que salía en la pantalla por la videoconferencia.

—Supongo que debo darle las gracias por acceder a vernos así —le dijo al hombre—. Me ahorra un viaje a la ciudad. Aunque tampoco tengo claro que esto sea necesario.

—Encantado de conocerla, Su Señoría —dijo él con una cálida sonrisa—. Su hija ha sugerido que nos conozcamos. Soy el doctor Tom Norton.

—¿De qué conoce a mi hija?

—¿Jessie no le ha contado cómo nos conocimos?

—Últimamente se me olvidan muchas cosas —dijo Anna, aunque lo cierto era que había recuperado casi toda la memoria. Solo tenía en blanco el día del infarto y los siguientes, y podrían seguir así para siempre.

—Conocí a Jessie hace un par de meses, así que me ha llamado para preguntarme si podía tener una sesión por vídeo con usted. Su hija quería saber si hablar con usted sobre su emergencia médica podría ayudarla. ¿Qué opina?

—Pues no sé... ¿Tiene pensado diseccionar mis pensamientos? Estuve más de treinta años casada con un terapeuta, así que sé cómo funciona esto.

—Más bien estaba pensando en tener una pequeña charla sobre lo que usted quiera —dijo el doctor Norton con un tono muy amable y simpático—. ¿Hay algo sobre lo que le gustaría hablar?

—Mi hija, que es paciente suya...

—Entonces sí que recuerda de qué conozco a Jessie —dijo el hombre casi en broma.

—Se ha pegado a mí y ya es hora de que se marche. Tiene un trabajo importante que hacer. Tiene pacientes a los que atender.

—¿No cree que es capaz de tomar esa decisión por sí misma?

—No tiene necesidad de preocuparse por mí.

—Aaah. Bueno, en mi experiencia la preocupación y la necesidad suelen excluirse mutuamente. La gente nunca se preocupa porque tenga necesidad de ello. Se preocupa cuando no puede evitarlo. Es usted la que ha tenido un problema médico de gravedad. ¿Le preocupa algo?

—Me preocupa todo. Pero, sobre todo, me preocupa que a mis hijos solo les quedo yo y no están listos para que los abandone. Siempre se han apoyado en mí. Y no estoy en mi mejor momento. No sé si volveré a estarlo. Ahora estoy andando en la cuerda floja. ¡He tenido un infarto cerebral! Hay peligro de que sufra otro y que sea aún más debilitante.

—Se siente vulnerable —dijo el médico.

—¡Muchísimo!

—¿Y me equivoco si digo que no está acostumbrada a esa sensación? ¿No la suele tener?

—Cuando la he tenido, he sabido muy bien qué hacer. Esta vez, se escapa a mi control.

—No suelo corregir a la gente cuando me explica sus sentimientos, pero esto no se escapa a su control. Tiene una supervisión médica fantástica y está siguiendo las indicaciones de los médicos. Además, han descrito su salud como «excelente».

—Podría volver a pasar de todos modos. Quiero enfrentarme de lleno a ello, abrirme paso a través de la incertidumbre, volver al trabajo, que mis hijos retomen su vida, pero estoy demasiado distraída. Y me canso con mucha facilidad.

—¿Ha hablado con sus médicos sobre la falta de concentración y el cansancio?

Ella asintió.

—Dicen que es normal y que debería tener paciencia. Y tal vez caminar kilómetro y medio al día. ¡Con un andador! —añadió resoplando con desdén.

El doctor Norton sonrió.

—Dicho, suena fácil. Aunque lo de caminar no debería suponer ningún problema. ¿Puedo sugerirle algo?

—Siempre puede sugerir...

—No es raro que la gente que se está recuperando de un suceso médico grave tenga depresión. No sé si...

—¿Tengo pinta de estar deprimida?

—La depresión no suele diagnosticarse por la apariencia, pero sí que se esconde detrás de la impaciencia, la confusión, el agotamiento y la incertidumbre. Si quiere, puedo ponerme en contacto con su médico, su neurólogo, para consultarle algún antidepresivo suave que pueda combinar con el resto de su medicación. Dígame una cosa, ¿tiene sentimientos de desesperanza o pensamientos sobre la muerte?

—Me da miedo responderle. ¡Parece como si vaya a recomendarme más pastillas! ¡Y nunca en mi vida había tomado tantas pastillas!

—Déjeme explicárselo, Su Señoría...

—¡Por Dios, llámeme «Anna»!

Él sonrió.

—Pues entonces, por favor, tú llámame «Tom». Todo lo que sientes es normal. Bueno, vale, «normal» no es la mejor palabra. Es típico. Sí, mejor. Has sufrido una mala experiencia y aún quedan algunas secuelas que se irán con el tiempo. Podríamos acelerar el proceso con unas cuantas sesiones y tal vez un antidepresivo o un ansiolítico suave. Pero tú decides.

—Primero me gustaría hablar con mis hijos.

Él enarcó las cejas.

—¿Crees que opinarán sobre tu tratamiento médico?

—Sin ninguna duda. Pero lo que tengo que hablar con ellos es un asunto familiar. Su padre me dejó cierta complicación para que me ocupara yo de ella. Era famoso por hacer eso. Resulta que mis hijos tienen una hermana que desconocen.

El hombre pareció solo un poco sorprendido.

—Entiendo lo estresante que puede ser eso.

Capítulo 14

Una cosa que resultó práctica, y que fue puramente circunstancial, fue que Anna tuviera a todos sus hijos bajo el mismo techo, aunque fuera debido a su salud. Michael iba a trabajar todos los días, pero todas las noches las pasaba en la casa donde había crecido por si lo necesitaban. Lo bueno era que se marchaba pronto y volvía tarde dadas sus obligaciones como entrenador. Bess estaba mejorando gracias a la medicación, a un grupo de terapia nuevo al que asistía y a un poco de terapia conductual. Pero necesitaba el apoyo de su familia mientras se enfrentaba a esa ansiedad que había tenido olvidada un tiempo.

Por su parte, Jessie no se había apartado de su madre desde el infarto. Habían pasado casi dos semanas desde el suceso y no había vuelto al trabajo. Estaba tomando las riendas de la familia como su madre siempre había hecho. Solo el doctor Norton sabía que parte de su motivación para hacerlo se debía a que tampoco tenía muchas ganas de volver al trabajo.

De todos modos, estaba muy ocupada asegurándose de llevar a Bess a la terapia de grupo y a Anna a los médicos o sesiones de terapia que tuviera.

Afortunadamente, Anna parecía estar mejorando y ganando confianza. Sus médicos estaban contentos con los resultados de otro TAC, y la analítica y la tensión eran satisfactorias.

A Jessie le bastaba con ver que su madre estaba recuperando confianza en sí misma. Y a Bess, sin duda, le estaban yendo bien la nueva medicación y la terapia de grupo. En cuanto a ella, se sentía más fuerte y más relajada, aunque sobraba decir que a eso contribuía el hecho de no estar yendo a trabajar.

Ese domingo por la tarde Anna pasó un par de horas en la cocina preparando una cena para sus hijos: *pizza* casera, ensalada y colines de ajo. Michael tenía pensado volver a su apartamento entre semana, así que no sabía cuándo sería la próxima vez que cenaran todos juntos.

—Hay algo que llevo tiempo queriendo contaros —dijo Anna—. Preparaos para otro cambio de paradigma en nuestro orden familiar.

—Esto promete —dijo Michael.

—Se trata del diez por ciento del testamento de vuestro padre destinado a un beneficiario anónimo. Ya no es anónimo. Hace meses que sé quién es. En la época en la que nació Michael, vuestro padre tenía una relación romántica con una mujer. Yo no la conocí y no creo que llegue a saber nunca las circunstancias concretas de su relación, pero vuestro padre sí que confesó la aventura. Como os podréis imaginar, fue un momento muy complicado para nuestro matrimonio. Estuvimos a punto de separarnos. Hablamos de divorcio. Pero éramos jóvenes, estábamos arruinados, teníamos dos niños pequeños y nuestras opciones eran muy limitadas.

—¿Papá? —preguntó Michael impactado. Soltó la porción de *pizza* en el plato y se apartó un poco de la mesa.

Jessie no podía creer lo que estaba oyendo.

—¡Papá no!

—Fue un momento muy complicado. Pensé que no lo superaríamos.

—¿Te lo contó él? —preguntó Jessie.

—Yo lo sospechaba —explicó Anna—. Había muchas llamadas sin explicación y vuestro padre salía mucho. Lo acusé y le insistí hasta que admitió que había estado viendo a otra mujer. Me dijo que había cometido una estupidez, que había sido un error, que no sabía qué lo había llevado a hacer algo así, y me suplicó que lo perdonara. Dijo que había sido una relación muy breve. No sé exactamente cuánto tiempo estuvieron juntos, pero insistió en que me quería y, por supuesto, a vosotros también. Lo del perdón me llevó tiempo, creedme. Estaba furiosa y después de aquello me costó confiar en él. Por lo que sé, fue la única vez.

—¿Es la mujer? —preguntó Jessie—. ¿A ella va el diez por ciento?

—No, eso sería fácil de explicar. Lo que yo no supe hasta después de que él muriera era que había una hija. De no ser por eso, jamás os lo habría contado. Es seis meses más pequeña que Michael y no supe que existía hasta que la conocí después de la muerte de vuestro padre. El motivo por el que ella quería que yo supiera de su existencia sois vosotros. Es vuestra hermana.

—Vaya, qué interesante —dijo Bess con sequedad—. Alguien estaba pensando de cintura para abajo.

Anna se rio.

—Bess, nadie como tú para resumirlo tal cual es. Sí, vuestro padre cometió un error probablemente incitado por las hormonas; un error que yo jamás os habría contado de no ser por el resultado que tuvo. Tenéis derecho a saberlo.

—¿Ella quiere conocernos o algo? —preguntó Jessie.

—Fue ella la que me contó quién era y me dijo un par de cosas importantes. Una, que vosotros decidís si queréis conocerla. Y dos, que no ha gastado el dinero que le dejó.

—¿Él siempre supo de ella? ¿Toda su vida? —preguntó Mike.

—Eso creo. Se llama Amy y, según dice, su madre le dijo que tuvo una relación con un hombre casado, pero que en su momento ella no sabía que lo estaba. Cuando se enteró de que estaba embarazada, nunca se planteó abortar. Decidió que tendría al bebé y que lo criaría lo mejor que pudiera. Se casó unos años después, tuvo dos hijos más y, por desgracia, falleció hace seis años.

—¿Estás furiosa? —quería saber Jessie.

—¿Ahora? —Anna soltó una breve carcajada—. Estoy furiosa con él por haber hecho ese puñetero viaje para hacer *rafting*. También me gustaría que me lo hubiese contado, aunque estoy segura de que nuestro matrimonio no habría sobrevivido a esa información. ¡Estuvimos a punto de divorciarnos por ese disparate de aventura!

—¿Crees que hubo muchas otras? —preguntó Jessie.

—Ni idea, pero tampoco me preocupó. No me pasé todo nuestro matrimonio desconfiando de él. Estaba alerta, aunque no desconfiaba. Tuvimos nuestros altibajos, pero, la verdad, no más que la mayoría de los matrimonios. Hace poco tuve una revelación. En el último año vuestro padre pensó que nos estábamos distanciando. Yo creo que fue otra cosa totalmente distinta. Unos seis meses antes de su muerte, Amy se puso en contacto con él para decirle que iba a ser abuelo porque pensó que debía saberlo. Creo que vuestro padre estaba inquieto por distintos motivos: hacerse mayor, haber cometido errores en el pasado, no lograr todo lo que había deseado y, por supuesto, tener una hija desconocida para todos. Me he preguntado varias cosas que nunca obtendrán respuesta, como, por ejemplo, si tenía pensado confesar lo de su hija secreta. Pero hay una cosa que sí que sabía de vuestro padre. Siempre fue un hombre que se expresaba. Le gustaba admitir sus errores, disculparse y hacer borrón y cuenta nueva, proponer un nuevo comienzo.

—¿De ahí lo he sacado yo? —farfulló Michael.

—Lo digo por experiencia, Michael. Al final es más fácil no hacer cosas por las que tengas que suplicar perdón.

—Y supongo que la infidelidad lo cambia todo, ¿no? —dijo Jessie—. ¿Cómo lograste perdonarlo?

—En lugar de decidir si podía o no perdonarlo, me centré en fortalecerme a mí misma. Trabajé mi autoestima, algo que por desgracia me faltaba. Estudié Derecho. Trabajé en mí. Me pareció la única elección porque no podía mantenerme a mí y a dos hijos con un sueldo de secretaria, y en aquellos tiempos, cuando éramos jóvenes, vuestro padre no ganaba suficiente para mantener dos casas. En aquel momento seguimos juntos porque nos pareció lo más práctico. Con los años, me di cuenta de lo mucho que vuestro padre estaba intentando compensar lo que había hecho y todo el tiempo y la energía que volcaba en ser un buen padre. Al final me cansé de estar enfadada y, además, estaba demasiado ocupada para malgastar mi energía de esa forma. Tuve que hablar mucho conmigo misma, pero cambié la furia por gratitud.

—¿Y volviste a enamorarte? —preguntó Jessie.

—Más importante aún, llegué a apreciar a mi marido. A respetarlo. Lo que hizo fue una gran metedura de pata, pero al final luchó por nosotros.

—Creo que tú también luchaste por nosotros —dijo Jessie con voz muy suave.

—Gracias, Jess. Eres muy amable diciendo eso.

—¿Puedes hablarnos de esa mujer? ¿De Amy?

Empezó a contarles lo que sabía, ciñéndose básicamente a la Amy de ahora: que estaba casada con un médico, que era enfermera de práctica avanzada, que había estado muy unida a su madre y que acababa de convertirse en madre primeriza.

—Ya es casualidad que la situación de Amy y la mía sean tan parecidas. La abuela Blanche tuvo una relación con un hombre, que resultó estar casado, y decidió tenerme y criarme sola. Igual que la madre de Amy.

—Parece que te cae bien —dijo Michael con un tono algo amargo.

—Pues la verdad es que sí. Hace tiempo que no la veo, pero sí que la llamé para contarle lo del infarto y lo abrumada que estoy desde que me pasó. Sí, me cae bien. Y la bebé es preciosa. Pero no hay razón para que toméis una decisión unánime sobre si queréis o no conocerla. Cada uno podéis tomar vuestra decisión de forma individual, es absolutamente aceptable. En cuanto al dinero...

—No se trata del dinero —dijo Jessie.

—Yo no quiero su dinero —añadió Michael.

—¿Cuánto dinero? —preguntó Bess.

Anna se rio. Sus hijos eran muy distintos entre sí, pero había llegado a comprenderlos y valorarlos de verdad a cada uno de ellos.

—El mismo que tenéis cada uno, Bess. ¿Puedo daros mi opinión sobre eso? Amy me dijo que vuestro padre... su padre... contribuyó a su educación cuando estaba en la universidad. Lo hizo sin que ella lo supiera, pero su madre le contó más tarde que había colaborado. ¿Con qué cantidad? Ni idea. Pero sí que la ayudó con la carrera, y me alegro muchísimo de saberlo, porque creo que era su obligación. Y además le dejó algo de dinero. También me alegro de eso.

—¿No estás celosa? —preguntó Jessie.

—Ya pasé por eso hace treinta años. Ahora solo me alegro de que él hiciera lo correcto. Esto es lo que voy a hacer. Voy a daros a cada uno el número de Amy. Tomaos vuestro tiempo para pensaros lo de contactar con ella, aunque también está bien si no lo hacéis. La próxima vez que hable con ella, le diré que os he informado y que a lo mejor alguno os ponéis en contacto.

Todos asintieron y se miraron.

—Bueno, vamos a atacar la *pizza* —dijo Anna.

Esa noche, más tarde, estaba sentada en la cama con la tele puesta y un libro en el regazo cuando Jessie llamó a la puerta con suavidad. Le dijo que pasara, feliz en el fondo por la compañía. Había estado pensando en llamar a Joe, pero prefirió no hacerlo. Le daba miedo usarlo como forma de apoyo o distracción y le resultaba agotador mantener las distancias con él. Lo que de verdad quería era caer en sus brazos y sentir el consuelo y el alivio de tener un amigo tan preciado, un nuevo amante, que se preocupaba por ella.

—¿Sigues despierta? —preguntó Jessie.

—No es tan tarde —dijo Anna—. ¿Qué te tiene despierta a ti?

—Que mi padre fuera un sinvergüenza. ¡Lo que hizo!

Anna rodeó a su hija, más alta que ella, con el brazo y la acercó. Las dos se recostaron sobre las almohadas.

—Fue un ser humano que cometió un error, nada más. Como todos. Y su error fue uno de los más habituales. Me quedé muy decepcionada. Quería que su amor por mí pesara más que cualquier tentación, pero, al parecer, no fue el caso.

—Estoy cabreadísima.

—Lo sé. Pero no es una carga que tengamos que llevar encima nosotros, y, además, creo que pagó por ello con culpabilidad y arrepentimiento.

—Michael está muy enfadado. ¿Por qué está tan enfadado? Suele huir del conflicto y no discute por nada.

—Es fácil —dijo Anna—. Michael teme ser igualito que su padre. Eso estaba bien cuando creía que Chad era perfecto, aunque por otra parte le causara problemas porque le preocupaba no poder estar a la altura de la excelente reputación de su padre. Michael tiene un grado y es profesor y entrenador mientras que Chad tenía un doctorado y era un psicólogo muy conocido. Para un hijo que veneraba a su padre tiene que ser duro aceptar sus imperfecciones.

—Yo también lo veía perfecto —admitió Jessie—. Me mata pensar lo que te hizo. ¡Eras una mujer joven! ¡Debió de partirte el corazón!

—Claro —dijo Anna—. Jess, me han partido el corazón cientos de veces. Es lo que tiene la vida.

—¿Quién te ha partido el corazón, mamá? —preguntó Jessie sonando como una niña pequeña.

Anna soltó una risita.

—En quinto de primaria, Jennifer Cranston y su pandilla de seis se burlaban de mí y se metían conmigo todos los días, y yo acababa llorando tantas veces que mi profesora pensaba que tenía el peor caso de alergia que había visto en su vida. Un par de las chicas se mudaron y al final aquello quedó en nada. Luego, en uno de esos descansos que la vida nos da de vez en cuando, Jennifer volvió a mí buscando una abogada cuando no tenía dinero y necesitaba ayuda porque su marido iba a dejarla y le iba a quitar la pensión alimenticia y la manutención de los niños.

—Debió de ser muy satisfactorio decirle que se fuera a paseo —dijo Jessie.

—¡Qué va! La ayudé. Y le conseguí un acuerdo bastante bueno además. Pero la realidad de este mundo es que hay cosas que nunca cambian y algunos actos buenos nunca son recompensados. Fue una desagradecida y un poco arrogante. Pero hace mucho tiempo hice un trato conmigo misma: no voy a dejar que el mal comportamiento de los demás me convierta en una mala persona. Tengo que mirarme en el espejo cada mañana.

—Tú siempre has sido la valiente.

—¿Yo? ¡Venga, Jessie! ¡Pero si la mayor parte del tiempo estoy preocupada por todo! Lo que pasa es que aprendí a hacer como si lo tuviera todo bajo control. En un juzgado nunca ganarás un caso si se nota claramente que tienes dudas. No consigues el puesto de jueza si tienes miedo y estás temblando.

—¡Y anda que no te gusta a ti ser jueza! —dijo Jessie.

—La verdad, es algo con lo que nunca me había atrevido a soñar siquiera, así que ahora no estoy dispuesta a renunciar a ello porque me dé miedo.

—¿Estás preocupada ahora?

—No sé si te acuerdas de esto, pero el juez que dejó la vacante en el Tribunal Superior sufrió un infarto cerebral. Uno de los malos. Está en una silla de ruedas impedido desde entonces. No se recuperará nunca. Tiene casi noventa años, pero aun así...

—¡Ay, mamá! —dijo Jessie acurrucándose a su lado.

—Es una motivación para recuperarme. Para estar mejor que nunca si puedo. No voy a caer sin luchar.

Jessie apoyó la cabeza en su hombro.

—Creo que nunca te he valorado lo suficiente. Estoy muy orgullosa de ti.

—Justo estaba pensando lo mismo de ti.

—Tengo que disculparme por algo. Necesito que me perdones si puedes —dijo Jessie incorporándose para poder mirar a su madre a los ojos—. Siempre te he visto como la mala.

—¿Sí?

Ella asintió.

—Te acusaba de meterte con papá, de estar diciéndole siempre lo que tenía que hacer. De meterte siempre en sus cosas.

—Y era verdad. Sí que me metía con él. No siempre, pero soy culpable de hacerlo. La cuestión es que no estás metiéndote con alguien ni fastidiándolo si antes le has preguntado algo una vez. Se convierte en un fastidio cuando se lo has preguntado cuarenta veces. Tu padre tenía tendencia a ignorarme. No solo a decirme que no o «Lo siento, estoy demasiado ocupado». A ignorarme. Y entonces, cuando preguntas una y otra vez es cuando fastidias. Así que, sí, de eso soy culpable.

—Pero tú no eras la mala.

—Vaya, pues gracias, cielo.

—Y lo vi intentar sacarte de quicio quejándose por todo; por los hijos, el trabajo y el estado de los jardines del barrio o por lo infeliz que era en general. Tú tenías el doble de cosas que hacer y casi nunca te quejabas.

Anna sonrió. Solo había esperado treinta años para recibir algo de reconocimiento por parte de Jessie.

—Solía decirle a tu padre que había un antídoto para la infelicidad. Se llama «gratitud». Si estás ocupado dando gracias por lo que tienes, cuesta mucho pensar en lo que no está bien del todo.

—Hmmm. Creo que eso ya me lo has dicho alguna vez...

—Probablemente.

—Voy a renunciar a los hombres —dijo Jessie.

Anna abrió los ojos de par en par y miró a su alrededor con sorna.

—Debe de estar funcionando. Por aquí no ha habido ningún hombre a la vista más que tu hermano.

—Lo digo en serio. Llevo intentando conseguir un hombre desde sexto de primaria y ninguno se queda a mi lado. Abandono.

—Jessie, ¡has tenido un montón de novios!

—¡Sí, pero yo solo quería uno bueno! ¡La nueva Jessie es una mujer soltera que no responde ante nadie!

Anna se rio.

—¡Creía que eso no lo hacías nunca!

—Lo fingía. Esta vez lo haré a propósito. Siempre me dejan. Debo de ser insoportable como novia, así que voy a dejar de serlo.

Anna la abrazó.

—Lo que tú quieras. A mí siempre me tendrás. Mientras dure.

—Dime qué pasa con Jenn —le dijo Anna a Mike.

Era domingo por la mañana y estaban los dos solos sentados a la mesa de la cocina con un café. Por una vez Jessie y Bess no estaban por allí.

—No sentía nada —dijo Mike—. Había estado sufriendo por la pérdida de papá y pensé que no tenía sitio para Jenn ni en la cabeza ni en el corazón. Así que le sugerí que rompiéramos, al menos por un tiempo. El mayor error que he cometido en mi vida.

—¿Pero por qué?

—Porque ya no sentía que estuviera enamorado. No sentía nada excepto el dolor por haber perdido a alguien a quien quería. Y cuando intenté arreglar lo que había hecho, Jenn se enfadó y no se mostró muy dispuesta a perdonarme. Sigue enfadada.

—¿Por qué está enfadada exactamente?

—Dice que soy un inmaduro, que no tengo determinación para seguir ahí cuando las cosas se complican. Pensándolo ahora, la entiendo. Pero de pronto me entró el miedo de no llegar a ser un padre y marido tan estupendo como lo fue papá. Y ahora voy y me entero de que mi padre no era tan estupendo.

—Michael...

—Hizo algunas cosas bastante terribles de las que no sabíamos nada.

—Hizo algunas cosas bastante propias del ser humano —dijo Anna—. No te pienses que me pareció bien lo que hizo, pero no hay ni una sola persona que no tenga defectos. Tu padre necesitaba mucho amor y apoyo. Más que yo, mirándolo bien. Te pareces mucho a él.

—Eso habría sido un cumplido hace seis meses —dijo Michael.

—Sigue siéndolo. Fue un buen hombre que hizo cosas buenas. Fue un buen padre, quitando que tal vez le falló a Amy. Para mí lo más importante es que no tomes algunas de esas mismas malas decisiones.

—¿Como cuál?

—Pues como pensar que tienes que estar todo el puñetero tiempo sintiendo que estás enamorado. Nadie está enamorado cada minuto. Pero una vez te comprometes, te quedas ahí, y cuando los días no son perfectos, actúas como si lo fueran. Le demuestras amor y respeto a tu pareja. Te preocupas por ella por una vez. No todo gira en torno a ti y tus sentimientos especiales.

—¿Eso fue lo que hizo papá?

—Mira, el noventa por ciento del tiempo era un tipo cariñoso, generoso y solidario. Pero el diez por ciento del tiempo no estaba enamorado e iba por ahí como si lo estuvieran llevando a la horca, buscando a alguien que lo hiciera sentir mejor. Alguien que lo levantara y lo rescatara. Nadie quiere tener que ser ese alguien. Jenn te dijo que sería paciente y cariñosa y te ayudaría a pasar tu dolor si podía, pero si vas a abandonarla cuando las cosas se complican, ¿quién quiere algo así?

—Yo no pretendí...

—Sí, lo pretendiste. Estabas hecho un lío y pensaste que, si la dejabas, te aclararías. Pero no funcionó.

Hace falta transigir y sacrificarse para que una pareja funcione. Por parte de los dos, no solo de la chica.

—¿Es lo que hice?

—Eso parece. Michael, a veces un buen compañero no antepone sus necesidades y deseos y se asegura de satisfacer las necesidades y los deseos de su mujer. ¿Y sabes qué? Seguro que te sentirías mejor más rápido.

—Puede que ya sea demasiado tarde. Y ahora estoy destrozado porque la quiero de verdad.

—Pues encuentra un modo de suplicarle que te perdone. Discúlpate. Dile que perdiste la cabeza y cometiste un error. Y, ya de paso, prométele que no volverás a hacerlo más y dilo en serio. ¿Sabes que hay un truco para hacer que una buena relación dure?

—¿Cuál es?

—Cumplir tus promesas. Y quedarte. No salir corriendo nunca. Quedarte.

Capítulo 15

Jessie fue a la ciudad sola. Pasó por la clínica para ver a los empleados. Su secretaria, Heather, la abrazó.

—¡Te veo muy descansada! —exclamó Heather.

—Pues no lo entiendo. ¡He estado más ocupada que ejerciendo de médico!

—¿Cómo está tu madre?

—Genial, la verdad. No ha sufrido parálisis. Aunque, claro, todavía no puede conducir. La llevo a fisioterapia y usa un andador la mitad del tiempo porque a veces pierde el equilibrio. Su neurólogo la tiene muy vigilada y, hasta que no esté convencido de que está estable, seguirá yendo de copiloto. Su asistente le lleva trabajo a casa y poco a poco va aumentando el tiempo que le dedica, pero, la verdad, nadie diría que se ha salvado de milagro. Vuelve a tener la memoria tan bien como antes, aunque no tiene ningún recuerdo del infarto, la ambulancia y las cerca de treinta y seis horas que tuvo el cerebro hecho papilla en la UCI. Tiene mejor aspecto que nunca, probablemente porque está descansando mucho. Aunque lo de la fatiga la pone de los nervios.

—¿Y tú cómo estás? Porque te veo estupenda —dijo Heather.

—Tengo un millón de cosas de las que estar pendiente. Mi hermana pequeña lleva con nosotros las dos últimas semanas mientras va a una terapia de grupo, pero ya se está planteando volver a su apartamento en Berkeley esta semana. Tiene novio y les corta un poco el rollo tener la constante presencia de la familia cerca. Pero es majísimo y está loco por ella. En absoluto parece intimidado por esa personalidad tan única que tiene Bess. Así que he estado llevando a mi madre y a mi hermana a las citas médicas, haciendo recados, cocinando, comprando y todo lo que haga falta para evitar que mi madre haga demasiadas cosas demasiado pronto. Aún duerme mucho. Creo que seguiré así un par de semanas más y luego volveré al trabajo. A media jornada primero, lo justo para estar disponible. Voy a seguir con mi madre un tiempo, hasta que me asegure de que no corre ningún riesgo.

—¿El único riesgo no es un segundo infarto? —preguntó Heather.

—Sí, y con los anticoagulantes y la medicación para la tensión, quiero asegurarme de que no tiene ningún efecto secundario ni otros problemas antes de dejarla sola. El TPA fue milagroso, pero si hubiera estado sola... —dijo esbozando una mueca de pesar y sacudiendo la cabeza—. Podría haber sido una tragedia.

—¿Sabes? Te echamos mucho de menos por aquí.

—Me alegra oírlo —dijo, y pensó que, curiosamente, ella también echaba un poco de menos estar por allí.

Saludó a los socios y a los demás médicos y repitió prácticamente las mismas conversaciones. Luego fue directa a ver al doctor Norton. Podría haber hecho una videoconsulta, pero tenía que ir a la ciudad de todos modos y, además, estaba deseando verlo en persona.

Esperó en el despacho y él entró, con las gafas en la nariz, esa cálida sonrisa en los labios y una carpeta en la mano. Sonrió aún más al verla sentada a la mesa.

—¡Pero bueno! Tu madre debe de estar recuperándose muy bien, estás fantástica.

—Una mujer nunca se cansa de oír eso —dijo Jessie sonriéndole.

—¿Qué tal?

Jessie le soltó la retahíla de tareas y responsabilidades con las que cargaba cada día y mencionó que acababa de visitar a sus compañeros de la clínica y que les había prometido que en un par de semanas volvería y trabajaría a media jornada.

—¿Y cómo te sientes al respecto?

—Creo que me apetece mucho. A lo mejor la media jornada es mi solución. Sé que eso no me da pavor. ¡Y me sorprende más que a usted! —dijo y se rio—. Han pasado algunas cosas desde la última vez que hablamos. Lo más significativo es que mi madre nos ha contado que tenemos una hermana a la que no hemos visto nunca. Nos contó la historia cuando estábamos todos juntos —dijo dándole los detalles a su terapeuta.

—Qué interesante. ¿Te sorprendió?

—Más bien me impactó. A mí y a todos. Nadie tenía ni idea, ni siquiera mi madre. Pero mi madre ha conocido a la chica, que ya es una mujer, y a su marido y a su bebé, y aunque eso debió de impresionarla, los aprecia mucho. Tengo pensado conocerlos a todos en cuanto pueda. Pero primero llamaré o algo así. Para fijar una cita. Aun así, a mi padre debería haberle dado vergüenza habérnoslo ocultado durante todos estos años.

—¿Habrías cambiado algo de todo eso?

—Supongo que habría sido mejor si él no lo hubiera hecho nunca. Y luego mintió al respecto para no perder su matrimonio y su familia, pero lo entiendo. No lo apruebo, pero lo entiendo. Creo que hasta ahora no había sido consciente de cuántos problemas tenía mi padre.

—¿Y qué impacto tienen en ti esos problemas?

—Tengo otra hermana —respondió Jessie encogiéndose de hombros ligeramente—. Creo que, si me paro a pensarlo, a mi padre se le debió de ir la situación de las manos. Está claro que se dejó llevar por el flirteo, y mira lo que pasó al final. Tuvo una hija a la que no podía reconocer sin arriesgarse a perder a su esposa y a sus otros hijos.

—Creo que no es una situación tan poco habitual.

—¿Oye mucho esa clase de cosas?

—Claro. ¿Tú no?

—Hmm —dijo pensativa—. Bueno, iba a decir que entre los pacientes, pero luego me he acordado de que una pareja de nuestra plantilla ha pasado por una situación similar. Y nuestra recepcionista es madre soltera, no se ha casado nunca, aunque no conozco las circunstancias.

—Si no te importa que lo diga, pareces muy tranquila.

—En primer lugar, mi padre ha muerto y sigo triste por eso. En segundo, volverme loca por ello no sirve de nada. Es demasiado tarde para que se disculpe. Quiero oír la historia de esta mujer. De mi hermanastra. Porque creo que está claro que tengo problemas paternales. Creo que los he tenido desde hace mucho tiempo, justo desde que mi hermano pequeño llegó a casa del hospital, que da la coincidencia que fue más o menos en la misma época en la que mi padre iba a tener una hija secreta con otra mujer.

—¿Problemas paternales?

—Sinceramente, había cosas que sabía aunque no pudiera admitirlas. Como el hecho de querer ser su favorita cuando estaba claro que ese honor era de Michael. Pero siempre supe que, más que su favorito, Michael era el único chico y el que acaparaba más la atención de nuestro padre. Tenía celos. La mayoría de los niños los tienen cuando un bebé nuevo llega a casa. Hay libros sobre eso. Y ahora voy y me entero de que en aquel momento mi padre estaba pasando por una situación muy delicada: le había confesado a su mujer que había tenido una aventura, su matrimonio se tambaleaba, discutían y eran infelices. Para una niña de tres años aquello debió ser perturbador y confuso. Supongo que lo convertí en decepción. O, cuando fui un poco mayor, a lo mejor me sentí defraudada. Sí que recuerdo haber pensado que las alabanzas de mi padre nunca me parecían suficientes.

El doctor Norton se quedó callado un momento. Sonrió ligeramente.

—Creo que eso es algo muy importante que hay que resolver.

—No podía hacerlo hasta que mi madre ha revelado la historia —dijo Jessie, y luego se rio—. Era lo último que me esperaba oír.

—Y mírate, parece que tienes fuerzas renovadas. Y una seguridad en ti misma renovada también. De hecho, nunca te había visto con tan buen aspecto.

—Eso ya lo ha dicho.

—Siento no dejar de decirlo, pero es que es la pura verdad.

—Bueno, es que mi madre está evolucionando muy bien. Yo sigo precavida y cauta, pero creo que está fuera de peligro. Y aunque estoy muy ocupada ayudándola y alojándome en su casa en lugar de en mi piso, creo que estoy descansando más. Es un nivel de actividad distinto al de pasar consulta. A lo mejor esa ha sido siempre la solución. Un pequeño descanso del trabajo, menos presión y un cambio de aires.

—¿Puedo preguntarte algo? ¿Lo de sentir rabia y sentirte menospreciada puedes relacionarlo con tu padre? ¿O con las exigencias de tu trabajo? ¿O con la necesidad de más vacaciones?

—Tendría que pensarlo, porque puede que sí y puede que no.

—Pues piénsalo y averigüémoslo. De hecho, hay un libro maravilloso sobre la psicología de la felicidad que formula la pregunta de qué le funciona a una persona y no a otra. Por ejemplo, debe de haber internistas muy ocupados que se sientan mejor cuando están trabajando que cuando no. Hay muchos estudios sobre lo poco saludables que son la jubilación y demasiado tiempo libre, al igual que hay otros estudios sobre lo malo que es para la salud el exceso de trabajo.

—Claro, eso dependerá de qué es lo que te motive.

—O podría depender de dónde está la auténtica

fuente de la felicidad. ¿Es externa o interna? ¿Es algo que puedes ubicar y construir o es algo que está oculto hasta que das los pasos adecuados para encontrarlo? ¿La obtienes del trabajo o de la ausencia de trabajo?

—¿La obtienes de relaciones satisfactorias o aprendiendo a liberarte de ellas, evitando relaciones tóxicas? —contestó ella.

—Me interesaría mucho saber qué crees que es lo que ha mejorado tanto tu paz mental durante el breve tiempo que llevamos trabajando juntos.

—Puede que sea muy sencillo. Mi madre se va a poner bien después de un susto muy grande. Y al cuidarla he podido descansar del trabajo todo lo que necesitaba.

—Tal vez. Pero ¿puedo pedirte un favor? ¿Podrías hacer un pequeño diario entre hoy y la semana que viene? Propón la pregunta, la sencilla pregunta de «¿Cuándo me siento mejor?». Y escribe sobre ello.

—Claro. Está chupado.

Él se rio.

—Eres muy complaciente. Los pacientes suelen responder a esa pregunta con un gruñido bien fuerte: «¡No, un diario no!». Pero son solo una o dos páginas al día preguntando y respondiendo la pregunta. Por supuesto, después puedes arrancar la hoja y tirarla si quieres.

Ahora fue ella la que se rio.

—¡Vaya, gracias!

—¿Quieres venir a la consulta la semana que viene o hacerla por vídeo?

—Creo que vendré a la ciudad. Es un cambio agradable y mi madre está recuperando tanta autonomía que le vendrá bien estar sola un rato.

—Encantado de que vengas. ¿Ahora vuelves a Mill Valley?

—Sí. Mi madre está trabajando en casa con su asistente, así que voy a ir por algo para comer y a lo mejor les llevo algo a ellos.

—Oye, por cierto, ¿por casualidad no tendrás un gato ya?

Jessie se rio. Se le iluminó el rostro.

—No, aunque fui a una tienda de animales ¡y la dependienta fue muy desagradable! Me dijo que, si no podía cuidar de un gato, no tenía motivos para tener uno. Podría haberme puesto a soltarle el rollo de que vivo sola, que las horas se me hacen eternas y todo eso, pero entonces vi a una cachorrita adorable. Era blanca, negra y marrón, con la carita achatada y unos ojos enormes. Era tan mona que casi me la llevo a casa, pero no quería que el animalito sufriera. Era una especie de Spaniel. Adorable.

—¿Es posible que te haya picado el gusanillo?

—¿Y qué gusanillo es ese?

—Los animales son beneficiosos para el corazón. Y para la tensión arterial. Nos hacen sentirnos queridos, pero además se aseguran de que sepamos que los necesitamos. No les va bien sin nuestros cuidados y a nosotros no nos va bien sin su amor incondicional.

—Usted tiene diecisiete gatos, ¿no? —preguntó riéndose.

—Solo tengo uno y es más malo que una víbora, pero en el fondo sé que me quiere. Lo acaricio cuando lo pide y lo dejo tranquilo cuando me bufa. Es una relación de amor perfecta.

—¿Cómo se llama?

—Gretchen.

—Pero habla de él en masculino.

—Lo llamé así antes de que pudiéramos saber el sexo. Créeme, no nota la diferencia.

Jessie disfrutó muchísimo al salir de casa y, aprovechando que estaba en la ciudad, dio un paseo por las tiendas del muelle, abriéndose paso entre los turistas. Decidió parar en su restaurante mexicano favorito para tomarse un pequeño almuerzo y, de camino allí, pasó por delante de una clínica gratuita. Había cola fuera; unos cuantos hombres y el doble de mujeres y niños. ¿Cómo no se había fijado nunca? Era una clínica de atención primaria y la sala de espera estaba llena.

Apretujándose, se coló entre la gente y la dejaron pasar, probablemente porque supo aparentar que ese era su territorio. No pudo acercarse al mostrador de recepción, pero haciéndose un poco a un lado, vio a una recepcionista hablando con una mujer latina que, sin duda, estaba muy embarazada. En un español claro y precioso, la recepcionista le preguntó a la mujer:

—*¿De cuántos meses estás y cuánto has sangrado?*

La mujer respondió:

—*Estoy lista para dar a luz y tengo dolores, pero estoy sangrando.*

—*¿Tienes un médico? ¿Has recibido atención prenatal?*

Y justo tras esa pregunta, la mujer se desmayó.

Por puro instinto, Jessie acabó arrodillada al lado, con una mano en su abdomen y una en la carótida, tomándole el pulso. En un español muy poco entrenado y entrecortado, preguntó:

—*¿Cuánto llevas con los dolores?*

—*Siete horas.*

—¿*Y ahora?*

—*Constantes* —dijo la mujer.

Tenía el útero más duro que una roca. La mancha de la entrepierna se extendía.

Jessie no fue muy consciente del revuelo que se formó detrás del mostrador, pero al instante una joven se arrodilló frente a la paciente y le preguntó a ella:

—¿Está con esta mujer?

—No, acabo de entrar para preguntar por la clínica —respondió Jessie en inglés, que era mucho más fiable dado el nivel de su español de instituto—. Se ha desmayado, pero está despierta. Parece que en las últimas fases de parto. Ha roto aguas. Ah, por cierto, soy médico. ¿Puedo ayudarte a llevarla a una sala de exploraciones? ¿O al menos a sacarla de la sala de espera?

—¡Sería de gran ayuda! —dijo la joven—. *Señora,* ¿puede andar algo?

—*Sí* —respondió la mujer—. Si me ayuda *un poquito.*

Juntas, Jessie y la joven la ayudaron a levantarse. Aunque iba doblada hacia delante sobre su enorme barriga, dio los pasos necesarios. Al llegar a la primera puerta, metieron a la paciente dentro. Era una sala de exploraciones muy estrecha. La ayudaron a subirse a la camilla, sacaron el extensor y la joven doctora llamó a una enfermera. Luego sacó una sábana, se puso unos guantes y empezó a bajarle los pantalones a la mujer.

—Si podemos evitarlo, aquí nunca los cortamos. Les cuesta reemplazarlos. Ponte unos guantes.

—Claro —dijo Jessie. Soltó el bolso en un rincón y cogió unos guantes de donde los había sacado la doctora.

Juntas cubrieron a la paciente con la sábana y le quitaron los pantalones. Cuando entró la enfermera, ahí no quedaba espacio para un humano más.

—Salena, necesitamos una incubadora y que llames a Emergencias. Diles que tenemos un recién nacido y a una paciente posparto —dijo la doctora antes de separarle las rodillas a la paciente con agilidad y exclamar—: ¡Madre santísima! ¿Puedes darme una toalla limpia? En el armario detrás de ti.

Cómo no, con una mirada bastó para ver que el bebé asomaba la cabeza.

Jessie estaba ahí de pie, lista con una toalla limpia y viendo con absoluta admiración cómo la pequeña doctora, que sonreía con dulzura y tenía una mano en la cabecita que asomaba y la otra en la frente de la mujer, decía con delicadeza:

—El bebé va a salir ahora. Un empujoncito y lo tenemos. Venga, un empujoncito. *Gracias a la Virgen* —dijo cuando deslizó las manos en el canal de parto y, sin apenas ayuda de la madre, un niño guapísimo apareció en sus manos—. ¡Qué maravilla!

La enfermera metió la incubadora en la sala, la dejó en un extremo de la camilla y se apretujó contra la doctora para abrir un armario y sacar unos utensilios. Le pasaron el bebé a Jessie, que lo sostuvo en brazos mientras la doctora ataba y cortaba el cordón.

—Por favor, sécalo, envuélvelo y dáselo a su mamá. Querrá verlo antes de que llegue la ambulancia. Por cierto, soy Cassie Forrest. Medicina familiar. Dirijo esta clínica.

—Jessie McNichol. Internista. Trabajo en una clínica en la ciudad. Rigby y Wright, Medicina Internacional.

—¿Y qué haces aquí? —preguntó Cassie.

—Pasaba por aquí, he visto la clínica y, no sé, pero me han dado ganas de entrar. No me había fijado nunca.

—Solo llevamos seis meses abiertos y ya estamos llenos a diario. Nunca queda un asiento libre, y eso que hay muchas clínicas gratuitas por la ciudad. Esta es desde luego una de las más pequeñas.

—Hay que sentirse cómodo en los espacios reducidos para trabajar aquí.

Cassie se rio. Luego se colocó el estetoscopio que llevaba al cuello para escuchar el latido del niño. Jessie puso al bebé en brazos de su madre y entonces hubo un veloz intercambio de palabras en español entre paciente y doctora. Ella solo captó un poco. La madre quería saber si el bebé estaba bien. ¿Era lo bastante grande? ¿Lloraba lo suficiente? La doctora le aseguró que era lo bastante grande, que había sido un parto sencillo y que parecía estar sano, pero que tendrían que ir al hospital. La madre dijo que no tenía dinero para el hospital y la doctora le dijo que lo tendría todo cubierto porque sería solo una atención de urgencias. Le preguntó si podía llamar a su familia y la mujer le dijo que su marido iría cuando saliera de trabajar.

Había nacido su hijo, pero el hombre tenía que trabajar. Estaba trabajando, pero no tenía cobertura médica. A ver, tonta, de ahí lo de la clínica gratuita.

—Hola, Cassie —dijo una fuerte voz masculina. La puerta se abrió y un paramédico uniformado empujó una camilla—. Si me echas de menos, puedes llamarme cuando quieras. No tienes que armar todo este revuelo.

Cassie se situó a un lado de la mesa de exploraciones para hacer sitio a los paramédicos y al equipo que llevaban.

El chico era muy guapo. Jessie se sintió un poco aturdida solo de mirarlo.

—*Buenos días, mamasita* —le dijo en español a la mujer—. ¿Nos has traído un *bebito* nuevo? —continuó en inglés—. Es un niño guapísimo. Vamos a hacer un viajecito al hospital. El médico va a examinaros para asegurarse de que el bebé y tú estáis bien.

Cassie tradujo y la mamá, con las lágrimas cayéndole por las mejillas, les dio las gracias efusivamente. Incluso le agarró las manos a Jessie para darle las gracias a ella también. Cuando la sacaban de la estrecha sala, la enfermera soltó una bolsa sobre la camilla. Eran los pantalones de la mujer.

Una vez la sala se quedó vacía, Cassie empezó a limpiar. Por supuesto, en una clínica de ese tipo todo el mundo arrimaba el hombro. La doctora no recibió un trato especial como en las clínicas más caras y finas. Tiró el papel sucio, empezó a limpiar la camilla y llenó el fregadero de agua y antiséptico.

—Muy amable por pasarte por aquí —dijo riéndose—. ¿En qué puedo ayudarte?

—¿Necesitas ayuda?

—Qué va, esto está controlado. Mejor dime qué puedo hacer yo por ti.

—Creo... Es que creo que tal vez puedo ayudar aquí. ¿Como voluntaria o algo?

—¿En serio?

—Me parece emocionante. Y creo que tú estás hasta arriba.

—Joder, ya te digo. Quiero decir, sí, ya te digo. Sigo un proceso de selección incluso para los voluntarios. Tengo que registrarte y comprobar tus credenciales y licencias, y deberías conocer las instalaciones y a la plantilla, aunque eso no llevaría mucho tiempo. Tengo que investigarte por completo. Pero hoy estoy demasiado ocupada. Tendrá que ser otro día, probablemente cuando la clínica esté cerrada.

—Muy bien —dijo Jessie—. Te daré mi tarjeta. Puedes enviarme un *email* con la lista de todo lo que necesitas y te lo traeré cuando quedemos.

Cassie dejó de limpiar.

—No puedo pagarte, pero serías como un regalo caído del cielo.

Jessie le dio una tarjeta de contacto.

—Escríbeme pronto. Ahora mismo estoy de permiso cuidando de mi madre, que se está recuperando de un infarto cerebral y va fenomenal. Estaba pensando en volver al trabajo a media jornada de todos modos. Creo que esto podría ser lo que estoy buscando. Y cuanto antes mejor.

Anna había pasado toda la mañana con su secretario revisando unos casos y decidiendo si posponerlos, derivarlos a otro juzgado o resolverlos. El secretario era Cameron, que solo llevaba unos meses en el despacho. Pudieron cerrar algunos de los casos sin fijar una vista: acuerdos de propiedad, unas demandas y un par de agresiones. Después, se dedicaron a reubicar a Anna en lo que había sido el despacho de Chad.

—¿Ahora va a trabajar aquí? —preguntó él—. Dijo que no lo haría.

—Pensé en reformarlo y cambiar el mobiliario, pero he cambiado de idea. No pienso gastarme ni un centavo en este sitio solo por aplacar la rabieta de haber tenido el acceso prohibido durante tantos años. Ahora es mío, me guste o no. De todos modos, tampoco tengo pensado trabajar tanto desde casa. Tengo un despacho estupendo en la ciudad y me gusta estar ahí. Esta será mi oficina suplementaria.

—Lo que usted diga —dijo Cameron.

—Trabajaré aquí. Sí que he comprado una silla nueva, que debería llegar mañana. También tengo una torre y un monitor nuevos, y necesito que me los instales.

—Puedo hacerlo, sí.

—Claro que puedes. Me voy a mi dormitorio a entrar en una reunión por el portátil mientras tú traes del garaje esa gran pila de libros que hay y los colocas en las estanterías. Por favor, haz una lista con todo lo que necesito, desde bolígrafos hasta tabletas y Post-it, y haré el pedido.

—Yo puedo hacer el pedido del material de oficina para que lo traigan aquí.

—Vale. Pero tampoco exageres. No va a ser mi despacho de referencia. Tengo pensado trabajar en la ciudad la mayor parte del tiempo. Venga, pues ponte a ello mientras yo asisto a la reunión.

—Sí, señora.

Anna se fue a su habitación, se puso cómoda en un sillón situado en un rincón y abrió el programa de reuniones para tener su consulta con el doctor Norton. Tuvo que esperar unos minutos a que apareciera en la pantalla.

—¡Hola! ¿Qué tal? —dijo el hombre.

—Muy bien. ¿Y tú?

—Estoy teniendo un buen día. Dime, ¿qué planes tienes para Acción de Gracias?

Anna le contó que tenía pensado cocinar, que había estado haciendo listas, que sus hijos estarían en casa y que por fin se sentía muy cómoda en su entorno. El pánico a otro infarto iba disminuyendo cada día.

El doctor se tocó la cara, debajo de la nariz, y ella, mirando a la pantalla, dio un respingo sorprendida y sacó un pañuelo de papel de la caja que tenía en la mesa.

—Lo siento —dijo. Se secó la sangre que le salía de la nariz—. Esto es nuevo. Esta mañana he tenido una hemorragia nasal, ya voy por la segunda hoy. Voy a tener que dejarte un momento. A menos que quieras verme sangrar.

—¿Se lo has dicho al médico?

—Lo del sangrado ocasional no es algo raro. Los hematomas...

—¿Eso ha sido una respuesta?

—Se lo he comentado a Jessie, claro.

—¿Y le has comentado que has tenido dos hemorragias en un día? ¿Y algunos hematomas?

—Hoy está en la ciudad.

—¿Estás sola?

—Tengo a mi secretario aquí. ¡Ay, espera! La cosa se está poniendo fea.

Apartó el portátil y agarró más pañuelos. Se estaba limpiando la cara y tenía las manos llenas de sangre. Al final fue al cuarto de baño y se presionó una toalla contra la nariz. Con ella puesta, fue a la cocina. Sacó una compresa de hielo y se la puso en el puente de la nariz.

Olvidándose de la videollamada que tenía abierta en el ordenador, fue al sofá y se tumbó. Enseguida se le heló la cara, la compresa estaba superfría. No sabía cuánto llevaba ahí, intentando parar la hemorragia, cuando Cameron entró en la salita de estar, la miró y gritó:

—¡Joder! ¡Su Señoría!

—Me sangra la nariz.

—¡Pues parece que haya tenido un accidente de autobús!

Cameron corrió a la cocina y mojó unas servilletas de papel.

—Intente pellizcarse el puente de la nariz.

—Ya lo he hecho y no para.

Juntos se concentraron en frenar la hemorragia, pero durante los primeros quince minutos lo que hicieron básicamente fue acumular servilletas ensangrentadas en la mesita de café. Anna empezó a toser y atragantarse con la sangre que le caía por la garganta.

La puerta que daba al garaje se abrió de golpe y Jessie entró en la salita. Se encontró a un joven asistente inclinado sobre Anna y un montón de servilletas ensangrentadas sobre la mesita de café. Con calma se acercó a ellos y dijo:

—Madre mía. Quedaos ahí.

Abrió el maletín sobre la encimera de la cocina. Sacó algo, lo cortó con sus tijeras y volvió al sofá. Le metió a Anna una especie de algodón grueso por la nariz.

—Túmbate sobre los cojines y respira por la boca.

—¿Me has metido unos tampones por la nariz?

—Más o menos —dijo Jessie—. Creo que hay que ajustarte el anticoagulante.

—En lucha libre usamos tampones —dijo Cameron—. Funciona.

Anna se quedó ahí tumbada un rato con los hilos de dos tampones cayéndole por las mejillas.

—Esto está empezando a preocuparme —fue lo único que se le ocurrió decir.

Aunque llevó algo de tiempo, con la ayuda de

Jessie al fin lograron frenar la hemorragia. Jessie le limpió la cara, tiró las servilletas y llamó al médico de Anna, que le solicitó a la farmacia el cambio de medicación.

—Esto está dando muchos problemas —dijo Anna.

—Paciencia —le aconsejó Jessie—. Lo estamos logrando.

Capítulo 16

Era la víspera de Acción de Gracias y Michael estaba sentado en su apartamento, solo, tomándose una cerveza, lentamente. Había pensado salir con unos amigos, pero antes de llegar a planteárselo en serio, había perdido el interés. Podría haber ido a casa de su madre, pero Jessie y Bess estaban allí para quedarse a pasar la noche y ayudar con los preparativos para la cena. No tenía ganas de todo ese teatro de familia feliz. Ya no eran una familia feliz. Sentía que lo habían perdido todo con la muerte de su padre y luego otra vez al descubrir que él los había traicionado. Los había traicionado a todos, si te parabas a pensarlo.

El sonido del teléfono interrumpió sus pensamientos. Sonrió al ver que era Jenn. Lo único bueno que podía sacar de toda esa mierda era Jenn. La había llamado para contarle que su madre había sufrido un infarto y, gracias a eso, habían vuelto a hablar. Jess no habría podido decirle que se fuera a la porra cuando su madre podía morir.

A lo mejor había exagerado un poquito, haciendo que sonara mucho peor de lo que había sido. Había buscado compasión y no se avergonzaba en absoluto. Jenn, empática y amable, había estado dispuesta a hablar, lo había animado y le había ofrecido cualquier ayuda que pudiera necesitar. Pero lo que necesitaba era a ella. No la merecía, pero la necesitaba.

—¡Hola! —dijo él—. Feliz Acción de Gracias por adelantado.

—¡Igualmente! ¿Cómo está tu madre?

—Mejor, aunque la semana pasada se montó una buena. Al parecer, tuvo una hemorragia nasal muy difícil de detener. Aunque, una vez las cosas se calmaron y controlaron, hubo muchas risas. Jessie llegó y se encontró al secretario de mi madre intentando ayudarla y luego le metió dos tampones por la nariz. Le sacó una foto. Era para partirte de risa.

—Pobre Anna —dijo Jenn, aunque se rio.

—Creo que le han bajado un poco el anticoagulante. ¡No es buen momento para que mi madre tenga un accidente de coche!

—¡Como si hubiera un buen momento para eso! ¿Vas a cenar allí mañana?

—Claro, ¿dónde si no? ¿Y tú?

—Aquí, con mis padres y mis hermanas. Julie, Beau y los niños ya están aquí. El avión ha llegado hoy. Tommy y Susanne vienen en coche desde Sacramento y llegan mañana por la mañana. Se quedarán a dormir, claro.

Jenn era la pequeña de tres chicas y estaban muy unidas. Eran como amigas íntimas.

—¿Y tú también te quedas a dormir?

—La verdad es que ahora vivo aquí. He dejado mi apartamento. Voy a vivir con mis padres un tiempo para ahorrar dinero. A lo mejor en un año o dos puedo permitirme una casa pequeña. Es mi objetivo.

Él ahora podía permitirse una casa pequeña. Gracias a su padre. Al mentiroso e infiel.

—Pues no vas a tener mucha intimidad con ese plan.

—No necesito mucha intimidad, aunque sí que me gustaría invertir en algo más permanente y que no tenga vistas a un muro de ladrillo o a un aparcamiento. Además, voy a cumplir mi quinto año en el distrito escolar, así que tendré una buena subida de sueldo. Y he estado pensando en buscar un trabajo a media jornada.

—Vas muy en serio con ese plan de ahorro.

—Sí. Hay una escuela privada que ofrece servicio extraescolar hasta las diez de la noche para padres que trabajan. Pagan bastante bien y ya sabes cuánto me gustan los niños. Sería como si me pagaran por jugar.

—No te va a quedar mucho tiempo para ti. Ya sabes, para diversión adulta.

—Me las apañaré. ¿Tu madre podrá volver pronto al trabajo?

—Ha estado trabajando mucho desde casa, pero aún se encuentra un poco inestable y cansada. Está mejorando con fisioterapia y me he fijado en que ya no usa el andador, aunque también me he fijado en que se tambalea un poco cuando camina.

—A lo mejor se pone un poco nerviosa porque le preocupa caerse.

—Podría ser. No parece estar tomándose las cosas con calma, aunque Jessie no le deja hacer demasiado.

—¿Entonces mañana cenáis solos los cuatro?

—Bess tiene novio y va a pasarse un rato. Y nuestro amigo Joe va a pasar el día en casa de su hija en Bodega Bay, así que luego se pasará antes de volver a su casa. Pero nada más.

—¿Y la hermana nueva? Si no quieres hablar del tema, no pasa nada.

—No hay nada que hablar. Pero no, no va a venir. De todos modos, tampoco me molaría mucho. A ver, es que no es la hija perdida de mi madre; es la hija ilegítima y secreta de mi padre.

—En serio que me parece alucinante que tu madre la haya conocido, haya hecho amistad con ella, se haya molestado en conocerla bien...

—Mi madre es bastante liberal.

—Yo más bien creo que es compasiva y cariñosa.

—La bebé le parece una monada, pero no es su nieta. Es la nieta de mi padre... No mola nada.

—¿No te cansas nunca de ser tan prejuicioso? ¡Estas cosas llevan siglos pasando! Muchos reyes y muchas reinas han sido engendrados fuera del matrimonio. Unas veces esos escándalos han provocado guerras y, otras, han creado nuevas dinastías.

—Esto no es así.

—Pero no es culpa de tu hermanastra. Y, desde luego, no es culpa de la bebé. Tu sobrina, por cierto.

—Y tampoco es culpa mía.

—No seas infantil, claro que no es culpa tuya. Pero tienes una pariente consanguínea a la que no has visto en tu vida y deberías conocerla. Solo conocerla. No tienes que apoyarla, ni convertirte en su mejor amigo, ni nada. Solo salúdala. Si de verdad quieres ser un ser humano por encima de la media, podrías preguntarle si hay algo que le gustaría saber de tu padre.

—¿Y por qué iba a querer hacer eso?

—Porque admirabas y querías a tu padre —dijo Jenn con paciencia—. Según decía todo el mundo, era un tipo genial. Yo no lo conocía mucho, pero me caía muy bien. Tienes unos padres estupendos.

¡Y estaba orgullosísimo de ti! Que tuviera un desliz no tiene nada que ver contigo.

—Jenn, no sabes lo que es...

—Me parece que estás actuando como un niño consentido. Pero es tu vida. Si quieres castigar a tu padre enfadándote y negándote a aceptar a tu hermanastra, adelante. Pero creo que el único que saldría perdiendo serías tú. Bueno, será mejor que vaya a ayudar con los pasteles.

—Espera, no cuelgues aún. Vienen las fiestas. A lo mejor deberíamos quedar...

—Se terminaron las llamaditas para acabar en la cama, Michael. Lo siento.

—¡No te llamo para eso! —insistió él—. ¿No podríamos tomar un café? ¿O un helado? ¿O hablar solamente?

—Estamos hablando...

—¿Y por qué no hablar cara a cara?

—Creo que al final hemos discutido, y lo siento. A veces expreso demasiado mis opiniones. Lo que hagas con tu nuevo panorama familiar es asunto tuyo, no mío. No puedo evitar pensar que tu padre... Bueno, qué sabré yo. Pero me parece que tu madre es más generosa, que siempre ha intentado hacer lo correcto, ¿me entiendes?

—¿Y crees que conocer a Amy es lo correcto?

—Yo no he dicho eso. Creo que presentarte, decirle quién eres, verla, es lo correcto. A lo mejor, si lo haces, descubres que no tenéis nada más que hablar. ¿Pero retraerte y enfadarte por eso, por ella? Eso sí que me parece mal. Hace que parezca que tú eres el único afectado, pero en este drama hay otras personas también.

—Sí que las hay. Cuéntame qué tal tus hermanas. Cuéntame qué hacen los niños. Cuéntame qué vais a preparar para la cena de Acción de Gracias.

Ella se rio.

—Qué bien se te da cambiar de tema.

Pero la intención de Michael no era solo cambiar de tema. No quería despedirse de ella.

A la mañana siguiente llamó a Jessie. Le preguntó por los detalles de la cena, a qué hora sería y si hacía falta que llevara algo, a lo que ella respondió riéndose:

—Lo dudo, Michael. Pero a lo mejor luego te decimos que ayudes a recoger.

—Claro.

Entonces encendió el ordenador y con solo un nombre y un número de teléfono localizó a su misteriosa hermana en Alameda Island. Sabía lo poco que les había contado su madre: que era enfermera de práctica avanzada, que estaba casada con un médico y que los dos trabajaban en la ciudad. Los hospitales no cerraban en festivos y tal vez estuvieran trabajando, pero no se atrevía a llamar primero para comprobarlo. En lugar de eso paró en un puesto callejero, compró un ramo de flores, condujo a la isla y bajó del coche. Llamó suavemente a la puerta principal.

Una mujer preciosa de más o menos su edad abrió. Al ver las flores exclamó:

—¡Anda!

—Siento molestarte en un día festivo. Me llamo Michael McNichol.

Ella se llevó una mano a la boca y los ojos se le llenaron de lágrimas.

—¡Ay, Dios! ¡Te pareces a él!

—Debería haber llamado —dijo Michael titubeando.

—Pasa —dijo Amy emocionada—. ¡Pasa!

—¡Amy! —gritó una voz masculina desde dentro—. ¡Voy a llegar tarde! ¿Puedes venir y...?

Un hombre guapo apareció en el vestíbulo con una bebé apoyada en la cadera. Llevaba uniforme de hospital y unas zapatillas deportivas.

—Nikit, te presento a Michael McNichol. Michael, mi marido, Nikit Singh, y nuestra bebé, Gina.

La bebé hundió con timidez la cabeza en el hombro de su padre mientras Nikit alargaba una mano.

—¿Qué tal? Lo siento muchísimo, pero tengo que irme al trabajo. Amy, ¿estás bien? —preguntó al pasarle a la niña.

—Claro, Nikit. Luego nos vemos.

—Debería haber llamado —repitió Michael—. Es festivo y todo...

—Para nada, nos alegramos de conocerte. Siento no poder quedarme. Amy tendrá que contármelo todo luego.

Le dio un beso en los labios a su esposa y se despidió con la mano antes de salir por la puerta trasera.

—Hoy está de guardia en Urgencias. Ven a la cocina —dijo Amy intentando cargar con la bebé y las flores.

Michael la siguió. Ella metió las flores en el fregadero y sentó a la bebé en la trona. Le echó unos Cheerios en la bandeja.

—¿Te apetece una taza de café?

—Parece que estás cocinando y no quiero...

—No pasa nada, en serio. Es solo mi contribución a la cena. Luego vamos a juntarnos con unos vecinos. Tengo todo el día para preparar el plato.

—Esto ha sido improvisado. No lo he pensado mucho. Mi madre me dio tu nombre y tu número. Nos lo dio a todos. En un rato voy a su casa. He pensado...

—Me alegro de que hayas venido —dijo Amy, y sin volver a preguntárselo, le preparó una taza de café—. ¿Cómo está Anna? He hablado con ella por teléfono unas cuantas veces y parece estar bien; fuerte y hablando con coherencia. Pero no la he visto.

—Ha tenido una hemorragia nasal importante.

—Esos dichosos anticoagulantes. ¿Leche y azúcar?

—No, gracias. Pero ahora parece estar bien.

Amy le sirvió el café y, mientras salía el que se estaba preparando ella, le puso a Gina un poco de leche en un vasito para bebé.

—Tenéis suerte de tener una doctora en la familia. Seguro que tu hermana está cuidando muy bien de tu madre. Michael, tengo curiosidad por tu trabajo como profesor. Cuéntame algo, ¡por favor!

Él le describió su día típico impartiendo clases de Educación para la Salud, sustituyendo a otros profesores de vez en cuando, dando algunas clases de gimnasia y ejerciendo de entrenador de fútbol en otoño y de béisbol en primavera y verano.

—El año que viene en invierno voy a ayudar en lucha libre. Para asegurarme de no tener libre ni una sola tarde.

—Pero tienes libres los veranos, ¿no?

Él asintió.

—Casi siempre busco trabajo en verano. Los últimos años he estado trabajando en Costco cuando tienen una vacante para mí.

Él le preguntó por su trabajo y ella le explicó

que era enfermera de práctica avanzada en Salud Femenina, que trabajaba en el mismo hospital que su marido y que Nikit era cirujano vascular. Se conocieron cuando él estaba haciendo la residencia en el mismo hospital.

—Llevamos casados casi cuatro años.

—Te casaste joven —observó Michael.

—Estaba enamorada perdidamente. Nikit es el hombre y el médico más maravilloso del mundo. ¿Quién iba a decirle que no?

Charlaron un rato sobre el Área de la Bahía, sus familias, sus planes de futuro. Gina asentía en su trona mientras disfrutaba de los Cheerios y la leche.

—Quiero que sepas que, en el poco tiempo que pude pasar con tu padre, siempre habló de sus hijos con gran orgullo.

Y Michael se sorprendió diciendo:

—Nuestro padre.

Jessie llevaba todo el día en la cocina, pero para ella fue como un día de descanso. Escribió a su hermano cuatro veces pidiéndole que de camino a casa parara en el supermercado a comprar mantequilla, crema, panecillos y aceitunas verdes grandes rellenas de pimiento. La mantequilla era para los panecillos y para las verduras, la crema para el café, los panecillos porque sí y las aceitunas porque, después de estar cocinando todo el día, a Jessie le apetecía un martini.

—¡Gracias! —dijo con efusión cuando él entró por la puerta—. Eres el mejor hermano del mundo.

Había preparado la cena tradicional de Acción de Gracias tal como la habían hecho siempre sus padres. Ella solía ayudarlos, pero nunca había tomado las riendas en la cocina de su madre a pesar de que cocinaba el doble de bien que ellos dos. Lo cierto era que hacía siglos que no se divertía tanto. De hecho, la última semana había sido una locura de divertida.

El pavo saldría del horno en treinta minutos. Mientras reposaba, antes de trincharlo, haría el puré de patata, calentaría los panecillos, saltearía las verduras con mantequilla y emplataría el relleno. La salsa fue lo único con lo que hizo trampas, y no porque tuviera problemas para cocinarla. Su salsa era pura perfección. Fue una cuestión de tiempo. Quería que todo estuviera caliente cuando lo sirviera. Así que compró salsa de pavo elaborada en la tienda *gourmet* y la calentó.

Sacó una sofisticada bandeja de queso, galletas saladas y fruta, y sirvió vino para todos. Solo un poco. Últimamente, la familia McNichol era una farmacia andante. Bueno, al menos Anna y Bess.

La mesa estaba preciosa gracias a Bess. Ayudaba mucho que la persona con un poco de trastorno obsesivo compulsivo fuera la que preparara la mesa. Jessie imaginaba que, si lo medía todo, vería que había una distancia exacta entre los cubiertos y los platos de cada servicio.

Por primera vez Blanche no estaría con ellos en la cena de Acción de Gracias. Ya no saldría de la residencia de deterioro cognitivo. Tenía las piernas débiles e hinchadas, solía tener incontinencia y podía aturdirse muchísimo. Anna y las chicas habían pensado ir a visitarla el domingo por la tarde.

Jessie puso la bandeja de queso y el vino en la mesita de café para que su familia tomara algo mientras ella le daba los últimos toques a la cena. Luego lo llevó todo a la mesa y se preparó ese martini, que resultó tan fresco, helado y chispeante como si lo hubiera preparado un profesional.

—¡Venid a la mesa, por favor! —gritó mientras dejaba su copa frente a los asientos de sus hermanos.

—¿Un martini? —preguntó Michael al sentarse.

—Me lo he ganado. ¿Quieres uno?

—Creo que me voy a ceñir al vino, pero gracias.

Hubo muchas exclamaciones de elogio mientras los platos iban pasando de uno a otro. Jessie irradiaba felicidad por sus muestras de reconocimiento.

—¡Excelente, Jessie!

—¡Qué talento tienes para la cocina!

—La mejor cena que hemos tenido.

No fue hasta que casi habían terminado del todo cuando Jessie dijo:

—Nunca me había encargado por completo de la cocina. Ojalá papá estuviera aquí.

—Se habría sentido orgulloso —dijo Anna.

—Jess, ¿hay un hombre nuevo en tu vida? —preguntó Michael.

—No, ¿por qué?

—¡Porque llevas semanas de buen humor!

Jessie se rio.

—Ningún hombre. Aunque sí que estoy cambiando algunas cosas. Creo que debería contároslas. Lo primero... voy a tener perro.

—No hemos tenido un perro en la familia desde Bruce —dijo Anna.

Bruce fue el perro con el que crecieron los niños y que casualmente murió justo cuando Bess se estaba preparando para marcharse a la universidad.

—¿Qué clase de perro?

—Un Spaniel King Charles monísimo. Tiene cuatro años y necesita un hogar. Mañana voy a recogerlo. He estado viendo refugios por Internet y en persona durante las dos últimas semanas y conocí a una voluntaria majísima que prometió estar pendiente de buscarme un buen perro rescatado. Y así ha llegado Wriggly, un perrito adorable. Su dueña se va a mudar a una residencia y no puede seguir cuidando de él. Sus hijos y sus nietos no viven cerca y están demasiado ocupados para Wriggly, así que ella está buscando a alguien que esté dispuesto a llevarlo a visitar a su antigua dueña de vez en cuando —dijo encogiéndose de hombros—. Facilísimo. Lo haré encantada. Los he conocido ya y le he caído bien a Wriggley. La señora Sinclair lleva fatal lo de tener que separarse de él, pero... Me temo que no hay otra solución.

—¿Cómo vas a poder apañarte con tus horarios? —le preguntó Anna.

—En primer lugar, está muy bien educado y adiestrado, aunque tampoco ha estado solo mucho tiempo porque su dueña tiene ochenta y seis años. Y en segundo lugar, ya he buscado una guardería de día en la zona. Lo he apuntado.

Jessie sonrió y se le iluminó la cara.

—Estoy emocionadísima.

—¿Vas a traerlo aquí? —preguntó Anna.

—¿Sería un problema? Yo cuidaré de él, no espero que vayas a hacerlo tú. Pero lo llevaré a la guardería cuando esté trabajando. Así estará acompañado por otros perros.

—¿Esto es lo que te tiene de tan buen humor? —preguntó Anna—. ¿Tener una mascota?

—Puede, pero hay otra cosa. He empezado a ayudar en una clínica gratuita. Es la Clínica Gratuita Bayside, en el extremo noroeste de la ciudad. Pasé un día solo para preguntar por las instalaciones y ayudé en un parto.

—¿Y no habías dicho nada? —preguntó Anna impactada—. ¡Es algo demasiado trascendental como para no haberlo contado!

—Ya —dijo Jessie—. Las prácticas en Obstetricia nunca fueron mis favoritas, pero cuando una mujer se puso de parto en la clínica, entré en acción, me acordé de todo y pude ayudar. La doctora y el resto del personal de esa pequeña clínica de atención primaria me dejaron tan impresionada que me ofrecí voluntaria. Tuve que esperar a que me dieran la aprobación, porque primero tenían que investigarme y aceptarme. El proyecto lo lleva una junta directiva muy seria.

—¿Y qué pasa con tu clínica?

—Eso. En la clínica gratuita no te pagan, ¿no? —preguntó Michael.

—No, pero voy a arreglarlo con mi clínica para reducir mi jornada allí. Entre el señor Wriggly y la clínica, voy a tener la agenda muy completa. Pero no te preocupes, mamá. Tú eres mi prioridad absoluta. Además, estoy segura de que pronto me vas a dar la patada.

—La semana que viene voy a volver al juzgado a media jornada. Hasta Navidad. Puedo ir en Uber a la ciudad. Seguiré trabajando en casa parte del tiempo si es que no he espantado a mi asistente con mi nariz sangrante. Ya es hora de que siga adelante.

—Aquí ya todo está casi volviendo a la normalidad —dijo Jessie—. Menos la silla vacía. Lo echo mucho de menos. Unos días más que otros.

—Yo también tengo noticias —dijo Michael—. Hoy he ido a visitar a nuestra hermana. Es majísima.

Capítulo 17

Jessie no pensaba que su vida pudiera cambiar tanto en tan poco tiempo. Al día siguiente a Acción de Gracias fue a casa de la señora Sinclair a recoger al señor Wriggly y se lo llevó a casa de su madre. Tenía una carita tan dulce que Anna se enamoró al instante. Wriggly tenía una bonita cama, un transportín acolchado, cuencos y juguetes. Pero esa noche, cuando se fueron a dormir y Wriggly puso sus patitas sobre la cama de Jessie, ella lo ayudó a subir y él se acurrucó a su lado. Lo notó moverse unas cuantas veces y a la mañana siguiente lo encontró con la cabeza en su almohada.

El lunes lo llevó a la guardería, pero solo medio día, y estuvo pensando en él todo el tiempo. Lo recogió al mediodía.

—Todo el mundo quiere al señor Wriggly —dijo una de las mujeres que cuidaban a los perros—. Es muy simpático, muy sociable, y ha hecho muchos amigos nuevos. Está muy bien educado.

El martes y el jueves Anna fue a fisioterapia, y el miércoles y el viernes, al juzgado. Jessie insistió en acercarla y luego llevarla de vuelta a casa. Cuando el sábado por la noche estaban tomando una cena tranquila, Anna estableció nuevas reglas.

—Creo que ya puedo apañarme sola. Han pasado seis semanas desde el infarto. Ya me dejan conducir, mi analítica está bien y no me preocupan las hemorragias nasales maratonianas.

—No me importa quedarme y ayudarte. Al menos hasta que esté segura de que estás comiendo, durmiendo y moviéndote sin perder el equilibrio.

—Si tengo algún problema, te llamaré. Además, creo que quiero recuperar mi casa.

—Vale. Me volveré con Wriggly a mi piso.

Y ya era hora de empezar a buscar una casita con jardín para Wriggly, pensó Jessie. Estaba enamoradísima. No creía que pudiera querer tanto a una mascota.

Cuando era pequeña tuvieron a Bruce, un labrador amarillo al que por supuesto quería toda la familia. Vivió hasta los quince años. Los perros grandes no vivían tanto como los pequeños como Wriggly. Murió cuando Bess iba a empezar la universidad. Ninguno de los hermanos, por entonces ya independizados, se planteó tener otro perro. No de momento, al menos. Estaban ocupados y trabajando todo el tiempo.

Pero ahora el momento era perfecto.

Jessie adoptó una rutina muy buena. Trabajaba en la clínica tres días y medio a la semana y, si Cassie necesitaba su ayuda, que era siempre, le daba otro día o dos más a la semana. A veces, si la clínica abría por las noches, iba unas horas también. Luego volvía a casa corriendo con Wriggly y daban un paseíto o veían una película juntos.

La Navidad se avecinaba rápidamente y Jessie le dijo a su terapeuta:

—Aunque solo hace nueve meses que murió mi padre, me gustaría hacer todo lo posible para que estás sean nuestras mejores Navidades.

—¿Qué opina el resto de la familia? —preguntó el doctor Norton.

—Bueno, a Bess puedo convencerla, aunque seguro que hará una lista de requisitos y una hoja de cálculo con las actividades y un horario. Es su forma habitual de manejar las cosas. Michael puede que también se apunte. Es muy complaciente. Mamá se sentirá aliviada de quitarse de encima la presión de prepararlo todo. Se pasa todo el tiempo preocupada por si nos estamos adaptando a los cambios que ha habido en nuestra vida.

—Parece que tú sí te estás adaptando.

—Odio decir esto, pero el infarto de mi madre ha sido un regalo para todos en cierto modo. Estábamos tan aterrados con la idea de perderla a ella también que nos unimos como nunca en años. Michael y yo siempre estábamos compitiendo entre nosotros, rivalizando por el amor y la aprobación de nuestro padre. Yo intenté hacerlo a base de conseguir logros y Michael lo hizo a base de ser el compañero de juegos favorito de papá. Ninguno sentimos ya esa presión. Los dos lo echamos de menos de forma distinta.

—Dime de qué formas ha cambiado tu vida en los últimos seis meses, Jessie.

—¡Ya lo sabe! Vengo todas las semanas, y todas las semanas parece haber algo nuevo que contar. No me sobra ni un minuto, pero a principios de año voy a empezar a buscar casas. Wriggly y yo necesitamos algo más de espacio. Un jardín tal vez.

—Suena muy bien, aunque no sé de dónde vas a sacar tiempo.

—Los domingos por la tarde. Y puedo llevarme a Wriggly a mirar casas. En Sausalito no hay mucho dentro de mi presupuesto, pero puede que haya algo en Mill Valley, cerca de mi madre.

—Lo estás pasando muy bien con el señor Wriggly, ¿no?

—Es un sueño. Nunca nadie me ha querido como me quiere él. Si pudiera, me casaría con él.

—Yo, la verdad, es que no siento lo mismo por Gretchen, aunque he de confesar que lo quiero mucho. ¿Cómo han cambiado tus sentimientos en los últimos meses?

—No estoy segura.

—¿Sigues escribiendo el diario?

—Sí, y por lo que veo cuando lo leo, tengo una vida aburrida.

—Pero no es así. Tienes una vida ocupada y, me atrevería a decir, satisfactoria. Tienes un nuevo miembro en la familia, una nueva vocación en la pequeña clínica, tu familia parece estar bien y tú has contribuido muchísimo a ello. Y aun a riesgo de parecer condescendiente, no estás nada gruñona.

Ella se rio.

—Será porque estoy demasiado ocupada para estar gruñona.

—No es verdad. Estás en un camino de descubrimiento personal. Esta semana escribe sobre cómo te sientes y cómo han cambiado tus sentimientos. Es una tarea.

—¿No puede decírmelo usted? Porque algo me dice que cree que sabe un poco al respecto.

El doctor esbozó una juvenil sonrisa.

—Buen intento, doctora. Has estado haciendo cosas distintas de las que hacías cuando viniste a la primera sesión y sugiero que eso ha generado cambios en cuanto a cómo te sientes.

—Posiblemente. Pero ninguno de esos cambios ha sido intencionado. Menos Wriggly. Lo busqué a propósito y ha cambiado mis sentimientos. Estoy profundamente enamorada.

El doctor anotó algo en un papel y se lo dio.

Ya sea circunstancial, intencionada o accidentalmente, ¿cómo han afectado distintas acciones a distintos sentimientos?

—Vale —dijo Jessie—. Haré una lista.

—¿Y podrías enseñarme alguna foto de Wriggly? Porque sé que tienes alguna.

—Claro —dijo ella sonriendo antes de sacar el teléfono y enseñarle muchas fotos.

—Tienes razón, Jessie. Es un perro precioso y tiene pinta de ser muy dulce.

Porque estaba cerca, decidió ir a su restaurante mexicano favorito. Fue directa a la barra, donde una sonriente camarera la saludó.

—*Hola* —dijo en español—, doctora Jessie —añadió pronunciando el nombre con acento.

—*Hola* —respondió Jessie también en español—, Marcita. ¿Cómo estás?

—Genial. ¿Le busco mesa hoy?

—No, gracias. Solo quiero tres tacos para llevar.

—*Sí. Un momento.*

Se sentó en un taburete a esperar y decidió escribir en el diario que, por la razón que fuera, últimamente los camareros y las camareras parecían más simpáticos, aunque también podía ser por las Navidades. El restaurante estaba decorado, al igual que muchos otros establecimientos. De hecho, Cassie y su marido habían pasado la semana anterior decorando la clínica. Eso le recordó que sus padres siempre habían decorado mucho la casa y que este año Anna estaría sola y aún recuperándose. Por eso le diría a su madre que no empezase con la decoración y se aseguraría de ayudarla. Llamaría a Michael para que fuera también. Tendrían que hacerlo rápido, antes de que Anna quisiera ponerse con ello.

Recogió los tacos, dejó una buena propina y le deseó una feliz Navidad a la camarera. Cuando se marchaba, alguien la llamó. Se giró y vio a Patrick sentado en su mesa favorita de la terraza, ahora caldeada con radiadores. No estaba allí cuando ella había entrado. Se habría fijado. Se había acostumbrado a mirar hacia esa mesa en particular.

Fue hacia él.

—Hola, Patrick. ¿Cómo estás?

—Genial, pero ¿cómo estás tú? ¿Y cómo está tu madre? ¿No te quieres sentar un momento?

Jessie se lo pensó un instante y se sentó frente a él.

—Pero solo un momento. Mi madre está muy bien. Viene a la ciudad, a su despacho y al juzgado un par de días a la semana como mínimo. Aún están ajustándole el anticoagulante, pero deberías verla, tiene un aspecto estupendo. Y está muy enérgica. Me ha echado y me ha mandado de vuelta a mi piso porque dice que ya tenía ganas de recuperar su casa. Si quieres que te dé mi opinión, es una *crack*.

—Es extraordinario. ¿Y tú qué tal?

—Genial, gracias. He pasado a por unos tacos para llevar.

—¿Tienes mucha prisa? Me encantaría invitarte a una copa de vino.

Ella levantó la bolsa.

—No sé. Tengo un caballerito esperándome.

Él sonrió.

—¿Y quién es?

Jessie soltó la bolsa y sacó el móvil del bolso para enseñarle unas fotos del señor Wriggly.

—¿Y este quién es? —preguntó Patrick.

—Es una locura. Pensé que debía tener un gato, ya sabes, algo peludo y calentito que estuviera esperándome en casa y dependiendo de mí para darle de comer, pero me he enamorado de un pequeño Spaniel. El primero lo vi en una tienda, claro, pero luego una mujer muy maja de un centro de rescate me habló de Wriggly porque su dueña tenía que entrar en una residencia de ancianos y deshacerse del perro. Wriggly y yo hemos prometido ir a visitarla de vez en cuando. Es algo que nunca había pensado, lo que les pasa a las mascotas cuando sus dueños enferman o mueren. Pero estoy loca por este canijo.

—Seguro que últimamente tienes a mucha gente dependiendo de ti.

La misma camarera que le había dado a Jessie la bolsa para llevar le sirvió a Patrick sus nachos, su pedido habitual.

—Jessie, vamos a pedirte una copa de vino. Pon tus tacos para llevar en un plato y ayúdame con mis nachos. Tenemos que ponernos al día.

—No quiero entretenerte. Imagino que tendrás que volver al hospital...

—Ya he terminado por hoy. Me voy a tomar una cerveza. Me gustaría que me contaras cómo está el resto de la familia. ¿Alguna incorporación nueva?

La camarera le quitó la bolsa a Jessie y desapareció. En tiempo récord volvió con los tacos emplatados y el único vino que pedía ella, como si supiera lo que le gustaba. Jessie sonrió.

—Ninguna incorporación nueva si no conta-
mos al novio de Bess, al que ha mantenido en secreto desde hace un año. Pero tampoco es porque
Bess sea reservada o nos lo haya ocultado a propósito. Es por esa mentalidad tan literal que tiene.
No nos dijo nada de él porque nadie le preguntó si
tenía novio. Bueno, y sí que hay más incorporacio-
nes. Después de que... —Se detuvo antes de decir
«rompiéramos»—. Acabo de enterarme de que
mi padre tenía una hija que mantenía en secreto.
Mi madre fue la primera en saberlo. Es enfermera
de práctica avanzada y está casada con un médico.

—¿Qué médico? —preguntó él interesado.

—Nikit Singh. Un cirujano vascular.

—¡El mejor! ¡Lo conozco desde hace años! Es un
tipo alucinante. ¿Su mujer es tu hermana?

—Aún no la conozco, pero tengo pensado hacerlo. Mi madre y mi hermano ya conocen a los Singh
y solo dicen cosas buenas de ellos. La situación
confunde un poco. Hasta que no murió mi padre
no supimos que teníamos una hermana secreta.
Mi madre sí que sabía que había habido una relación, pero... —Se encogió de hombros—. Desde
luego, no es culpa de Amy.

—Ni de ninguno de vosotros —añadió él. Le
acercó el plato de nachos—. En todas las familias
hay problemas y secretos oscuros. En unas más
que en otras.

—Eso estoy descubriendo.

—Te están pasando muchas cosas, ¿no?

—Y luego está lo de la clínica. Eso fue totalmente accidental. La vi, entré por curiosidad y ayudé a
traer un bebé al mundo. Ahora trabajo como voluntaria allí. Aunque no voy todos los días porque

tengo que trabajar. Pero es un lugar pequeñito y alucinante, con un personal entregado que hace milagros a diario.

Resultó que Patrick también había trabajado como voluntario en una de las clínicas gratuitas de la ciudad cuando empezó su carrera, antes de estar tan ocupado. Aun así, parecía encandilado por la experiencia de Jessie y le hizo un montón de preguntas.

Luego intentó pedirle una segunda copa de vino.

—No, gracias. Me ha encantado verte, ¡sobre todo sin tener en peligro la vida de un familiar! Tengo que irme.

—Deja que te lleve al puente —dijo Patrick refiriéndose al Golden Gate en Sausalito.

—Eres muy amable, pero hoy he venido en coche porque tengo aparcamiento en la clínica. Y tengo que pasar a recoger a Wriggly a la guardería.

—¿Guardería? —preguntó él con una carcajada.

—Sí. No quiero que esté solo todo el tiempo, y allí tiene amigos. Es un hombrecito muy sociable.

—Últimamente estás muy volcada en los demás.

—Estoy muy feliz —dijo Jessie, y se sobresaltó. ¿Podría ser eso? ¿Podría ser ese el cambio y la felicidad era el resultado?—. Sienta bien ver que otros te necesitan.

Lo cierto era que todo el mundo la necesitaba. Como nunca antes.

Patrick le cubrió la mano con la suya.

—Me gustaría volver a verte, Jess. Te he echado de menos.

Se quedó un poco sorprendida.

—¿En serio? ¡Me dijiste que era una señal de peligro!

—Tuvimos un problema. Uno algo feo. Y yo no estaba en posición de invertir... a ver cómo lo digo... mucho tiempo en alguien que estaba infeliz y rabiosa.

Ella envolvió con cuidado el último taco. Era para Wriggly.

—Creo que lo has dicho bien. Muchas gracias por la copa de vino. Me ha encantado verte y me alegro de verte tan bien.

Él se levantó.

—Jessie, ¿quieres cenar conmigo algún día?

Ella se colgó el bolso del hombro.

—No. Cuídate.

Se giró y se marchó. Lo primero que pensó fue: «¿Cómo se atreve?». Lo segundo fue: «Seguro que a mi Wriggly precioso le va a encantar este taco».

Michael y Jenn daban clase en Richmond, justo frente a Mill Valley, al otro lado de la bahía, pero en centros distintos. Él daba clase y entrenaba en un instituto y Jenn era maestra de primaria. Michael había estado buscando casas por la zona exhaustivamente. Jenn quería una casa. Tal vez fuera la única baza que tenía él.

Era domingo por la tarde cuando fue a casa de los padres de ella. Para variar hacía sol, algo que no veían mucho en el Área de la Bahía. Era un precioso pero frío día prenavideño.

Para asegurarse, había hablado con Jenn esa mañana y le había preguntado cómo iba a pasar el día, a lo que ella había respondido que haciendo un poco de repostería a la vez que veía, como todos los años, *Tú y yo* seguida de *Holiday Inn*. Por eso no se sentía demasiado mal por interrumpirle el día.

Esas películas podía verlas luego. A lo mejor hasta lo invitaba a verlas con ella.

Llamó al timbre y Jenn abrió. Estaba preciosa. No podía dejar de pensar en ella. Lo tenía perdidamente enamorado.

—Hola. ¿Estás demasiado ocupada para un regalito?

—¿Qué clase de regalito?

—Me gustaría enseñarte algo. No voy a decirte qué. Quiero enseñártelo. Tardaremos alrededor de una hora.

—Estaba sacando todos mis utensilios de repostería. Iba a empezar a pesar. ¿No puede esperar?

—La verdad es que no. Tiene límite de tiempo. ¿Por qué no agarras una cazadora y nos vamos?

—Odio las sorpresas —dijo ella manteniéndose firme.

—Las odias cuando no salen bien. Pero a veces te encantan. Creo que esta te va a gustar.

—Me parece que tramas algo.

Él le sonrió.

—Claro. Si no, no sería una sorpresa. Anda, venga, anímate.

—De acuerdo. ¡Pero más te vale que no sea ningún truco!

—No es ningún truco, Jenn. Es una sorpresa. Son dos cosas muy distintas.

Jenn agarró una cazadora vaquera y gritó que se marchaba con Michael a ver una cosa, pero que volvería en una hora. Se subió al SUV y se abrochó el cinturón.

—¿Cómo están todos en casa?

—Parece que bien. Mi madre acaba de volver a la normalidad. Bess sigue tan rara como siempre, pero está bien. A Jess ya no la veo mucho, lo cual es bueno, pero parece una persona nueva desde que tiene perro. Wriggly es genial. Para ser un perro pequeño, no es ladrador ni pesado. Es guay.

—Estoy deseando conocerlo.

—Ya he visto que tu padre ha puesto la iluminación navideña.

—¡Uy, sí, está a tope! Luego van a traer el árbol de Navidad y a empezar a sacar adornos. Mi madre ha estado comprando como una loca, preparándose para dejar alucinados a los nietos. Como los padres de mi cuñado viven más o menos cerca, estaremos todos juntos casi todo el tiempo. La mañana de Navidad seguro. Tendremos que compartir a los niños un poco. Y las familias políticas vendrán a cenar una noche. Tenemos un montón de listas para ir organizándonos.

—Aún no has buscado ese segundo empleo, ¿no?

—No, estoy esperando a que pasen las Navidades. Muchos alumnos de instituto y muchos universitarios trabajan a media jornada aprovechando las vacaciones. No tengo necesidad de competir con ellos.

—¿Qué tal vivir con tus padres?

—Sorprendentemente bien, teniendo en cuenta que soy la pequeña y que no dejan que lo olvide ni un segundo. Me extraña que no me hayan puesto un toque de queda.

—¡Anda! ¿Significa eso que estás saliendo mucho?

Jenn lo miró.

—He salido a tomar unos vinos con las chicas un par de veces, pero no he salido con ningún chico, si es lo que intentas preguntarme con tanta torpeza.

—Justo eso.

—¿Adónde vamos?

—Lo sabrás cuando lleguemos.

—¿Vamos a catar vinos? ¿Vamos a un viñedo?

—No. ¿Cómo está tu abuela?

—Bien. Va a pasar la Navidad con nosotros. ¿Y la tuya?

—Blanche no está tan bien. Se está deteriorando mucho. A la pobrecita se le va la cabeza casi todo el tiempo, pero creo que está bien en la residencia. Siempre ha tenido un don para hacer amigos, aunque no los recuerde ni a ellos ni sus nombres una hora después.

—¿Adónde vamos? —volvió a preguntar Jenn de forma más enérgica.

—Ahí al lado. No está muy lejos. En San Rafael. ¿Has estado? Está muy cerca, pero creo que solo lo he cruzado o pasado por delante. Es un pueblecito con buena pinta. Buenas carreteras, montones de barrios antiguos con jardines superbonitos. ¿Has estado?

—Creo que no. ¿Qué hay en San Rafael que quieres enseñarme?

—Solo dame cinco minutos, Jenn.

—No sé por qué no me lo dices.

—Vale. Me diste una idea y empecé a mirar casas. Hablé con una agente inmobiliaria y le di mis parámetros de búsqueda: tiene que estar cerca del trabajo, tener al menos tres dormitorios y una construcción sólida, y no estar deteriorada. Le dije que puedo hacerle algún apaño estético, pero que no soy constructor y que no sé hacer trabajos eléctricos ni de fontanería complicados ni poner un tejado nuevo. He mirado unas cuantas casas —dijo y silbó—. Son caras. Pero mi padre me ha dejado algo de dinero y mi madre me ha dicho que, cuando hicieron los testamentos, su intención era ayudarnos a comprarnos una casa. Porque en California es muy difícil comprar una casa. Así que, como tenía algo de dinero y tengo un trabajo estupendo, me puse a mirar y encontré esta monada de casita en un vecindario agradable. Las casas son un poco viejas, pero los dueños no. La mayoría del vecindario es joven.

—¿Has estado mirando casas?

—Este es el barrio. Mira qué bonito, y eso que estamos empezando el invierno. El césped y los jardines están muy bien cuidados. La mayoría de las casas tienen garajes independientes en la parte trasera. Ya, hay muchos coches aparcados en las calles. Es esa.

Jenn vio una casa estilo misión y a una mujer trajeada y en tacones de pie en la acera.

—Madre mía, ¡es rosa!

—Sí, es lo malo. Vamos a verla por dentro...

—¡Es rosa! Y no un poco rosa. ¡Rosa como el jarabe Pepto-Bismol!

—Lo sé, pero venga, vamos. El interior es alucinante.

Presentó a Jenn y a Maura Cummings.

—Gracias por tomarte las molestias de volver a enseñarme la casa en domingo. Quiero saber la opinión de Jenn antes de tomar una decisión.

—Lo entiendo perfectamente —dijo Maura.

—Es megarrosa —dijo Jenn.

Maura se rio y respondió:

—Sí que lo es, sí. Pero eso se puede cambiar en cuestión de horas. Incluso podemos incluirlo como condición de venta.

La puerta principal era preciosa, con una entrada arqueada de influencia española. El vestíbulo era grande, el salón y el comedor amplios, y desde dentro se podía ver un acogedor patio cubierto. Las habitaciones tenían suelos con baldosas españolas naranja tostado y zonas cubiertas por unas densas y suaves alfombras. La encimera de la cocina era de cuarzo blanco roto. La cocina era grande; con isla, barra de desayuno y de todo. Parecía remodelada recientemente. A la derecha de la cocina había un dormitorio grande y un baño con ducha. A la izquierda del salón, un dormitorio principal con un baño grande con bañera y ducha. Al lado había un tercer dormitorio.

—Tres dormitorios, dos baños, casi ciento cincuenta metros cuadrados, y cocina y baño principal reformados recientemente. Los propietarios la mandaron inspeccionar y está en un estado excelente.

—¡Guau! ¡Por dentro es superbonita! —dijo Jenn.

Maura se dirigió hacia las puertas correderas del comedor y las abrió.

—Mira esto. A los dueños les gustaba hacer reuniones y fiestas fuera, y se tomaron muchas molestias en asegurarse de que resultaba atrayente y acogedor. Por supuesto, dejarán esa maravillosa barbacoa de gas si la queréis.

El jardín estaba exuberante y parecía cuidado por manos expertas, con unos árboles lo bastante crecidos para impedir que los vecinos vieran la casa.

—Ven a ver esto —dijo Mike agarrando a Jenn de la mano. La llevó a un lado de la casa y le enseñó un camino flanqueado por plantas altas, un par de ciruelos y un portón de madera alto.

—Y mira los árboles. Ciruelo, limonero, limero y melocotonero. Y ahí está el garaje.

—Es un poco pequeño.

—Ya. Creo que solo cabrá un coche pequeño si acaso. Y no se puede agrandar —dijo Mike antes de girarse hacia la agente inmobiliaria—. ¿Podemos mirar un poco más y hablar entre nosotros? Prometo que no abriremos cajones ni armarios.

—Esperaré fuera, pero, por favor, mirad los armarios y los muebles de la cocina. Hay muchísimo espacio para ser una casa pequeña.

—No es tan pequeña —dijo Michael—. Mi apartamento tiene unos setenta metros. Un dormitorio y cocina en galera.

—No sabía que supieras lo que es eso —dijo Jenn—. ¡Vaya con el experto comprador de casas! ¿Cuánto piden?

Le enseñó el folleto y ella se llevó la mano al pecho como si se estuviera asfixiando. Él se rio.

—Un poco elevado, ¿no? Mis padres se compraron su primera casa en Oakland por cincuenta mil. Pero mira la cocina. La mujer tiene razón, hay mucho espacio. Tiene incluso una despensa. Y la mayoría de las casas así de antiguas no tienen cuarto de la colada, pero esta sí. A lo mejor lo añadieron después. Creo que el dormitorio, el baño y el cuarto de la colada se añadieron más tarde. Es una casa muy bonita —dijo orgulloso.

Michael oyó la puerta principal cerrarse cuando Maura salió. Estaba en medio del salón observando con admiración a Jenn, que ojeaba la cocina y soltaba gritos de sorpresa al ver las baldas que salían deslizándose hacia fuera, los cajones hechos a medida con divisores de madera y las bandejas rotatorias de la despensa.

—¿Limones, limas, melocotones y ciruelas? ¿Esta cocina? Es alucinante. Es preciosa, aunque por fuera sea rosa.

—Le dije a Maura que encontrara una casa para alguien a quien le encanta cocinar.

—¿Y por qué lo has hecho? —preguntó Jenn un poco vacilante.

—Porque, Jenn, amas la cocina. Y yo te amo a ti. Y solo me interesa comprar esta casa si tú vives aquí conmigo.

Ella dio un paso atrás y se llevó las manos a la espalda.

—No, Michael. No voy a ser tu compañera de casa, ni tu copropietaria, ni voy a vivir contigo. Me alegro de que puedas comprarte una casa así, pero yo busco mayor seguridad que...

Él se metió las manos en los bolsillos del vaquero, sacó una cajita y se arrodilló. Estaba temblando. Estaba aterrorizado. No la culparía si le decía que no.

—Se que la he cagado. Hasta sé cómo la he cagado y también sé que puede que no sea la última vez, porque soy idiota. Por eso tengo que encontrar a alguien muy inteligente con quien casarme. Jenn, he entendido algunas cosas sobre por qué me derrumbé. Bueno, mi madre me ha ayudado a entenderlas y a fijarme nuevos objetivos. Créeme, si alguien sabe de relaciones... —dijo abriendo la cajita desde donde destelló un anillo de diamantes más que digno—. Te quiero con todo mi corazón, Jenn. Sentirlo me pilló desprevenido. Nunca me había sentido así. Haría lo que fuera por ti. Solo necesito que me des una oportunidad de demostrarte que puedo ser un hombre mejor, un hombre más fuerte. Bueno, y también necesito que te cases conmigo porque los dos sabemos que sin ti no puedo vivir.

—¡Ay, Michael, no sé! —dijo Jenn llevando las manos hacia delante y retorciéndolas—. Ni siquiera nos hemos reconciliado desde que me llamaste y acabamos en la cama.

—¡Claro que sí! Me disculpé, me regañaste, me arrastré, dijiste que no volvería a pasar y todo eso. Reconciliación completada.

—No estoy segura...

—Haré un contrato. Si vuelvo a fallarte, ¡puedes quedarte con un millón de dólares!

Ella puso los brazos en jarra.

—Ya estás otra vez prometiendo cosas que no tienes y no tendrás. A menos... —Se llevó la mano a la boca—. ¿Tu padre te ha dejado un millón de dólares?

—Claro que no. Me ha dejado una buena entrada para una casa en San Rafael que pintaré durante mi primer fin de semana en ella. Jenn, cariño, me duele la rodilla. Te quiero muchísimo. Siento haber sido un idiota. ¡Este anillo tiene que estar en tu dedo!

Ella lo miró, ahí, arrodillado.

—Es muy bonito.

—Es muy bonito, pero si quieres cambiarlo, me parece bien.

—Esto es lo que voy a hacer. Voy a decir que sí, pero no voy a caminar hacia el altar hasta que hayamos tenido una buena charla y hayamos ido a terapia prematrimonial.

—Vale.

—Y me quedo con mis padres hasta que resolvamos unas cuantas cosas.

—Vale. Espero que las resolvamos rápido.

Mike le agarró la mano y le puso el anillo. Luego se levantó con dificultad. Se frotó la rodilla y pensó: «Muy romántico, Mike». Le levantó la barbilla a Jenn, la besó con deseo y dijo:

—Bueno, ¿hacemos una oferta?

—¿Cómo, si no, vamos a salvar a este vecindario de la casa Pepto-Bismol?

Anna estaba satisfecha con cómo estaban marchando las cosas en casa. Jessie y Mike habían estado allí el domingo por la noche. Habían cenado *pizza* y decorado la casa. Con Mike trasladando las cajas desde el garaje y Jessie indicando y ordenando dónde poner los adornos mientras el señor Wriggly correteaba en círculos y robaba algún que otro adorno, la tarea solo había llevado un par de horas. Quedaba *pizza* cuando apareció Joe. Los hijos de Anna llevaron las cajas vacías al garaje y se marcharon lo antes posible.

Qué maduros y discretos eran Jessie y Mike, pensó Anna.

Anna había hecho la búsqueda completa de ADN y había recibido prácticamente un catálogo de contactos, pero lo cierto era que no había puesto mucha esperanza en ello. Lo único que le importaba era saber si tenía un hermano de verdad del que nunca le habían hablado. ¿No resultaría irónico que su marido le hubiera ocultado que tenía una hija y su madre hubiera hecho lo mismo con su hijo? Pero cuando recibió la gráfica de ascendencia ancestral, empezó a perder toda esperanza en el proyecto. Se suponía que su ADN era francés, búlgaro, irlandés, portugués y en gran parte chino. Lo del chino la dejó alucinada. Ah, sí, y también había un poquito de nativoamericano. Parecía que todos los que tenían alguna experiencia con esa clase de búsqueda decían lo mismo.

El catálogo de posibles vínculos familiares en principio no ofrecía a nadie que pudiera encajar.

Pero Phillip Winston se había puesto en contacto con ella. Estaba buscando familiares porque lo habían adoptado y nunca había conocido a su familia biológica. Era abogado especializado en patrimonio: testamentos, herencias, fondos fiduciarios, fundaciones y esas cosas. Y se había pasado casi toda la vida en la costa este. Sus informes de adopción, que estaban sellados y eran anónimos, se habían redactado en Modesto, California, que era la única conexión plausible que Anna y Phillip podían tener. Él compartía solo un par de orígenes ancestrales, un poco de francés y de irlandés. Pero quería explorar todas las posibilidades, así que le pidió que, por favor, volviera a enviar una muestra y que él haría lo mismo.

—¿Nunca has sentido curiosidad? —le preguntó por teléfono—. Sé que tenías a tu madre y que podías hacerle preguntas, ¿nunca pensaste si tendrías más familia?

—No puedo explicarlo, pero nunca me importó tanto hasta hace poco, cuando mi madre, que padece demencia, comentó que había dado «al niño» en adopción. Aunque, claro, eso salió en la misma conversación en la que me dijo que si veía a su hija, por favor, le dijera que fuera a visitarla.

—Lo siento mucho, Anna. Debe de ser muy difícil.

—A veces es muy duro, pero fue una madre maravillosa. Tuvo una vida dura, pero fue muy valiente.

Por teléfono Phillip le caía de maravilla. Era un hombre muy agradable; hacía las preguntas pertinentes y respondía a las de ella. De vez en cuando se desviaban del tema y hablaban un poco de política y de otras cosas. Era viudo, pero tenía tres hijos mayores y un par de nietos, y había perdido a sus padres hacía un par de años.

Recibieron los resultados de las segundas muestras de ADN. La de él obtuvo los mismos resultados, pero la de ella mostró más francés, irlandés y portugués, un poco de ancestros nativoamericanos y una conexión china minúscula que indicaba un vínculo más fuerte con Phillip Winston.

—Puede que sea tu hermanastro.

Blanche había vivido en Oakland cuando nació, pero era posible que hubiera vivido en Modesto o haber ido allí para un tratamiento médico.

—¿Has probado a preguntarle a tu madre si tuvo un hijo?

—Sí, pero desde aquella vez que lo mencionó no parece reconocerme ni acordarse de la pregunta. Por desgracia, no sé cuánto más estará con nosotros. Últimamente pasa mucho más tiempo dormida que despierta.

—Sé que las Navidades están muy cerca y que tal vez esto sea pedir un favor de lo más inoportuno, pero me gustaría poder verla. Por si acaso, ya sabes. Por si descubro que es mi madre. ¿Lo permitirías si prometo no molestar? Me alojaré en un hotel y alquilaré un coche.

—Entiendo que quieras hacerlo y no te voy a pedir que no lo hagas, pero dado mi puesto en el juzgado, primero voy a tener que pedirle a mi asistente que te investigue.

—Claro. Te enviaré mi información por *email*. Es muy fácil encontrarme e investigarme. Llevo veinte años viviendo en la misma casa, no tengo antecedentes criminales y estoy bien considerado por el gremio de abogados.

—Lo que me da miedo es que te lleves una decepción —dijo Anna.

Pero él sentía que tenía que intentarlo.

Anna se lo comentó a Phoebe, que se ofreció a investigar un poco a Don Phillip Winston de Rhode Island. Luego se lo contó a Jessie y a Michael, y a Bess se lo diría la próxima vez que estuvieran juntas.

Mike dijo:

—¿Estás de coña?

Jessie dijo:

—Vale, te ordeno que dejes de presentarte con más miembros de la familia secretos o desaparecidos.

Anna ya había decidido que no iba a sacar las cosas de quicio. Que un tipo que estaba buscando a su familia hubiera decidido que tal vez estaban emparentados no significaba que ella tuviera que organizar una cena familiar y recibirlo en su casa. Le preguntó a Joe si podía ir con ellos a la residencia y, después, ahí acabaría todo. Que Phillip Winston pensara que podía haber encontrado a su hermana no los obligaba a ella y a su familia a hacer una celebración.

Sin embargo, Anna fue a ver a su madre el día previo a que llegara Phillip. Blanche estaba de muy mal humor. Tenía las piernas hinchadísimas. Había estado en la cama con ellas en alto y le habían dado diuréticos y analgésicos, así que estaba arisca y desquiciada.

—Hola, mamá —dijo Anna besándole la frente.

—¿Es horario de visita? —preguntó Blanche secamente.

Bueno, al menos su madre sabía quién era.

—Estaba por el barrio.

—No es buen momento. Me estoy muriendo.

—Espero que no. He oído que tienes las piernas especialmente mal.

—Es lo que pasa cuando has sido camarera cincuenta años.

Estaba relativamente lúcida, algo que podría durar segundos o más de una hora. Anna aprovechó:

—Mamá, he estado esperando para preguntarte algo importante. ¿Tengo un hermano?

Blanche dejó escapar un grito ahogado.

—¿Qué?

—¿Tuviste un niño antes de que naciera yo? ¿Un bebé que tuviste que dar en adopción?

Blanche la miró indignada.

—¡Que la marihuana ahora sea legal no es excusa para que fumes mucho! ¡Has perdido la cabeza!

—A ver, es que tenía que preguntártelo. Dijiste algo...

—¡Con toda la mierda que me dan aquí, imagino que diré muchas cosas!

—Claro. Bueno, dime qué te pasa en las piernas.

—Me duelen mucho y no me sujetan. Están enormes, como las patas de un elefante, y resultan igual de inútiles.

—¿Quieres un zumo o algo?

—Quiero que me saques de este infierno.

—¿Y si te leo un poco? A lo mejor así puedes cerrar los ojos un rato.

Blanche no dijo ni «vale», ni «gracias», ni nada. Se puso de lado y Anna levantó un libro de la mesilla. Era una edición ilustrada y con letra grande de *La colina de Watership* que le había regalado Jessie. Blanche ya no podía disfrutar de la lectura, pero el libro tenía imágenes y, si alguien le leía, a veces la ayudaba a relajarse.

Anna debería haberse sentido decepcionada por Phillip, que no había encontrado a su madre, pero era de esperar. Además, aunque respetaba que él estuviera dispuesto a ir hasta San Francisco con la esperanza de encontrar sus raíces, a ella no le hacía mucha gracia.

Joe fue a su casa después de que Anna hubiera ido a ver a Blanche. Prepararon una cena ligera a base de pollo y verduras, se tomaron una copa de vino y ella le contó la visita.

—¿Por qué tendré tan poco interés en todo esto de la familia perdida?

—A lo mejor estás bien con lo que tienes —sugirió él.

—Y, aun así, no dejan de aparecer por todas partes. Primero Amy y su familia, luego mi madre sugiriendo en su delirio que había otro niño por alguna parte, ahora este hombre que está volando hasta aquí desde la costa este. ¿Sabes? Que resultara ser un pariente podría traer muchos problemas.

—¿Y eso por qué?

—Piensa en unir a mi familia a un miembro más y los suyos. ¡Solo tengo una vajilla de porcelana de doce piezas!

Al día siguiente Anna y Joe se reunieron con Phillip en un pequeño restaurante no lejos de la residencia. Disfrutaron de un almuerzo agradable aunque salpicado por un poco de nerviosismo y Anna le explicó que, una vez más, había probado a preguntarle a Blanche por un posible hermano y que ella se había enfadado y no había cooperado.

—Te lo digo para que no te hagas ilusiones antes de entrar por la puerta.

—Entendido —dijo Phillip—. No tengo intención de molestar a nadie.

—Y yo quiero asegurarme de que no te lleves una absoluta decepción.

Entraron en el pequeñísimo espacio de Blanche en una habitación para tres. Anna estaba sonriendo.

Blanche estaba sentada en su sillón. Tenía mejor aspecto que el día anterior.

—Hola, mamá. He traído a alguien que...

Blanche palideció por completo. Se pasó una mano por la cara.

—Rick. ¡Rick!

—¿Mamá? —preguntó Anna.

Blanche miró a Anna.

—¿Dónde lo has encontrado? ¿Cómo lo has encontrado?

—¿A quién, mamá? ¿Conoces a este hombre?

Blanche tendió las manos hacia Phillip Winston.

—¿Te lo ha contado alguien? Llamé a tu madre, pero me dijo que no sabía nada de ti y que, si hablaba contigo, te daría un mensaje. ¿Recibiste el mensaje? ¿Lo recibiste?

Phillip se acercó y le agarró las manos. Se sentó en un extremo de la cama y miró sus viejos y enrojecidos ojos.

—No recibí ningún mensaje.

—Eso me imaginaba. Pensé que, si lo hubieras escuchado, habrías encontrado el modo de ponerte en contacto. Eso fue lo que pensé.

—¿Dónde pensabas que había ido?

—Al ejército. Eso fue lo que dijiste.

—Mamá, ¿conoces a este hombre?

—Claro. Es Richard Allston —dijo mirándolo a la cara—. Estás igualito. Sabía que envejecerías bien. No todos lo hemos hecho.

—¿Recuerdas qué año fue? —le preguntó él.

—No estoy segura, pero... Yo tenía dieciocho años. Fue un niño. ¿Qué le pasó? Yo tenía dieciocho años. No deberías haberte marchado de aquella forma.

—Dieciocho —dijo Anna—. Mil novecientos cincuenta y cuatro.

—¿Lo diste en adopción? —preguntó Phillip.

—¿Qué podía hacer? Pensé que volverías y que podríamos empezar de cero. ¿Estás enfadado? Porque yo tenía dieciocho años.

Anna y Joe estaban ahí de pie sin poder hacer nada mientras Phillip, sentado en la cama, le hablaba a Blanche con delicadeza preguntándole nombres, fechas y demás información. Pero Blanche no tardó mucho en empezar a divagar. Dejó de recordar o de responder; una cosa o la otra. Anna sabía que no era raro que los ancianos con demencia tuvieran recuerdos vívidos de cosas que habían pasado cincuenta, sesenta o incluso setenta años atrás; a veces eran cosas de las que no habían hablado nunca, otras asuntos que deseaban olvidar a la vez que no podían recordar lo sucedido el día anterior.

Al cabo de unos minutos, cuando parecía que Blanche estaba perdiendo el norte, Joe fue a por el coche a buscar el maletín de Anna. Ella estuvo un rato ayudando a Phillip a entrar en la cuenta del servicio de búsqueda de ancestros y a reunir los nombres de la gente con quien compartía ADN, personas que podían ser parientes, tanto vivos como fallecidos. Había un tal «Richard Allston hijo» registrado. Tenía sesenta y tres años, cuatro menos que Phillip. Su foto estaba colgada y el parecido era impresionante.

También había una foto de Richard Allston padre con uniforme del ejército. Perfectamente podría haber sido Phillip de joven; el parecido era enorme.

—¡La hostia! —exclamó Anna.

$$* * *$$

Phillip Winston se quedó una semana. Después de saber que Blanche era su madre, estuvo en el hotel investigando en el portátil durante dos noches y visitando a Blanche durante el día. Blanche repetía lo mismo una y otra vez: era 1954, tenía dieciocho años, tuvo un bebé y lo dio en adopción. Pero no podía dar más datos. Entre medias contaba otras historias antiquísimas: una chica llamada Carol le había mentido y le había robado dinero del bolso, hubo un incidente en un club de baile cuando la policía rodeó a un montón de jóvenes, tubo manifestaciones en San Francisco. Luego hubo otro bebé, esa vez una niña, a quien no pudo dar en adopción. No sabía el nombre del padre de la bebé. Podía ser que no lo recordara o que no lo hubiera sabido nunca.

Phillip descubrió que Richard Allston padre había muerto a los cincuenta y cinco años. La causa de la muerte se registró como fallo coronario, pero no se había hecho autopsia. Sin embargo, Richard Allston hijo estaba vivo y bien, así que se avecinaba otra reunión pronto.

Anna invitó a Phillip a quedarse en su casa unos días más, en la habitación de Michael. Joe también se quedó. Que Phillip fuera su hermano desaparecido y que Anna y Phoebe lo hubieran investigado a fondo no significaba que estuviera fuera de toda sospecha. Charlaron, charlaron y charlaron, relatándose la una al otro la historia de su vida y atando cabos.

Tras una semana llegó el momento de que Phillip volviera con su familia, sus hijos y sus nietos. La despedida fue agridulce. Había encontrado a su madre, pero lo más probable era que no volviera a verla. Organizaría otro viaje a principios de primavera, aunque Blanche se deterioraba rápidamente. Por otro lado, ella parecía haber revivido un poco con la visita de Phillip. Durante un tiempo pensó que su amado desaparecido había vuelto a buscarla, y su salud mejoró notablemente. Aun así, la mejoría fue breve.

Para cuando llegó Navidad, la familia estaba entusiasmada a la vez que cansada. Anna organizó una cena en la que incluyó a Jenn, la ahora prometida de Michael; Martin y Bess; Amy, Nikit y Gina; y Jessie y el señor Wriggly. Joe ayudó en la cocina y contaron historias familiares hasta que ya no hubo más.

—Que nadie busque o investigue a más parientes secretos o desaparecidos hasta que haya podido conocer bien a los que ya hemos descubierto —dijo Anna—. Creo que me explotaría la cabeza.

Epílogo

Había pasado algo más de un año desde la prematura muerte de Chad McNichol; un año desde que su familia había celebrado su vida, llorado su pérdida y comenzado a rescatar sus secretos y a hacer las paces con los altibajos de toda vida humana. Tal vez habían hecho una celebración oficial de su vida, pero había sido demasiado pronto.

Ahora, un año después de su muerte, había llegado el momento de ponerlo todo en perspectiva y de valorar de verdad cómo todos habían crecido y prosperado y cuánto de eso tenía que ver con Chad directa o indirectamente. Fue Anna quien propuso que se reunieran, no para una ceremonia, sino para divertirse y estar juntos. Reservó un montón de mesas de pícnic en un parque cerca de casa. Bess estuvo encantadísima de hacer una lista de todo lo necesario, desde vino y hamburguesas hasta platos con tapa. Fue una lista perfecta.

Hacía tiempo que Anna había dejado de estar enfadada con Chad por sus cambios de humor o su tan inoportuna muerte. En lugar de eso, daba las gracias por la increíble familia que él le había dado.

Por todos. Ahora recordaba buenos días y años de risas y afecto.

Jessie llevó al pícnic al señor Wriggly además de una ensalada de patata y aperitivos *gourmet*. Michael llevó un balón de fútbol, redes de portería, un juego de la rana y un puzle de madera de Jenga de metro y medio. Amy llevó una olla gigantesca de alubias; Jenn, un postre pringoso y delicioso; y Anna, la carne. El tío Phil se encargó de la barbacoa, y Joe lo ayudó.

Patrick y Nikit le daban patadas al balón a la espera de que Joe y Michael se unieran a ellos para echar un partido en condiciones. Las mujeres se arrimaron a la parrilla porque, aunque era abril, seguía haciendo frío. La bebé, Gina, cuyo sitio favorito era el regazo de Anna, estaba bien abrigada. Martin y Bess jugaban a la Jenga, un juego que garantizaba volver loco a cualquier que tuviera un poquito de trastorno obsesivo compulsivo.

Esa fue la primera reunión oficial de la familia McNichol y todos los jugadores estuvieron presentes. Patrick y Jessie habían vuelto a salir, esta vez con más éxito. De momento. Y la cosa prometía porque Jessie, que no estaba nada dispuesta a renunciar ni a su recién descubierta felicidad ni a su terapeuta, era una mujer nueva. Cada vez pasaba menos tiempo en su clínica y más en la clínica gratuita, donde había asumido un puesto de gerencia y ejercía de enlace con la comunidad de San Francisco. Se estaba planteando sacarse otro grado en Salud Pública, pero de momento solo era una idea. Apenas le quedaba una hora libre durante el día.

Jenn y Michael vivían juntos en una casa que había pasado del rosa al blanco y estaban organizando la boda para el verano. Estaban intentando que fuera una celebración pequeña, pero la lista de invitados aumentaba cada día.

Blanche no volvió a ver a Phillip después de su visita prenavideña y nunca llegó a entender que era su hijo. A Anna le produjo cierto consuelo que su madre pensara que se había reunido con su único amor verdadero. Anna se ocupó de que a los tres les hicieran una analítica oficial para establecer que estaban emparentados de verdad. Por supuesto, fue imposible saber qué circunstancias habían rodeado el nacimiento de Phillip, pero parecía que la madre de Rick no quería que su hijo tuviera relación con Blanche y nunca le dijo que ella había ido a verlo. Supuestamente, Rick nunca supo que Blanche intentaba encontrarlo.

Blanche había fallecido plácidamente solo unas semanas atrás.

Comieron, jugaron y contaron historias. El sol se estaba poniendo y nadie parecía querer despedirse, así que recogieron el pícnic y se marcharon a casa de Anna, donde continuó la fiesta hasta muy tarde. El tío Phil se retiró a su habitación de invitados después de dar unas cabezaditas mientras charlaban en el salón principal. Era casi medianoche cuando Anna se despedía de todos en el camino de entrada. Joe le echó un brazo sobre los hombros y la atrajo hacia él.

—Deberías estar feliz con toda esta panda. Después de toda la conmoción del año pasado, ¿no te parece la familia más cuerda que has visto en tu vida?

—Justo eso estaba pensando. Hace un año no sabía cómo lo superaríamos. Todos teníamos nuestros problemas. Fue un follón.

—Siempre has sido el pegamento que ha unido a tu familia.

—No. Chad era el terapeuta —le recordó ella.

—Pero sabía que tú eras el pegamento. Me lo dijo. Decía que eras la cabeza de familia.

—¿Eso dijo? A ver, me decía que era competente, pero, la verdad, pensé que era su forma de desentenderse de las situaciones complicadas y dejar que me ocupara yo.

Joe negó con la cabeza.

—A ti se te daba mejor. Él lo sabía. Quería a los chicos de verdad y era un terapeuta cualificado, pero tú sabías qué hacer instintivamente.

Anna se quedó callada un momento.

—Habría estado bien saberlo —murmuró—. He perdido muchas horas de sueño preocupándome por cómo tratar a estos hijos tan raritos que tengo y sus problemas.

—Creo que las preocupaciones te van a dar un respiro. Todos están bien situados ahora mismo —dijo él, y riéndose y llevándola hacia la casa añadió—: Aunque, como es imposible saber qué vendrá ahora, tú por si acaso no te confíes.

—Créeme, no pienso hacerlo.

—Pero que sepas que yo te voy a respaldar hasta el final.

Anna se apoyó en él.

—Una pareja que me respalda. Es todo lo que he querido siempre.

ÚLTIMOS TÍTULOS PUBLICADOS EN HQN

Estrellas al amanecer de Susan Mallery

El lugar donde todo empezó de Andrea López

Amanecer en la bahía de Robyn Carr

7 citas de Sylvia Marx

La casa del río de Hannah Richell

El beso de Thor de Cristina Vatra

Una biblioteca junto al mar de Brenda Novak

Piérdete conmigo de Anna Garcia

Un pretendiente para una reina de Julia London

Un buen motivo para mentir de Maia Clark

Secretos bajo el sol de Sarah Morgan

¿Todavía? ¡Siempre! de Anabel García

Hijas de la guerra de Dinah Jefferies

Corazón escocés de Miranda Bouzo

Hermanas por elección de Susan Mallery

Lamer las heridas de Leticia Castro

Orgullo y perdón de Diana Palmer

La mejor jugada de Ana Mencey

Un secreto en las Highlands de Andrea López